泉州文庫

選堂題

（清）陳棨仁 輯
（清）龔顯曾
何丙仲 點校

# 温陵詩紀

泉州文庫整理出版委員會 編

創于1897
商務印書館
The Commercial Press

# 前　言

泉州建制一千三百多年，爲中國歷史文化名城和古代海外交通的重要港口。"比屋弦誦，人文爲閩最"，素稱海濱鄒魯、文獻之邦。代有經邦緯國、出類拔萃之才，歐陽詹、曾公亮、蘇頌、蔡清、王慎中、俞大猷、李贄、鄭成功、李光地等一大批傑出人物留下了大量具有歷史、文學、藝術、哲學、軍事、經濟價值的文化遺産。據不完全統計，見載於史籍的著作家有一千四百二十六人，著作多達三千七百三十九種，其中唐五代二十九人三十二種，宋代二百人三百九十一種，元代二十一人四十種，明代五百三十六人一千五百八十五種，清代六百四十人一千六百九十一種；收入《四庫全書》一百一十五家一百六十四種，《四庫全書存目叢書》五十六家七十四種，《續修四庫全書》十四家十七種。二〇〇八年國務院頒布第一批國家珍貴古籍名録，屬泉人著述、出版者十三種。

遺憾的是，雖然泉州典籍贍富，每一時代都有一批重要著作相繼問世，但歷經歲月淘汰、劫難摧殘，加上庋藏環境不良，遺存至今十無二三，多成珍籍孤本。這些文化遺産，是歷史的見證，是泉州人民同時也是中華民族的寶貴文化財富，亟待搶救保護，古爲今用。

對泉州地方文獻的搜集與整理，最早有南宋嘉定年間的《清源文集》十卷，明萬曆二十五年《清源文獻》十八卷繼出，入清則有《清源文獻纂續合編》三十六卷問世。這些文獻彙編，或已佚失，或存本極少。二十世紀四十年代，泉州成立"晋江文獻整理委員會"，準備整理出版歷代泉人著作，因經費短缺未果。八十年代，地方文史界發起研究"泉州學"，再次計劃編輯地方文獻叢書，可惜後來也因爲各種條件的限制，其事遂寢。但是這兩次努力，爲地方文獻叢書的整理出版做了準備，留下了珍貴的文獻資料和書目彙編。

二〇〇五年三月，中共泉州市委、泉州市政府决定將地方文獻叢書出版工作列爲國民經濟和社會發展第十一個五年規劃的一項文化工程。翌年，正式成立“泉州地方典籍《泉州文庫》整理出版委員會”，着手對分散皮藏於全國各大圖書館及民間的古籍進行調查搜集，整理出《泉州文庫備考書目》二百六十七家六百一十四種，以後又陸續檢索出遺漏書目近百家一百八十餘種。經過省内外專家學者多次論證，最後篩選出一百五十部二百五十餘種著作，組成一套有一定規模、自成體系、比較完整，可以概括泉人著作風貌、反映泉州千餘年文化發展脉絡的地方文獻叢書，取名《泉州文庫》，二〇一一年起陸續出版發行。

整理出版《泉州文庫》的宗旨是：遵循國家的文化方針政策，保護和利用珍貴文獻典籍，以期繼承發揚中華民族優秀文化傳統，增進民族團結，維護國家統一，提高民族自信心和凝聚力，加强社會主義核心價值體系建設，增强文化軟實力，爲泉州的物質文明和精神文明建設服務。

《泉州文庫》始唐迄清，原著點校，收録標準着眼於學術性、科學性、文學性、地域性、原創性、權威性，具有全國重要影響和著名歷史人物的代表作優先。所録著作涵蓋泉州各縣（市、區），包括金門縣及歷史上泉州府屬同安縣，曾在泉州任職、寄寓、活動過的非泉籍人氏的作品，則取其内容與泉州密切相關的專門著作。文庫採用繁體字横排印刷，内容涉及政治、經濟、歷史、地理、哲學、宗教、軍事、語言文字、文化教育、文學藝術、科學技術等領域，其中不乏孤稀珍罕舊槧秘笈，堪稱温陵文獻之幟志。

值此《泉州文庫》出版之際，謹向各支持單位、個人和參加點校的專家學者表示誠摯的感謝！由於涉及的學科和内容至爲廣泛，工作底本每有蛀蝕脱漏，加之書成衆手，雖經反復校勘，但限於水平，不足或錯誤之處還是難免，敬請讀者批評指教。

泉州地方典籍《泉州文庫》整理出版委員會

二〇一一年三月

# 整理凡例

一、《泉州文庫》（以下簡稱“文庫”）收録對象爲有關泉州的專門著作和泉州籍人士（包括長期寓居泉州的著名人物）著作，地域範圍爲泉州一府七縣，即晋江（包括現在的晋江市、石獅市、鯉城區、豐澤區、洛江區）、南安、惠安（包括泉港區）、同安（包括金門縣）、安溪、永春、德化。成書下限爲一九四九年九月以前（個别選題酌情下延）。選題内容以文學藝術、歷史、地理、哲學、政治、軍事、科技、語言教育等文化典籍爲主，以發掘珍本、孤本爲重點，有全國性影響、學術價值高、富有原創性著作優先，兼及零散資料匯總。

二、每種著作盡量收集不同版本進行比較，選擇其中年代較早、内容完整、校刻最精的版本爲工作底本，并與有關史籍、筆記、文集、叢書參校，文字擇善而從。

三、尊重原著，作者原有注釋與説明文字概予保留。後來增加者，則視其價值取捨。

四、凡底本訛誤衍漏，增字以［　］表示，正字以（　）表示，難辨或無法補正的缺脱文字以□表示，明顯錯字徑直改正，均不作校記。

五、凡底本與其他版本文字差異，各有所長，取捨兩難，或原文脱訛嚴重致點讀困難，或史實明顯錯誤者，正文仍從底本，而於篇末校勘記中説明。

六、凡人名、地名、官名脱誤者，均予改正，訛誤而又查不到出處之人名、地名、官名及少數民族部落名同異譯者，依原文不予改動。

七、少數民族名稱凡帶有侮辱性的字樣，除舊史中習見的泛稱以外，均加引號以示區别，并於校記中説明。

八、標點符號執行一九九六年實施的國家《標點符號用法》。文庫點校循新版二十四史及《清史稿》例，一般不使用破折號和省略號。

九、原文不分段者，按文意自然分段。

十、凡異體字、俗體字、通假字，如非人名、地名，改動又無關文旨者，一般改爲通用字；異體字已經約定俗成、容易辨認者不改。個別著作爲保持原本文字語言風貌，其通假字則不校改。

十一、避諱字、缺筆字盡量改正。早期因避諱所産生的詞彙成爲習慣者不改正。

十二、古籍行文中涉及國家、朝廷、皇帝、上司、宗族等所用抬頭格式均予取消。

十三、文庫一般一册收録一種著作，篇幅小的著作由兩種或若干種組成一册，篇幅大的著作則分成兩册或若干册。

十四、文庫採用横排、繁體字印刷出版。每册前置前言、凡例。每種著作仿《四庫全書》提要之例，由編者撰寫《校點後記》，簡略介紹作者生平、著作内容及評價、版本情況，説明其他需要説明的問題。

泉州地方典籍《泉州文庫》整理出版委員會辦公室

二〇〇七年二月五日

# 序

夫裒成都之文類,全蜀乃志藝文;羅宛陵之群英,宣城斯播篇什。名賢列表,僅載中州;耆舊流風,獨搜甬上。吴都文粹,輔范石湖之圖經;會稽掇英,纂孔長源之總集。良以殘膏賸馥,蘄沾丐於來兹;零璧斷珪,懼流落于冥昧。欲聚瓌寶,勿晦和隨;莫嗤齊人,僅知管晏。動梓桑之敬,成薈蕞之功。藏諸名山,責在後學。

吾閩居濱海澨,處僻南邦。詩樂律而僅坿鞮鞻,隸職方而尚遠吴越。自中原多故,遷來八族衣冠;而北嚮無心,寂甚六朝圭組。自樂其土,不善爲名。洎李唐之代興,乃争衡於上國。四門振藻,聲擅芝英;九牧影華,美搜竹箭。及乎香孩御辨,藻運中興;臨平宅都,雅風南扇。西崑一集,文公奪錢、劉之轡;南渡四家,千巖參范、陸之席。滄浪談藝,妙於鍾嶸;邦衡稱詩,剡及朱子。斯其盛也,又有進焉。元懸金鏡,得百戰之健兒;明理珠囊,有二藍爲先導。幔亭驂青丘之靳,少谷操變雅之聲。遵巖流别,沿泗齊、梁;石倉聲歌,摩庌何、李。何嘗刻畫二元,鉤模十子,效唐臨之帖,守品彙之科哉!是以秀泉山之句,黄文江博採諸賢;集清源之文,真希元備蒐郡彦。晉安風雅,惟和索其遺珠;嶺海文編,荔鄉重若享帚。古人可作,高風不磨。又況極聖代之甄陶,成文章之鄒魯。而尚有拾牧齋盲論,持閩派瞽言者,於戲!亦見其傎矣。

婦兄陳鐵香太史雅嗜丹鉛,勤劬典素。夢回春草,斐得句於池塘;燭撤金蓮,今蜚聲於館閣。後有作者,殫然脂弄墨之功;我思古人,奪箋魚注蟲之席。横鉤竪母,曾作嘉州功臣;鐵香曾注《岑嘉州詩》。搴石稽金,廣萃閩邦往蹟。又著《閩中金石》。落葉如掃,筆花欲飛。久已臚綜群言,闢穿百氏。乃復思表故鄉之人物,先徵文教之昌明。詩取温陵,追媲清源文獻;紀標昭代,掞張盛世元音。

體成盧駱王楊,江河不廢;氣洩葵羅清紫,山水皆靈。樂操土風,輪扶大雅。或窺全斑之管,抉擇斯勞;或擷片羽之裘,掇拾宜備。何遜生存不録,論定蓋棺;孟棨本事必詳,話搜談苑。從此神明可感,快慰冥交;鉤索既精,夸示來者矣。僕未諳聲病,敢預甄羅;光囿爝螢,讀譌亥豕。乃徵文考獻,共擩染夫丹青;折紙蘸毫,陪商量於楮墨。千秋不朽,藉攀驥尾之名;一語附題,愧著佛頭之糞。所幸閩川名士,經作傳而益彰;初非鄉曲鯫生,侈先正以爲重。

光緒乙亥紀元七夕,晉江龔顯曾。

# 凡 例 八 則

閩之有詩，自明月先生始；泉之有詩，自歐陽助教始。洎乎熙朝，風雅彌懋。家抱崑璧，人握靈珠。雍容揄揚，廟堂富雅頌之亞；于隅邪許，林藪多薖軸之詠。兹編斷自聖朝，不復羼入前代，所以表海邦之人物，昭文教之昌明也。

記襄陽之耆舊，訪乎彦威；傳楚國之先賢，聞諸白氏。書既流布，例乃旁通。或掇宛陵之群英，或編泉山之秀句。集成文粹，止採吴都；志號藝文，僅搜全蜀。皆懷維桑之雅敬，初非選本之舊章。今特遵其式程，廣爲搜輯。竊自比於清源文獻，諒不戾於正始元音。

温陵一郡，僻在海邦；沿革之殊，異於列代。莆田、僊遊，宋曾屬治；永春、德化，明亦隸圖。至於雍正末年，定轄地輿五邑。版圖既異，編輯宜分。若夫黄俞部之博洽，而寄籍江陵；鄧幼季之風流，而寓居永郡。律以水木之義，俱爲桑梓之人。故廣與甄羅，仍爲採入。

緣情之作，肖性所存。此啟秀於齊梁，彼薰香於漢魏。祖唐祖宋，俱成宗派之圖；以雅以南，並擅色絲之調。儻使據私心爲去取，勢必棄名作於蓁蕪。兹編就所造之淺深，揭全集之精髓。期無遺於滄海，敢漫抵於崑山。至若鴻鐘見投，鼠璞誤寶，則識有未逮，故選或不純。知不免於竄杜正楊，尚有俟於箴肓起廢。

詠選玉臺，亦録婦人之集；障成綺語，遂開文字之禪。雪白花紅，惠心如見；燒痕岡勢，集句偏工。評選之家，搜擇不廢。既有一長之可取，忍使片字之莫留？故凡緇流佳詠，紅閨名章，並綴末篇，等諸亂曰。

枚叔傳集，僅有廿篇；休文著書，多至百卷。在作者既有簡繁之異，則選者難均多寡之殊。況以司馬高文，止散徵於班史；駱丞字翰，僅掇拾於雲卿。既未覩夫全牛，問奚從於窺豹。故或僅録從選本，或惟採自圖經。或以詩存，或以人重。多固爲全斑之見,少亦等一臠之嘗。

網羅既富,世次易淆。列胡宿於唐人,固嫌鹵莽;入香山於宋代,真屬疏庸。是集以科目之後先,定鵬摶之彦;以輩行之次第,定蠖屈之賢。又復載稽履貫,詳録評論。蓋品列鍾嶸,經佳評而益顯;詩編孟棨,徵本事而始明。《宋詩鈔》、《明詩綜》,是其例也,吾則取焉。

一人之見,既難必其精醇;一人之書,又難期於該備。況年歲既遠,散佚堪虞。或已俾梓人而忽經兵燹,或僅垂家乘而未付麻沙。未遑選擇之勤,先費訪求之力。枕中《鴻寶》,必委曲以求觀;帳裏《論衡》,亦搜羅之期得。一瓻雖費,三篋儼儲矣。若乃藏名山而不傳,秘石室而未發者,則限於耳目之狹,亦甘受掛漏之譏。

晉江陳棨仁識。

# 目　録

# 温陵詩紀卷一初集。

## 丁廉訪煒六十八首。

煒，字澹汝，號雁水，晉江人。順治三年，以人才舉，授漳平教諭，改魯山丞，遷獻令，擢户部主事，轉員外，遷兵部郎中，出爲贛南道，陞湖廣按察使，因事左遷，尋復職。有《問山詩集》。

朱竹垞曰：雁水詩直者不伉，綺者不靡。約言之而可思，長言之而可歌，可謂善學唐人者矣。

王漁洋曰：閩詩派自林子羽、高廷禮後三百年間，前惟鄭繼之，後惟曹能始，能自見本色耳。丁雁水煒亦林派之錚錚者，其五言佳句頗多，如"青山秋後夢，黄葉雨中詩"，"鶯啼殘夢後，花發獨吟時"，"花柳看憔悴，江山待祓除"，皆可吟諷。又曰：長律結體於少陵，掞華於沈宋，故爲獨絶。又曰：典麗精切，今日長律，當推先生獨步。

《桐西舊話》：閩詩自二藍、十子之後，詩律一變而爲圓秀。迨在杭、能始力矯其轍，故習終在，匆可革也。廉訪雖沿流派而因波討原，宛然三唐遺韻，見推諸公，不亦宜乎。

《亦園脞牘》：先生刻意爲詩，古體出入建安之室，近體則居然大曆之遺。當世諸公如朱竹垞、王漁洋、施愚山、宋牧仲、汪亮峰俱深歎賞。漁洋尤所折服，曾選入十子詩，蓋詩人之雄也。閩詩派自十才子後，軌步匆遷。先生雖偶操土風，猶沾流派。然布武三唐，渢渢可誦，直可與高、鄭、林、曹相視而笑，莫逆於心。

### 怨　歌　行

送君河梁去，别意常惻惻。人生非賢聖，誰能免過失？高堂豈不慈，酸辛在堂下。竭力事饔飧,小姑猶未嫁。鬱鬱山中松,歷歷原上草。草色自經春,松心歲寒好。阿姊幼相憐,出門無來往。君子重别嫌,妾行非鹵莽。瀝血磨霜刀,欲截青絲髪。髪短妾心長,君懷易斷絶。王貽上曰:三緯相錯,深得古樂府意。

## 猛　虎　行

山南猛虎正負嵎,山北行路斷樵蘇。少年射牛不射虎,夜夜田間彀弓弩。耕牛漸少虎漸多,村中父老奈爾何。施尚白曰:急響哀弦。王貽上曰:文昌、文潛、三張之間。

## 門有車馬客行

門有車馬客,黯黯風塵色。問客所從來,三年離鄉邑。故鄉夫如何,欲語先太息。高門化爲塵,喬木摧爲薪。道傍冠蓋子,海邊捕魚民。勸客且飲酒,盤中何所有?園柑三寸許,河鯉三尺餘。慎勿烹鯉魚,恐有腹中書。王貽上曰:口齒是東漢人語。

## 長　别　離

鬱鬱千仞松,離離女蘿草。念君有遠行,出門事征討。關河阻且深,何以慰綦縞。含情久踟躕,所思在偕老。丈夫志成名,遑計歸期早。仰視天上月,隨君萬里道。孤輝照妾心,感結傷懷抱。努力愛景光,相期金石保。施尚白曰:音情全是古人。

## 銅　雀　妓

歌舞如平昔,香殘曉夜燈。漳河自東去,妾望盡西陵。施尚白曰:自然傷心。瓦冷銅臺月,牀空玉簟冰。綺羅長不御,魂夢若爲憑。

## 出　　塞

慘淡邊聲起,驚沙向夕飛。猶傳鬬兵合,未許解重圍。赤氣隨金鏃,黄雲上鐵衣。荷戈成白首,擁節幾人歸。王貽上曰:老氣無敵。

## 東飛伯勞歌

前飛鵜鳩後烏鵲,翡翠屏開烟漠漠。女郎二八彈箜篌,當窗理曲不知愁。斜墮雲鬟佯不整,博山霧散沉灰冷。東家宋玉謾窺墻,阿母許嫁郭門王。施尚白曰:似昌谷樂府。

## 懷馮訥生

青霜墜高梧,在堂鳴蟋蟀。歲暮歌唐風,懷人感非一。念此金閨彦,謙沖存樸質。羔裘恬素絲,鶉居審容膝。坦然大雅心,直躡風騷室。煌煌雲中詩,鮑謝遜高筆。綢繆翰墨交,滌蕩紈綺習。别來遺古歡,泥塗淹白日。城闕一何深,烟雲蔽原隰。有情知望君,誰能髮如漆。施尚白曰:竟是古人之作。王貽上曰:秀外惠中,朗然玉振。

## 阮疇生遊盤山回,過訪齋頭,因談登覽之勝,作詩紀贈

秋色結庭陰,脱巾卧松脚。微聞剥啄聲,呼童啟扃鑰。故人山遊回,烟嵐繞芒屩。剪韭命新篘,歷歷訴巖壑。突兀盤龍山,縈紆薊門郭。怪石紛巃嵸,飛泉互噴薄。萬松鐵杈枒,蟠鬱蒼虬攫。躡屐禮定光,塔影丹霄落。旋磴仰飛鳶,攀條學哀玃。其時天氣清,八荒何寥廓。決眥小神州,長嘯凌大漠。絶塞萬峰攢,齒齒排劍鍔。王貽上曰:四句最豪邁有氣。晚飯叩齋厨,罩雲開翠幙。聽僧話九華,層巒更巉削。王貽上曰:又轉一境。信宿出山腰,中盤訪大博。傳鉢有宗公,機鋒捷可樂。聳身下青岑,反顧神猶愕。以君濟勝才,不受塵鞅縛。名岫與高僧,恣覽飽詩槖。笑余簿領拘,勞形徒刺促。會了婚嫁緣,枯筇手自斲。禽夏與向平,高風庶可作。

## 懷王貽上使蜀

金波麗叢桂,玉露湛清荷。停尊怨芳夜,引睇蜀山阿。美人握金鏡,衆妙歸

網羅。錦官存往蹟，琴臺倚清歌。因風散珠瑟，吹綴珊瑚柯。平生襟帶歡，怨别空蹉跎。何時發三峽，聽此哀猨多。王貽上曰：結體在鮑、謝之間。葉井叔曰：《三百》性情，六朝風格。

## 秋日徐庶常過訪潞署賦贈

秋色落高槐，空堂人吏散。抱蜀寡歡娱，索居起長歎。君子覽德輝，遥賁凌風翰。微言見沖襟，清篇發淵翫。持此樂新知，深盃釃無算。讌坐竟忘疲，疎星忽有爛。預愁駕華輈，明發悲獨旦。施尚白曰：古甚，老甚。葉井叔曰：清深遒上。

## 聞魏惟度續石倉詩選有寄

大雅久云亡，起衰方再盛。海内數宗工，孰司四始柄。翩翩石倉園，持論趨醇正。是時邁迷陽，風騷將不競。吾祖共鷄壇，自注：哲初公與能始先生同時唱和甚夥。戮力同制勝。滄桑四十載，遺篇具家乘。魏子性情人，夙昔耽佳詠。遨遊吴越間，詩持操選政。自注：惟度有《詩持選》。邇來客燕南，百家復删定。吾閩宗膳部，林子羽。繼起稱高鄭。高廷禮、鄭繼之。見素振中流，林見素。遵巖推後勁。王遵巖。數馬與果亭，黄鍾梅、張二水。聯翩相掩映。欲發篋中藏，遲君一商訂。

## 訪歐陽行周修禊亭舊址唐四門助教歐陽公諱詹，字行周，泉州人。爲魯令時，歲以三月三日集僚吏飲此。

幽蘭有異芳，托根在空谷。威鳳有高儀，翔止擇嘉木。卓哉歐陽公，出處超凡俗。秋風石室巔，猶疑聞誦讀。吾郡北山有公石室書院。禊亭訪遺墟，寒流清可掬。悠然涵春熙，閒情寄醽醁。曠懷晉賢遊，暢叙繼芳躅。千載里閭心，踐跡媿初服。寥闃增慨欣，清朗盪胸目。俯仰竟忘歸，餘暉散林麓。高風信可追，寤寐幸私淑。

## 書　感

少無適俗姿，誤有耽書癖。蘭膏日夜焚，輾轉費駒隙。架乏禦寒衣，釜少晨餐麥。妻孥顧我愁,高吟亦何益。昨登故人門,有客居上席。百金裝鵜鶘,千金買狐腋。騎射超等倫,談笑露肝鬲。問知新督護,南征隨破逆。致身亦有階,何必盡經籍。咄哉魯諸生,儒冠終被斥。施尚白曰:唾壺擊碎。

## 秋夜彈琴

微風吹涼月,流景照孤琴。琴聲清且切,木葉下空林。商調刺人骨,羽調縈人心。豈無鳳凰曲,所貴在知音。關山一何迥,河水一何深。長天孤雁唳,命匹哀雲陰。嗟彼焦尾恨,不如成灰沉。零落感朝露,腸斷白頭吟。王貽上曰:掩抑幽咽,亦有朱弦唱歎之音。此謂古雅。

## 月夜舟泊

艤棹幽意愜,眷此秋夜良。澄江霽涼月,素練飄流光。遥天浄如拭,草樹分微茫。蘋風静鷗鷺,桂露沾衣裳。浩然發清曠,長嘯詠滄浪。王貽上曰:不減"鈎簾宿鷺起,丸藥流鶯囀"。

## 征婦怨

邊風颯颯秋蕭瑟,鄰砧夜擣霜月白。空閨夢斷戍煙深,重理殘鐙動刀尺。憤從南國羽書飛,嚴冬雨雪正霏霏。將軍受詔辭金殿,戰士長征卧鐵衣。孤城百仞重圍合,間道短兵日相接。終年苦戰陣雲黄,丹楓空墮離人血。妾來猶未拜姑嫜,煢煢獨守只空房。男兒能備公家急,生女真堪棄路傍。昨夜春風入桃李,纔見花開旋結子。知君不逐南歸鴻,妾心自誓東流水。葉井叔曰:右丞風格,樂府遺音。

## 沈石田山水歌

石翁絶藝凌等夷,騰踔不受盛名羈。同時畫師乞題識,坦然落筆無相疑。遂令碱砆雜拱璧,披麻大皴矜神奇。施尚白曰:筆力老健。此圖爽秀見真蹟,筆勢頡頏黄大癡。疎林瘦石倚平莽,數椽書屋清溪上。披帷挾册有幽人,演漾烟雲眼中盪。出竹柴扉半已開,過橋酒客遥相訪。别有崇岡俯碧灣,波光不動意逾閒。尺幀欲饒萬里勢,方壺蓬島疑堪攀。五言長城擬鮑謝,蒼巒倒向行間射。心畫心聲兩絶倫,石田題詩有"拊兹乃心畫,其情聊自多"之句。法書況是涪翁亞。友人寶此重兼金,錦軸裝潢什襲深。開廚未走廿相送,使我飽看松杉陰。我家茆茨山磵曲,廿載園荒秋草緑。何時拂袖歸衡廬,得對此圖坐卧貧亦足。

## 嶺南歌送王仲錫觀察

漲海風波久不揚,名藩猶藉省中郎。璽書夜降辭三殿,旌節春深下五羊。南天隱隱標銅柱,桂嶺炎雲照日暮。越王潭上水連空,尉佗城邊草如霧。桄榔垂葉拂行帷,翡翠啣花點繡衣。蜑户蠙珠歸合浦,島彝皮服貢離支。共識清修曾似鶴,千金不羨陸生橐。船移畧口憶沉香,文到潮陽能徙鱷。從容坐鎮海天秋,風捲濤聲月滿樓。賓朋才調多佳興,如澠之酒百斛舟。有時遥望思京邑,應話平生馬少游。王貽上曰:右丞、東川之間有此風格。

## 己未正月廿一日潞河喜雪,用歐陽公聚星堂韻不用玉月梨花練絮白舞鵝鶴銀等事。

條風昨夜綻新萼,雪花歷亂相迴薄。朝來擁鼻出門庭,零零更帶寒威作。冥濛瞥見壓城闉,瀰漫驚看滿山郭。沾衣拂帽細無聲,惟有光芒眼中爍。震雉掠將竹外飛,凍烏踏向松梢落。美人垂幕薰麝蘭,公子披裘擁貂貉。周原沆漭如砥平,轍跡衡成老蛟攫。應知八地盡遺蝗,不用占年聽銅雀。長安西城有"銅雀一鳴,則五穀熟"。呼童掃逕延嘉賓,揮帚縱横没草屩。宜麥真堪釋杞憂,莫嗤赫赫田家樂。興至就壚酒易賒,醉後敲冰茗可瀹。廉纖日暮轉淒清,四顧天低尚漠漠。抽毫欲作喜雪行,手重呵寒如握槊。白戰何當學醉翁,倘遇髯蘇慚一噱。

## 荔枝曲

丹樓啟朝霞,青幕蔭玄圃。冰雪仙人著絳紗,欲呼與語不得語。空有明珠解佩心，一水流雲隔銀浦。翠釵憶掛紫荷囊，日斜幾陣飛紅雨。

上巳過訪宋荔裳寓齋留飲

芳鄰懷舊好，綺席和新篇。客醉花風下，鶯啼穀雨前。竹疎朱檻出，船動玉壺偏。施尚白曰：小景從無人道出。良會思今夕，無慙脩禊年。

初夏宋荔裳招集梁家園別集

曲巷成幽逕，煙深隔市門。風騷推宋玉，賓客盛梁園。施尚白曰：此爲古雅。柳岸月初上，荷塘風乍翻。銀盤紅燭冷，更欲問青樽。

碧雲寺次王貽上韻

松徑標層級，春山帶艷陽。雲飛高閣迴，泉瀉小池涼。偶見前朝衲，時聞内賜香。人間觀浩劫，塵夢一何長。王貽上曰：第六句別。

春　事

春事真無賴，偷閒懶最宜。鶯啼殘夢後，花發獨吟時。施尚白曰：叫絶。客梡微風度，琴牀曉日移。悠然身世外，匡坐自支頤。王貽上曰：第四句尤妙，通首全別。

卧病酬和林輩伯見訊之作

輕寒帶腰減，窗竹漸離披。未得高眠早，常慚退食遲。青山秋後夢，黄葉雨中詩。酒熟東籬下，君閒可預期。王貽上曰：五、六一聯司空表聖之佳句。

癸丑除夕雜感，同韜汝弟作六首録一。

守歲家人在，椒觴亦强持。江湖鴻雁影，風雨脊鴒詩。婚嫁行當畢，鄉關去轉遲。不堪鼙鼓動，愁思隔天涯。

## 甲寅上巳沈康臣過集

佳辰須强飲，誰慰寂寥居。花柳看顛頷，江山待祓除。王貽上曰：名句必傳。休文能過我，逸少有遺書。且共追觴詠，情深感慨餘。

## 送唐習之遊金陵

都亭春霽後，送子復南遊。篋裏仲宣賦，樽前元禮舟。自注：時附邵瞻雨舟行。啼鶯移苑樹，乳燕入江樓。故國今如許，清吟且莫愁。施尚白曰：時近高、岑。王阮亭曰：尚有弘、正詩賢風格。

## 晚出東便門，返潞河，同家次蘭

出郭消塵慮，聯鑣信晚歸。黄雲回獵騎，白雁下漁磯。冰合河流細，天寒野渡稀。施尚白曰：與右丞"人繁野渡晴"同妙。頓忘行役倦，新月上人衣。

## 貽上曉過金魚池寓園，見訪不遇，有作次答

乍枉高人駕，依依去後情。曉林空自緑，秋水爲誰清。王貽上曰：五字甚佳。風外雙笳遠，月中孤杵鳴。閒齋愁坐處，洗藥夜燒鐺。

## 贈阮疇生

蹈海稱高士，遊燕獨後時。千山雙蠟屐，萬里一毛錐。篋隱驪珠貴，臺空駿骨悲。詠懷兼覽古，十載鬢成絲。

## 花朝同劉介菴、遲默生、蔣晉侯、葉丙霞集鄧元固齋頭，出家姬作劇

佳辰同讌賞，忘却在他鄉。芳草東風幕，飛花細雨觴。詩傳金谷雋，曲愛玉簫長。焚盡蘭膏永，猶言夜未央。

## 留别伊陽孫丹扶明府

冰霜先後共,别意竟何云?匹馬嘶殘日,千峰走暮雲。抱琴憐古調,沽酒醉離群。從此伊川水,潺湲夢裏聞。王貽上曰:三、四聳拔,通首俱警,"走"字尤奇。

## 自慶陽往閲邊城

欲覽秦關勝,邊行路不窮。亂山啣落日,匹馬度秋風。王貽上曰:警絶。草白餘孤壘,天青没去鴻。長城空築怨,恃險問誰雄。

## 雨　泊

水路陰晴變,羈棲意未降。亂雲奔晚岫,片雨壓秋江。葉井叔曰:十字神到。岸圻青楓亞,波摇白鳥雙。前邨沽酒近,燈火照船窗。

## 久　客

久客難爲客,新寒易覺寒。關河霜鬢改,砧杵露華團。緑綺憐孤調,青山憶舊歡。夜來歸夢好,秋水上漁竿。施尚白曰:起句與"今夕是何夕,他鄉説故鄉"同妙。

## 舟泊天津

風沙津市暝,晚泊倚城陰。芳草縈歸夢,孤舟繫客心。春潮官渡漲,漁火海門深。施尚白曰:真叫絶。屈指金臺近,遲回思不禁。王貽上曰:宛然大曆十才子。

## 曉渡揚子江

孤帆涵日照,曉色一江深。潮入海門白,雲來瓜步沉。微茫輕世慮,浩蕩見天心。古寺中流出,如聞鐘磬音。葉井叔曰:全首高渾。

## 秋夜聞蛩

秋來何自苦,切切向墻陰。衰草霜偏重,寒更月易深。空幃愁織素,小苑罷鳴砧。此夕聞君語，驚予百感心。王貽上曰：三、四一聯寫聞蛩之神，繪風月也。

## 歐陽石室自注：唐歐陽行周讀書處。

仰止高賢在，荒祠百代餘。松杉三徑老，風雨一燈虚。韓李齊名日，甌閩得第初。夜深探石室，髣髴見遺書。施尚白曰：望古情深。此先生十二歲時所作也。觀弟韜汝後序可見矣。

## 舟過石人壩

怪石迎舟出，紆迴十里看。嵐光團野濕，樹影入江寒。過雨開斜照，驚淙落急灘。鷓鴣聲不斷，客思亂春殘。葉井叔曰：深秀。阮疇生曰：葱蒨逼人。

## 聞蟬次牧仲韻

人事蕭齋静，殘蟬雨後吟。夕陽移樹急，秋意入簾深。短夢孤眠覺，他時百感侵。空思元鬢影，悽切欲沾襟。葉井叔曰：三、四幽澹，耐人沉詠。

## 春日同查王望泊舟大洲

落日空江静，分橈就渚沙。孤村聞犬吠，深樹有人家。煙靄千山合，春流一徑斜。武陵仙路近，沽酒問桃花。

## 泰和避風，用牧仲野泊韻

移船驚浪起，繫纜倚平沙。虚市争菰米，荒村落薺花。閒知風日永，愁見水雲賒。薄暮汀洲外，歸鷗箇箇斜。王貽上曰：亦不減牧仲"青山出菜花"之句。

## 晚泊散步田家，次舍弟韜汝韻

舍舟聊縱步，晚色一村賒。槲葉疎前路，炊烟見數家。鹿場喧凍雀，牛背落歸鴉。更喜忘機叟，殷勤話種麻。

## 雨夜有懷次韻

殘燈猶吐焰,夜色久參差。秋水懷人遠,青山入夢疑。葉丙霞曰:句幽。林昏鴉集後,霜冷雁飛時。且盡尊中酒,無爲歎路歧。

## 賈島峪

青山名傍古人存,賈島窮居有故村。客舍無烟成獨嘆,秋風落葉向誰論?十霜幾墮并州淚,萬里空歸蜀道魂。汀月石樓寒瑟瑟,夜深疑叩老僧門。王貽上曰:通用島詩,又是一體。沈歸愚《别裁集》曰:通體點化長江詩便不浮泛。

## 立秋前一日,柬黄御遠孝廉,次計甫草韻

與子論交二十年,客中回首各凄然。畏看霜雪來侵鬢,況有騏驎未着鞭。梧葉空堦前夜雨,荔枝殘夢五更天。莫愁世路波瀾似,受侮還應勝見憐。施尚白曰:英雄語。

## 九月十五夜懷李厚菴

蕭疎今夕有誰同,獨倚南樓聽遠鴻。經歲干戈荒菊徑,故人離别廢詩筒。鄉園玉笛三秋月,京國寒砧一夜風。惆悵乘槎歸路隔,銀河渺渺碧霄空。葉井叔曰:全似郢州。

## 黄用錫將之太原,臨發雨阻,次和

漫懷隴首賦亭皋,勝事還知二仲豪。銀燭離堂調寶瑟,金刀渠盌膾霜螯。重雲夜過楓林黑,積雨秋連海氣高。且縶白駒聊永夕,蘭陵醉客有香醪。王貽上曰:高調沈鬱。

## 雨霽望泰嶽

岱宗高峙鬱巑岏,此日東遊矯首看。三觀雲霞晴後色,五松風雨夜來寒。

銘功異代遺秦碣，禪草何年奏漢官。會駕蒼虬凌絶頂，一盃滄海恣觀瀾。施尚白曰：風格似空同。

## 仲夏雨後過劉處士齋頭留酌

覓得墻東小隱家，碧桃紅藥滿園花。壺天迤邐松三逕，春事經營酒一車。時共孤雲窺海嶽，閒隨野鶴訪煙霞。興來欲繪滄州意，倒影山頭日正斜。

## 重陽前三日登元紫芝琴臺

千年遺跡傍城隈，極目蕭條曉雁哀。芝宇不隨芳草歇，琴聲猶向古臺迴。檻浮瀼水秋雲遠，簾捲嵩山暮雨來。吏隱莫嫌幽興淺，還能重醉菊花杯。王貽上曰：何其高秀。

## 遊雲夢山蘇秦、張儀從鬼谷子學道處。

山腰欲轉衆峰連，縹緲孤雲入望懸。樹杪泉飛巖塔雨，鐘聲路隔水簾烟。山有巖塔水簾之勝。龍頭鐺老花皆藥，鳥跡書傳洞有天。學盡縱横成計拙，投簪應自悔當年。

## 别　琴　臺

長嘯登高不厭頻，孤琴離曲恨方新。村煙冉冉迷紅樹，塞雁蕭蕭下白蘋。六載名山成好友，一天暮雨剩歸人。卧遊應有他年約，未許宗生獨問津。王貽上曰：似劉隨州。

## 奉寄楊可庇先生濯纓湖隱居

滄浪佳興近如何，南望幽村遶薜蘿。少室烟霞違世久，茂陵風雨著書多。深耕犢過垂楊路，罷釣船歸菡萏波。最愛湖頭秋色好，問奇他日許相過。王貽上曰：第四句佳。頭聯何其苕秀。

## 皖城登迎江寺塔，用壁間韻

崚嶒高塔插雲頭，拾級憑虚快壯遊。山勢平臨吴地盡，潮聲遠帶楚江流。千家烟火城邊市，兩岸蒹葭浦外舟。舊國孤忠餘戰壘，荒原落日弔余侯。阮疇生曰：三、四清曠，五、六俊邁。寫景在從高處見，是登臨佳作。

## 南康阻淺，用許丁卯韻縣屬南安郡。

曲折灘迴擁淺沙，舟牽百丈水程賒。啼殘苦竹鈎輈鳥，落盡空山積榖花。返照城邊來候騎，斷雲谷口見人家。南征自古多詞客，莫悵倦飛天一涯。王貽上曰：宛然丁卯風調矣。

## 使院夜坐

簿領腰肢困此生，小閒暫得暢幽情。桐陰轉處月當枕，竹露下時風滿楹。紈扇欲辭秋意早，素甆初點夜吟清。兒曹隔射咿唔近，可有新畬慰晚耕。王貽上曰：領聯亦是丁卯。

## 新淦舟行

城下空江向北流，虔州西上正悠悠。柳邊過雨鷺窺網，花外夕陽人倚樓。漁笛數聲愁欲劇，篷窗孤枕夢偏幽。一川烟景頻來往，每對青山憶舊遊。王貽上曰：似李嘉祐。沈歸愚《别裁集》曰：人倚樓一層，夕陽一層，花外又一層，層折而略無痕迹，所以可貴。

## 奉懷荊南大參鄧偶樵先生

廟略規全楚，儒臣寄上流。旬宣周召虎，甸服禹荊州。駐節詢安堵，單車化佩牛。金堤恬漢沔，玉塵静貔貅。五袴謳歌溢，千倉儲備脩。棨門閒卧鼓，鈴閣自輕裘。舞羽苗方格，增金秩已優。三公新露冕，四履盡昭丘。王貽上曰：好。已兆徵黄近，還因借寇留。郢斤勞善斵，漢粟未遑搜。庾府行開鎮，班升會駕騶。

由來經濟彦,自篤聖明求。王貽上曰:絶有開闔。岳牧官仍貴,登臨興莫儔。接離山簡馬,繡被鄂君舟。王貽上曰:切。雲白空舲曉,峰青月峽秋。山川資攬擷,蘭蕙人雕鎪。印榻新詩滿,琴牀綵筆抽。五言真轢謝,八俊舊推劉。歲月侯芭老,河渠賈讓憂。三年操畚鍤,一别隔旌斿。榱棟謀方劇,提携德未酬。後堂何日到,喬木幾時休。雁信馳千里,貂褕擬四愁。王貽上曰:對工。臨風思振策,侍側仲宣樓。王貽上曰:典驪精切。今日長律當推先生獨步。施愚山曰:氣色古甚。

## 望遠曲

别時花未發,别後見花飛。明歲花開落,行人歸不歸。葉井叔曰:唐音。

## 吴宫怨

越臣多異策,雪恥屬蛾眉。歌舞含愁思,君王醉未知。王貽上曰:近人詠西施有云:"别有深恩酬不得,向君歌舞背君啼。"深歎其用意之妙,此更以五字括之。

## 道經確山縣

林端懸雉堞,曲徑繞谿聲。茆店誰沽酒,春山客獨行。

## 贈别馮寶初歸雲間

尊罏歸興動高歌,結社尋幽製薜蘿。從此仙槎何處問,泖湖秋水月明多。

## 秋燕

拂水啣泥濕未晞,秋來何事背人飛。不堪細雨燈殘夜,猶捲珠簾待汝歸。

## 舟回至吴城作,次舍弟韜汝韻

連朝波浪拍天浮,棹入吴城見淺洲。書卷半牀春睡起,杏花風好放歸舟。阮疇生曰:與"故人家在桃花岸"同一風調。

## 陳大令鳴鑾一首。

鳴鑾,字殿甫,晉江人。順治三年舉人材,授廣東大埔縣知縣,調海陽縣。

### 過崇安分水

閩地將分水,紆回鳥道懸。有山皆種竹,無壑不鳴泉。征路遲羸馬,春心怯杜鵑。辭勞莫作客,今且入西鉛。

## 林觀察嗣環二首。

嗣環,字起八,號鐵崖,晉江人。順治六年己丑進士,累官廣東雷瓊兵備道。有《湖舫集》、《燕来詩》、《過霞集》、《劍外篇》、《鐵蝨詩羼首》。

鄧孝威曰:鐵崖罷瓊海觀察歸,僑居西湖,自號徹呆子,爲風流人士所宗,詩多奥異不可讀。

施愚山曰:鐵崖奇人也,爲文章光怪百出,寧駭俗,毋猶人,其礧砢鬱積不平之氣,直欲排山裂石,作霹靂聲。

《亦園脞牘》:觀察持節海外,風骨峻嶒,鏟革訛弊,因利而利,惠政所逮,粤人頌之勿衰。獨不阿上官,爲壘帥及二藩交相嗾劾。既削職,自瓊海歸,流寓聖湖,肆志徜徉,日歌歗於湖山詩酒間。一時海内名流,如朱竹垞、宋荔裳、王西樵輩争相推重,卒窮傲以殁于湖上,爲時所惜。詩搜奇索究,本其所積磊落不平之氣,發於聲音,不屑頽然自淪於凡響,儻所謂"語不驚人死不休"者耶!

### 倭漆引

閩海腥鹹龍户胎,令嚴越販誰私開。曩歲每候風帆到,梱載遥從日本來。刀布金錢無不有,市兒恣喫東洋酒。即看倭漆亦殊倫,嵌蛔堆砂稱鬼手。塗髹暗用金銀地，歲久終無雕鏤氣。一枝花鳥尤矜新，百駿千鑲爪髪備。昔云舜作漆器諫者多，亦傳夏禹篆彫戈。周禮冬官詞闕載，莫防淫巧傷天和。又聞徐福行時具百藝，只今倭子多其裔。蔗段諸式各匠心，不但盤匣留秦製。張楊兩人復争工，三十六次鏤剔紅。摩娑劇於十八女，耳邊無數海濤風。

### 泉南僧舍

千年禿盡六朝松，潭影能消芥蔕胸。崖頂老僧持鉢坐，欲因風雨叱黄龍。

## 陳大令允錫五十首。

允錫，字子帥，號亹齋，晉江人。諸生。順治乙未，定遠大將軍帥師入閩，奉命舉人材，試一等，授德化教諭，終平湖知縣。有《亹齋詩删》。

宋牧仲曰：亹齋詩尤工五言古體，出入漢魏、少陵，要自抒其胸臆而止。近體佳處亦從杜出，稍下猶是杜牧、許渾境地。

張子瞻曰：余以兩言評亹齋詩，曰真、曰秀。且謂真之一字，足以盡之。夫真詩難得，亹齋開口、下筆，有一不真者乎！

《桐西舊話》：先生鋭於著述，所撰如《鳳翔府志》、《江西通志》、《十三經解》、《諸子鈔》、《古今詩删》、《古今文選》之類，多至數十百卷，而《史緯》三百三十卷尤風行海内。康熙中，勵公廷儀曾以進御，詔付秘閣，其流傳尤廣云。

《亦園脞牘》：讀史者因全史浩繁，學者艱於循覽，于是有史鈔之書，或離析而編纂，或簡汰而削刊。含英咀華，博取約存，良足沾丐來者，便其稽誦。大令所著《二十一史緯》，目耕手書，芟繁就簡，首尾貫徹，眉目秩然。當日呈諸乙覽，儲之祕府，固已海内流傳，不脛而走。第鏤版久蝕，庚午歲乃得羅景山軍門倡葺完編，屬余敘其顛末，廣而傳刷，俾此書再行于世。先生著書等身，鋭志以古作者自期，而詩品尤能直抒胸臆，卓然不群。儒吏風流，既徵諸傳聞；先正襟裾，乃接諸諷詠。尤喜誦其“令人懶望西陵塜，七十纍纍知向誰”之句，以爲前人詠銅雀臺詩，佳什雖多，忍俊勿是過也。

## 淇上古意

陽春二三月，衛女遊桑間。佩玉兼巧笑，容止都且閒。漕水漲新緑，泉源漾微瀾。東風吹懷袖，春思浩方繁。垂柳蔭長亭，征驂出淇園。明眸迴秋水，惠心逗芳蘭。何物相貽贈，芍藥比令顔。相將非無意，嚴程不我寬。天涯芳草色，王孫去住難。

## 過郭璞讀書處

家山百尺樓，先人有舊築。近延塔峰秀，遠映泉山緑。松風吹我襟，蘿月照我讀。元亮不甚解，孔明觀大略。自許頗卓犖，粲然炯心目。衆美任紛披，吾意本幽獨。一行歎作吏，數載忘三餘。風塵牛馬走，形役神不舒。筆墨荒棐几，朋友隔間居。念及如負疴，慙見舊時書。每當秋風起，常夢竹窗虚。異苔同臭味，千載接襟裾。今日停車地，惆悵其何如。

## 古詩寄丹崖

隴山不見日，陰雨忽秋殘。邊州寄衣晚，遊子悲早寒。挂鏡不敢照，引劍亦罷彈。長安多貴人，通籍綰朱綸。山林隱逸者，服氣餌還丹。獨憐失群鳥，西飛鎩羽翰。

## 同丹崖遊桂清山

入山自有口，出山自有路。從入路口入山。一爲山中人，徘徊不能去。新月挂遥峰，殘陽隱高樹。樵子忘青山，淺深不知處。余途中問樵人桂山遠近，笑而不答，蓋忘之也。

## 别李屺瞻

惠好雖未久，一見定心期。狂風起中夜，客子欲何之。馬蹄多歧路，遠遊無盡時。

## 晚過小姑山

春草緑於羅,春波明似鏡。夕陽露晚妝,亭亭出閒靚。遥峰永相望,近水聊自映。彭郎未歸來,佇立孤煙暝。

## 渡　　河

黄河天上來,萬里遠奔注。我行欲問津,嚴程迫日暮。濁流正崩騰,猛風更馮怒。傷心名利人,不斷風波路。别有閒居者,爲説公無渡。

## 舟　　雨

一雨挾風來,蒼茫白晝晦。不辨雲烟色,惟聞天地籟。遠近無定形,各隨心所會。布帆猶邁征,孤舟不可税。

## 長沙懷古

吴芮分土後,幾人據長沙。權力在一朝,跋扈自矜誇。智小而圖大,終亦覆其家。湘流自立漢,暮色欲成霞。我懷賈太傅,年少美才華。來弔汨羅水,不看洛陽花。壽命本在天,卑濕何咨嗟。賢愚共蒿里,啼殺城頭雅。

## 失　　路

星言已戒途,月出未遑宿。徬徨歧路間,誰憫楊朱哭。臨淵驚我心,迷陽傷吾足。家山路自知,故轍行當復。

## 送王子側歸新城

君客東萊已復秋,問余幾度往同遊。今朝忽聞賦將歸,使我泫然欲濕衣。一番離别一番老,别情何似見時好。盡日相見亦尋常,欲别始覺愁人腸。雨餘芳草送征鞍,秋色遥連海外山。君贈紈扇留詩在,我賦驪歌逐子還。天涯長是存知己，何況二東猶妾趾。

## 觀音寺登眺

亂水小橋斷，荒園曲徑閒。松門開白浪，塔影出青山。野艇隨鷗遠，孤雲帶鶴還。虎溪相送晚，初月照禪關。

## 峽　江

衆水朝宗處，峽爲海門。扁舟破浪來。長江天地限，積峽鬼神開。京國路千里，鄉關酒一杯。蒼涼懷古意，莫色入南臺。地名舊越王臺。

## 暮經西湖，僅櫂小舟從湧金門至昭慶寺

湖山有約在，終擬泛虛舟。煙月且相待，行藏不自由。平沙團落日，小漲入新秋。風景不殊昔，長歌起暮愁。

## 同乾行落門寺樓飲，别存茹性至在甯遠縣。

送别一杯酒，登樓萬里身。雲霞移暮色，花鳥亂殘春。目斷青絲騎，心隨白錦鱗。長亭楊柳路，淒絶隴頭人。

## 首　陽　山

仰止高山在，斯人今已徂。君臣存杞宋，兄弟見黄虞。孤竹家何戀，采薇路不殊。河東有首陽山。所求亦既得，無事更嗟吁。

## 獨　坐

獨坐空齋曉，輕寒憶敝裘。竹聲分小徑，柳色積深溝。對我惟青卷，懷人早白頭。故園歸未得，風雨又新秋。

## 雨

隴外初秋雨，江南十月天。深山收燕麥，近水種葑田。榆柳垂沙路，村墟上晚煙。無衣出塞客，悽愴薄寒前。

## 不寐

水黑魚龍卧，天空雁鶩飛。孤身仍旅夜，殘夢欲誰依。反側何時盡，漂流未得歸。故山松桂在，歲晚客心違。

## 沙泥驛

沙泥驛路遠，望望寒雲間。哀壑催人淚，征塵厚客顏。鴻飛遵夕渚，馬足響秋山。旅夜愁風雨，郵亭深閉關。

## 宿張秀才園，懷桂山

來往中峰路，言尋日涉園。寒雲擁古樹，新月破孤村。前去城煙近，回看山色昏。應知今夕夢，尚繞桃花源。

## 歸過揚子江

風急晚潮生，雲霞落照明。石航浮水直，玉岫隔江横。返櫂歸何暮，中流氣未平。煙波有釣叟，好與定鷗盟。

## 酒醒有懷

酒醒無限意，默默與誰言。霜月明殘夜，秋風吹故園。砌蟲宵織冷，城角曉聲繁。余美天南北，斷腸清渭源。余寄孥渭陽未至。

## 東萊春日雜詠，步黄鱗伯韻

旅食静無事，茅齋晝掩關。忘機對白鳥，閒夢到青山。好友長離索，新詩暫往還。紫芝春更秀,幽谷一怡顏。

## 憶威寶

祇爲分襟易,遂成見面難。西風吹短棹,幾日到長安。沙渚雁聲斷,亭皋木葉寒。相思何處所,籬菊看將殘。

## 過玉版居在福勝寺後。前令黄貞父建。今廢,竹亦無存。

正是黄花節,來尋玉版居。草侵行處路,苔没壁間書。山水當時興,琴尊舊雨餘。竹林有聚散,祇樹本空虚。

## 正月望夜有懷

攜别記元夕,幽思不可尋。遥知明月夜,共此憶歸心。斷岸含空影,疏林散碧陰。清光千萬頃,流恨與誰深。

## 開河驛

三旬疲守壩,今日抵開河。楊柳春風軟,菰蒲新水多。來思依北闕,歸去過南訛。久役嗟吾老,當杯一放歌。

## 泊武城

從來文學士,能有愛民心。當此兵戈日,猶聞絃誦音。春波縈晚渡,自注:春波渡在城南。芳草接遥岑。維艇古城下,懷人一水深。

## 宜春臺

一水奔吴去,群山入楚來。不從萬里役,那上最高臺。朔氣蒼鷹擊,霜威白雁哀。春風猶未到,臨眺意難裁。

## 早　發

籃輿挾兩騎，倒載月中行。夢裹青山過，枕邊流水鳴。朝光將向白，霜氣有餘清。憑軾起危坐，自傷孤客情。

## 代閨夢

西舍秋雲起，中庭白露漙。良人薊北去，夜夜夢長安。別緒風吹斷，歸魂月照寒。誰知衾枕裏，行路自艱難。

## 歸途即事

溪流山徑互欹斜，處處晴嵐映淺沙。萬里愁心連柳色，一年春事到梨花。望鄉自覺淚都盡，歸路誰知情轉賒。但有故園三畝宅，肯輕離別向天涯。

## 晚景即事

澹煙疎影晚蒼蒼，簾幕東風日漸長。郎署積薪人易老，兵厨罷釀客難狂。閒情一夜生春草，遠望千山下夕陽。無限扁舟漁父意，歸歟好去卧滄浪。

## 河　樓

憑高望遠思悠悠，塞外風煙半似秋。沙磧千年留漢壘，鶯花三月憶皇州。金城直北長城繞，湟水迤西洮水流。萬里河山圖畫裏，籌邊何必賦登樓。

## 還經釣臺

無限青山繞綠波，倦遊心事獨如何。鶯花越水三春節，風雨横江一棹過。新句翻從重到少，離情轉覺近鄉多。平生亦有漁竿志，漫撫羊裘作釣簑。

## 舟次吴興

雲山青滿眼，水石碧無情。寒潮與客夢，相逐下吴興。

## 隴　頭　水

去國十年別，辭家萬里行。肝腸本斷絶，莫恨隴頭聲。

## 偶　　成

偶因啼鳥處，憶得落花時。春色隨流水，勞人自不知。

## 送何嶼伯

同疾自相惜，君歸似我歸。傷心各有淚，不向别時揮。

## 雜　　興

翛然知睡覺，已見夕陽西。春水緑猶淺，暮山青不齊。

## 送春大風

一夜東風急，落英遍短籬。明知留不住，故作盡情吹。

## 秋　　水

露冷葭蒲色，霜凄鴻雁聲。平蕪緑盡處，秋水隔林明。

## 除夕途中作

雨雪暗湘潭，除夕策征驂。不知今夜夢，何路到江南。

## 遣　　使

江路紆如織，驛騎遄若飛。一封遣回使，先寄客愁歸。

## 龍華晚鐘

塔影夕陽收，平林起烟霧。晚鐘不藏聲，隱隱渡江去。

### 銅雀臺

繡履初成欲賣時，含情親自卷簾帷。令人懶望西陵塚，七十纍纍知向誰。

### 悼趙石寅

詩名十載擅東萊，風雅寂寥自可哀。猶有草堂遺照在，月明還過建溪來。

自注：石寅與建安張式如共寫一小影。

### 望城驛在偏橋。

春風行李路迢遥，半縷征魂黯欲銷。煙火夕陽憑軾望，青青一粟是偏橋。

### 齋中湘梅盛開有賦一名蝴蝶梅。

孤館横斜只一樹，深宫粉黛抵三千。滿園玉蝶不飛去，過盡艷陽烟雨天。

## 王給事命岳五首。

命岳，字伯咨，號恥古，晉江人。順治乙未進士，選翰林院庶吉士，改擢工科給事中，歷户、兵給事，刑科都給事，建言降級調用。有《恥躬堂文集》二十卷。

《桐西舊話》：給事薦更變故，洞貫機宜。白簡黄封，切深疏剀，覺陸敬輿、田表聖去人不遠。被遇孝陵，屢蒙褒異。未究於用，而鼎湖上升，故所敷陳，鬱而勿顯。當三叛未變，初惓惓以强藩悍將爲慮。身没，未幾卒如所料。文貞李公作集序，稱其有古今淵源之學，而切於救世，良不誣也。先生舊廬在郡西，和表高坊巋然在望，離余書齋僅僅數武。居人話舊，尚稱“王兵科、王兵科”云。聲律非所究心，又佚存之餘，寥寥者數十則耳。嘗鼎一臠，固未能知味也。

### 擬古留别薛國符太守

迴車駕言邁，息馬一爲别。温温維德隅，我儀心如結。琴爲知者言，泉爲静音咽。區區抱所思,與君相鞙竭。舊人惜簪裾,新人亂屈折。新人吮磨牙,舊人淚成血。多謝持素心,大家各崩悦。寫素置君懷,三年字不滅。

## 潮陽别心任大兄入郡,建石弟適之渡頭菴,凄然有懷

棉上别兄來,弟更菴頭去。未省汝歸期,我行正當遽。將憂一别難,能無牽百慮。兼之葉落聲,吹向愁人處。夜静百蠶吟,何如不相助。

## 過彭澤有懷靖節先生

清江涵峻石,類公孤耿性。或云古彭澤,東流乃其正。當日誰留香,代移遺蹟競。折腰信輭美,其如松柏勁。公醒世不知,世醉公所病。我來絶壁下,能無仰止敬。

## 歲寒詩第二章上梁公玉立

一鼓朱絃曲未工,抛擲石骨卧秋風。官街貴游截雲佩,紫貂團光霞染紅。二五耦切並鑣語,踏花參差百連驄。捧匣朝入含元殿,校書夜出未央宫。虞卿迍賤最蕭槭,道帹斷碎酥醾空。吾吾烏烏何足道,吟詩一夜羲馭東。誰提龍潭三尺水,磨洗露寒照重瞳。真爲帝子憐神物,大澤斷白倚崆峒。要樹周楨衍周曆,三十八百繫公忠。丈夫感激存知己,大雅何辭續高崧。

## 月夜過友人書舍

坐久忘燈月,幽居别有光。畫綃題淺絳,粉筆養硫黄。漏静人無累,齋供酒不妨。愛君清興甚,私自戒頽唐。

# 温陵詩紀卷二

## 陳觀察寶鑰三首。

寶鑰，字大茱，號蓼厓，晚號緑崖，晉江人。順治間，以督師李公薦，授僉事，備兵青州。丁艱歸，服闋，補揚州分守道。吴逆之變，被羈長沙，不屈。後歸家，杜門著述，其詩分八種，總爲《緑野堂集》。

《桐西舊話》：《池北偶談》載：先生觀察青州時，遇明衡王故宫嬪林四娘，能詩，有稿一卷。程周量會元記其一首云："静鎖深宫憶往年，樓臺簫鼓遍烽煙。紅顔力弱難爲厲，黑海心悲只學禪。細讀蓮花千百偈，閑看貝葉兩三編。梨園高唱家山破，君試聽之亦惘然。"殊可入《異聞集》也。

遊泉山

絶頂高巖瞰碧山，遥來景色到堦前。海開曙氣紅生浪，山引晴光緑入天。洞暖暫能回鶴夢，林深常見下猿眠。嵐烟變幻還朝暮，惟有流泉不記年。

其二

斗榼雙朋訪北山，山容陡見老來斑。巖苔翠魄寒山骨，洞水清煙暖石顔。伏海潛龍貪夢嬾，歸巢倦鶴畏途艱。遥看畚鍤催工急，孰喚枯魚起活潺。

其三

山蹊石滑遊人跡，露裏村樵一線來。幽氣不驚青草夢，静聲自響落花苔。寧因日暮聞豹虎，誰向山深剪草萊。客去庭空隨鳥語，洞門又被白雲埋。

## 洪主事士銘一首。

士銘，字曰新，號畏軒，南安人。順治十二年乙未進士，官禮部主事。

送友顔紫巖之任無爲

金臺倏爾來高人,萬里晨昏重此身。楚水謳吟時互答,燕山劍舄日相親。張羅欲跋雲中履,折角頻誇雨後巾。願借匡廬竿許竹,層梯百尺上星辰。

## 富宗伯鴻基十八首。

鴻基,字磐伯,號雲麓,晉江人。順治戊戌進士,選庶常,散館授編修,累官至内閣學士、禮部侍郎,充日講官,起居注,修太宗、世祖兩朝實録。己未、壬戌兩知貢舉。有《瑟園詩草》一卷。

《桐西舊話》:公之爲侍郎也,閩有耿逆之變。文貞李公時以編修家居,爲臘丸疏備陳賊可取狀,遣家人間道走京師,因先生以進。聖祖如其計,遂定閩亂。魏環樞尚書每語人曰:"吾於會議班中,見其胸次洞洞無夾帶一物者,惟雲麓先生而已。"其集四卷,余於友人處借得《詩草》一卷,凡百五十餘篇,乃壽奴先生手書。

秋夕同館吴耕方、陳説巖同集孫止瀾書齋小酌賦懷,
各以詩見示,因而有和,即步其韻

良會君如許,寸巇未到吾。興闌宵漏短,語細壁燈孤。宦冷餘詩卷,愁新賴酒壚。可憐風雨夜,聯榻話江湖。

其　二

疏嬾今成癖,何當與世宜。竹松三徑静,笳鼓五更遲。聞子驚人句,動予芳草思。空庭寒籜下,獨坐悵群離。

其　三

聚散生人事,渾如一夢中。鷗輕從水泛,葉嫩任霜紅。所以金閨彦,相攜釀舍東。無緣同一醉,咄咄但書空。

## 秋日馮亦齋先生招飲亦園，即事賦贈和韻

超然塵外意，十畝足幽尋。山色當園净，人聲到柳深。齋居資獨賞，同樂訂知音。歡宴□承日，提攜識素襟。

## 秋日集李書雲亭館步韻

繁華城闕地，結搆似衡門。古樹侵苔色，叢蘆破水痕。登臨秋自好，身世酒堪渾。磊塊心中事，今宵乍不屯。

其　二

開軒忽曠然，空翠寫遥天。漫較詩工拙，且看酒聖賢。披襟斜照後，携手緑陰前。滄海還相憶，殷勤記此年。

其　三

愁來何處望江濆，折簡招攜喜有君。傍水樓臺多爽氣，清秋碧落自晴雲。砧聲暗逐歌聲度，舞影平將月影分。樂極幾忘鄉信杳，歸飛不羡野鴻群。

其　四

亭臨曲沼俯潺湲，恍若尋幽澗壑間。霽後迎眸皆緑樹，雨餘無處不青山。客逢詩酒愁應減，人對煙霞意自閒。到眼風光休錯過，吾生草草幾酡顔。

## 題江郎三片石

斧削神工石勢奇，雲端聳翠看離披。寰中形勝誇三島，海内名山匹九疑。應有乘鸞來越嶠，曾聞躍鯉出僊池。欣逢霽色山容現，銷盡寒煙紫氣垂。

## 送傅侍御歸養

驄馬承恩紫闥歸，聖明勵節首庭闈。待將子道風臣道，看解朝衣换舞衣。分去俸錢沽酒美，扶來笻杖種蔬肥。天南五載京華客，猶自瞻雲夙願違。

## 送同年洪暉吉歸四明

四明才子舊娉婷，一挂朝冠跡不停。殘夢雞聲催曉月，平原馬首帶春星。未知芳草爲誰緑，徒見垂楊向汝青。此去鑑湖容醉卧，相思還問幾時醒。

## 送孫惟一學士歸淮南省覲

輕霜一夜早寒來，小閣離筵竹外開。人爵不貪三徑去，君恩重載五湖回。顏承白髮班衣近，興足青山好鳥催。惟有關情同學者，臨風立馬幾遲迴。

## 題戴笠垂竿圖贈毛會侯同門

戴笠垂竿者誰子，白石青苔坐未已。釣絲不動江海水，照見巨魚清徹底。錢塘三月波浪深，西邊山木森成林。孤舟擬向巖陵去，時到灘頭聽龍吟。

## 晚　泊

荒郵繫艇王程迫，此處年來已數過。空際晚山雲影薄，尊前秋水月明多。長途客路憑舟楫，幾處人家近薜蘿。極目蒼茫身世外，暝鷗浴鷺滿晴莎。

## 登金山寺

矗然卷石砥江流，此際登臨客思悠。一柱高撑空世界，千門環映古臺樓。波光蕩漾琉璃破，雲影溟濛荇藻浮。縱目乍驚天地闊，蒼梧渺渺望中愁。

## 送陳緑厓僉憲維揚

高軒擁節過蘆溝，載酒歌驪燕市樓。雨洗雷塘秦嶺曙，沙明瓜步海陵秋。車書萬國通王會，控制千年重上游。莫羨相傳騎鶴好，循良自古屬韓歐。

## 僊霞嶺即事

磴道紆迴度石梁，參差隱見忽成行。天風卷霧吹將去，恍惚身疑漲海旁。

其　二

厓懸壁峭路疑窮，萬木叢中小徑通。石瀨淙淙人不見，一聲風度落溪東。

## 陳大令常夏二首。

常夏，字□□，號鐵山，晉江人，南靖籍。順治十八年辛丑會元。有《江園集》。

鄭昌英《注韓居詩話》曰：鐵山家貧力學，嘗爲人傭書。舉進士，授米脂令。辭，卜居南澗，左經右史，脱粟不繼，怡如也。四方文士多從之遊，晚年愈嗜學。卒，學者稱鐵山先生。

園　居

門無剥啄晝常關，獨自銜盃醉裏閒。更有長松寬數畝，招來好鳥亂空山。

漁　家

催租人急比風煙，一線清流負税錢。釣得魚兒能滿尺，官軍踏破半溪船。

## 傅州倅爲霖二首。

爲霖，字世揚，號石漪，又號暘谷，南安人，夏器後。順治間官直隸通判。有《緑綺堂集》。

《注韓居詩話》曰：石漪以英年世胄，爲雲間通守。政治之餘，留心風雅，嘗重梓先世大魁錦泉先生遺集行世。

過邵伯湖

將曉出維揚，高春經邵伯。秋風吹葉紅，江鳥掠波白。兩岸水浮山，千家船入宅。年年頻過此，僕僕孤征客。

潘山八詠選一。

畫舫清尊憩緑陰，横飛逸興聽龍吟。鶯花待客開三徑，風雨懷人共一琴。野色全將春色遠，鐘聲半落水聲深。偶然坐挹前溪月，涼氣侵裾白滿襟。

## 鄧總戎光汴一首。

光汴，字宇開，晉江人。順治間官總兵。

魏惟度曰：先生以總戎談風雅，年八十猶不衰。

建溪初度有感

亂石翻江斷，江流石上傾。風濤無晝夜，雷雨自陰晴。踏水心偏壯，迴舟望始驚。老人何所事，初度此中行。

## 阮處士旻錫四十首。

旻錫，字疇生，同安人。明諸生。甲申後絶意進取，出覽名山大川，渡大江，抵燕薊，托處京華十數載，其往來唱和，多一時名人。後逃於釋氏，在武夷，號超全；在同安，又號輪山。蓋鄭所南、謝皋羽之流亞云。有《涉江詩鈔》、《擊筑集》、《嘯草》、《輪山詩稿》、《夕陽寮詩稿》。

林鹿原曰：疇生詩冲微淡遠，一以正始爲宗。

紀石青曰：疇生《嘯草》，羅羅清疎，言必稱乎情。如《詠鄭所南心史》及《贈陳白雲》、《和王百穀》諸作，皆峭出，無世俗雕鏤綺績之習。

田鬓淵曰：阮子詩密而不蕪，和而能壯。遒聲鍊色，觸手呈露。至于隱慮微言，比物連類，斐然有楚騷小雅之遺。鮑既謝往，行將以瓣香從事矣。又曰：七閩近詩，非翾奥以矜新異，則枯淡以謀平遠。阮子獨能排衆論而遵舊裁，拓本性以協前律，亦橫流中之春江一幅，亂磴中之石臺廣坐也。

董蒼水曰：骨堅而氣疏，格鑄而體鍊。縝密温潤似美玉之色，激揚清越如霜鐘之聲。思軋軋其若抽，采軒軒而霞舉。阮子詩固不難上嗣漢魏，下掩齊梁也。

杜蒼略曰：輪山先生詩，霞翥雲上，善於言情。邃於切理，曉於述事，以風雅爲骨格，騷賦爲姿韻。托興于山川草木，寄懷於飛走蟲魚，洵有詩人遺則。

丁韜汝曰：輪山篇什極富，乃削繁就簡，所存佳章皆毫髮無憾，此乃合唐宋諸名家而集大成之詩。

趙松一曰：輪山古體詩堅朴深渾，存正始之音；近體詩整潔工鍊，絶錭鏤之迹。至其風趣悠長，聲情暢美，自可方駕古人，超越時輩。

陳亹齋曰：詩貴學古，方能成家。輪山詩何嘗不從漢魏、三唐出，而師心變化，有出於古人範圍之外者，斯爲善學古者歟！

鄭遠齋曰：輪師詩和平中正，不激不隨，有合於詩人忠厚温柔之旨。

胡静夫曰：疇生先生曠代異才，其忠孝磊砢之性，灝博静深之氣，形諸詠歌，攄寫激宕，無不合度中節。

## 還　家

盡室遯江村，乍歸未識路。卻問路旁人，爲指門前樹。癡兒各長成，有弟亦同住。病妻久卧牀，淹淹迫歲暮。獨客苦思鄉，還鄉如客寓。二親掩重泉，凄清感霜露。回首望禾江，舊廬杳無處。信宿不遑安，又復出門去。沈歸愚《别裁集》曰：向於京口見無名氏詩，有"萬里是鄉家是客，三冬披葛夏披綿"句，寫盡作客情事。讀此詩尤覺黯然。

## 萬安橋

白虹飲大江，偃卧長不起。何用祖龍鞭，横跨東海水。巨石駕蛟宫，飛欄翼雁齒。巍然忠惠碑，詳哉歲月紀。醋字或訛傳，後人詫神鬼。壯觀甲中州，亨途通萬里。詩書鄒魯匹，江山洛陽似。倦客謾留題，且食蠣房美。

## 從蘿庵過上章堂至翠竹窠

已捨泛曲舟,遠尋蘿庵路。境幽自忘疲,陟巘險屢度。鼓子標一峰,亂峰各奔赴。迤邐過章堂,須要得佳趣。泠泠翠竹窠,梅蘤開滿樹。飛錫有道人,掛瓢喜同住。崚嶒三仰峰,武夷最高處。此爲萬山中,仙靈所群聚。碧霄古洞深,游客多却步。我欲一躋攀,連朝苦風雨。日夕坐山樓,凄然感歲暮。

## 江村雜興

我愛清溪好,遂卜清溪居。野人不相識,時還過我廬。尊酒相勞問,醉後談詩書。朗誦秋水篇,一字不留餘。溪東亦可樵,溪西亦可漁。眷言春山裏,與子同荷鉏。

### 其二

處身濁世内,中懷鬱不舒。蟄龍苦屈曲,泛泛羨飛鳧。生不逢商周,焉敢慕唐虞。名位世所重,道德信爲虚。丈夫志四海,何妨轍跡殊。胡爲自掩抑,戚戚無歡娱。負鼎與射鈎,千載有同符。我心固如此,我意方躊躇。沈歸愚曰:撫己閲世,一往乖忤。無陶淵明之安知,有王仲宣之慷慨。

## 遊泉山

曉上清源山,崔巍俯天半。緩步憩飛亭,從容恣遐觀。春潮帶城郭,茫茫無溪岸。石面迸清泉,圓光細如彈。鳥雀不敢污,嘉名兹山冠。絶頂洞門開,仙人留蜕館。遺容巾屨新,塵世滄桑换。至今蟒穴腥,陰風吹不散。日落群峰低,烟光相凌亂。下睇氛雲深,來踪恐隔斷。

## 流香澗

山雨初晴溪尚霧,澗底流香花滿樹。棱棱石齒咽寒泉,耳畔濤聲喧不住。道人指引挈瓶來,欲試雨前花上露。天柱峰高暝色深,芒鞋歸踏蒼苔路。

## 安溪茶歌

安溪之山鬱嵯峨，其陰長濕生叢茶。居人清明采嫩葉，爲價其賤供萬家。邇來武夷漳人製，紫白二毫粟粒芽。西洋番舶歲來買，王錢不論憑官牙。溪茶遂倣巖茶樣，先炒後焙不争差。真僞混雜人瞶瞶，世道如此良可嗟。吾衰肺病日增加，蔗漿茗飲當餐霞。仙山道人久不至，井坑香澗路途賒。江天極目浮雲遮，且向閒園掃落花，無暇爲君辨正邪。

## 報國寺松歌

蛟宫老龍愁偪窄，騰身飛落梵王宅。碧爪蒼鱗不敢張，屈曲空庭低數尺。當時海内歸龍種，手挈乾坤曾再闢。宣府槐龍十丈高，江山幾處留遺跡。百年烟雨動波濤，五夜霜鐘秋月白。我傍松陰伸脚眠，不覺松風吹日夕。寺裏僧雛掃落花，笑指龍鍾老襏襫。

## 鷺　嶼

故里丘墟久，曾過一紀年。豈期浮海客，重泛渡江船。舊友晨星落，歸人夜月圓。相看如隔世，恍惚記生前。

### 其　二

城隅荒草路，喪亂幾人歸。巷陌新豐似，河山故國非。村墟春樹少，野渡暮船稀。已作辭巢燕，應難傍主飛。

### 其　三

新築江干舍，吾宗舊子孫。别來予已老，亂後爾猶存。白鶴先人壟，金鷄舅氏村。百年思故土，漂泊竟何言。

### 其　四

遥天鴻影斷，獨立數歸鴉。日暮空城角，春深廢圃花。生還猶過客，老至已無家。極目煙波外，難尋海上槎。

## 詠　薇

微雨春舒葉，嚴霜歲植根。一舉滄海曲，千載首陽魂。歎世君臣薄，聞風草木尊。商周日已遠，采罷亦何言。沈歸愚曰：詠高節也。不脱不粘，得老杜詠物體。

## 宿古葉縣

令尹遺封邑，蕭條荆棘生。夕陽迷舊國，松雨下殘城。古塚聞狐語，空村見虎行。山川徒滿目，孤客畏晨征。

## 傅石漪舟至都門

輕車又復渡盧溝，好作長安三月遊。香氣隨風花入市，酒烟如霧客登樓。來當隔歲人無約，坐到深宵話未休。袛恐翻成容易别，泖湖春水待官舟。

## 萬石巖

鑿開雲壑架精藍，數曲幽溪客共探。孤月夜懸雙石壁，千林秋嘯一茅庵。餘生擬向閒中度，往事都從夢裏參。便與名山期後約，浮名從此更休貪。

## 七忠祠

遺廟淒涼落照餘，諸公抗節竟何如。可憐苦戰平都督，不及臨戎鐵尚書。風雨孤城猶黯淡，河山故國已丘墟。峨眉亭上題詩客，千載傷心論革除。

## 登太武山

疊嶂高標大海前，東南島嶼點微煙。纔登絶頂三千仞，已洗塵襟二十年。廢塔荒巖唐日月，殘烽古戍宋山川。風波一夜漁舟杳，白鷺村低隔水天。

## 落花和韻

萬點風飄似客遊，墜茵墜溷使人愁。酒中日莫聞吹笛，江上春深罷倚樓。

語燕銜來俱是别，啼鵑淚盡可能留。從今已逐東流水，漂蕩何時返故丘。

## 放雲道人輓詩

流離粤海幾多年，夢想何曾一到燕。楚澤風雲如隔世，淮南雞犬忽成仙。青芻舊客三生淚，宿草新墳五月天。往事回頭春夢短，心空早會老龎禪。道人扁其齋曰“夢想不到處”。

## 花朝同林孝穆限韻

歲月閑消客興豪，空將歸夢遶江皋。青回塞草朝聞雁，凍解河冰夜聽濤。萬里風塵隨老境，百年牛馬任兒曹。柳煙桃雨溪橋路，轉憶柴門日影高。

## 聞簫同丁雁水樞部分韻

嗚嗚春鳥暮歸巢，嫋嫋秋花曉墜梢。孤客不堪今夜聽，故鄉仍是隔年抛。秦樓舊曲來雛鳳，湘水新篁攫老蛟。最是深閨離别後，玉釵紅燭夢中敲。

## 秋　興

遠辭故國十經春，垂老無家倍苦辛。未變姓名爲市卒，暫同樵爨混傭人。林深谷暗蜩螗沸，月黑天昏虎兕嗔。萬里長風波浪闊，傷心咫尺是迷津。

## 惆悵詩和韻八首選二。

惆悵鄉關杳去踪，波沉東海劫塵封。空留骸骨膏原野，幾見勳名上鼎鐘。夜雪千山門獨閉，春江一水棹偏慵。餘生縱有歸來日，顦顇應非舊日容。

### 其　二

惆悵藤陰覆石牀，十年漂泊離家鄉。羊裘披盡邊霜白，驢背吟殘塞日黄。花落空山秋色淡，草深荒徑世情凉。老來豈效窮途哭，一任人稱阮籍狂。

## 金臺夕照次王洪韻。

薊丘城外有高臺，傳是昭王築館開。春草豈知人事改，莫鴉還過女墻來。

燕山落日歸何處,易水寒風去不回。收得屠沽非國士,下齊方信樂生才。

## 山庵秋梵八首有序 選五。

癸亥九月念有七日,余依古槐和尚薙髮於燕山太子峪之觀音菴。山中早晚,各有課誦。初入僧寮,愧未聞也。窮秋多感,習氣難除,觸緒成吟,聊當清梵而已。

清秋南國動波瀾,永夜西風落葉殘。四海難容真面目,百年空感舊衣冠。釣鼇人去蓬山杳,買駿臺荒易水寒。披却袈裟塵事少,聊從壁觀覓心安。

其　二

水落桑乾夕照紅,孤村寂寞閉禪宫。每談忠孝師宗杲,不拜君親學遠公。月出飛飛烏遶樹,天寒咄咄雁書空。西山咫尺薇堪採,且盡浮生一夢中。

其　三

滄江流恨幾時平,竹杖芒鞋過此生。哭廟有人憐蜀主,殺身無客愧田横。水中鹽味看難别,鏡裏空花畫不成。昨夜寒燈吹未滅,荒雞喔喔報天明。

其　四

機忘鷗鳥已無猜,塵影猶然入夢來。淚盡管寧浮海棹,愁填葛亮祭風臺。抛殘日月依空界,喚起魚龍辨劫灰。往事迢遥彈指頃,堂前法鼓一聲雷。

其　五

天涯垂老入空門,去國離家不易論。頻憶姓名同輩少,得歸鄉井幾人存。十霜久作并州客,七字閒吟賈島村。讀罷南屏安養賦,南方何事苦招魂。

## 同王秋史、鄭遠公遊龍洞山,次李滄溟韻

蒼壁丹崖映翠屏,洞門苔澀晝常扃。峰尖落照懸孤塔,谷口閒雲護小亭。水盡寒潭龍氣黑,天圍平野嶽痕青。籬邊犬吠頻嗥客,駭作孤村吠豹聽。

## 金陵懷古

風吹蘆荻作秋聲,夢裏猶疑舊戰争。烽火久銷京口戍,寒潮還打石頭城。

長江自昔稱天塹,滄海何年洗甲兵。我本煙波垂釣客,孤舟今夜月空明。

雞 鳴 寺

六朝遺恨憶蕭梁,衰草荒臺下夕陽。帝歷自應關氣運,佛門原不管興亡。河山百戰歸真主,樓閣千年住法王。歎息人間俱夢幻,海天無限轉蒼茫。

古 別 離

嗚咽嶺頭水,水聲何太悲。所恨分流去,東西無見期。

中 峰 頂

鐵鏁掛銀峰,飛欄扶絶頂。曉隨煙雨來,萬山睡未醒。

雲 罩 寺

空掩雲關臥,霜風到榻寒。尋常山上月,讓與衲僧看。

仙 霞 嶺

群峰羅列鏁重關,鳥道孤懸不可攀。自聽東風啼杜宇,落花一夜滿空山。

朝 陽 洞

古洞燒殘見劫痕,人間石火自朝昏。禪僧不誦華嚴卷,夜夜空山嘯白猿。

## 林布衣華昌一首。

華昌,字兼實,晉江人。順治間布衣。

九日遊棲霞,感懷五兄

獨上高岑望翠微,夕陽半落雁初飛。依稀識得江山舊,惆悵茱萸淚滿衣。

## 陳布衣昌國一首。

昌國,字亦人,同安人。順治間布衣。

送梅溪和尚還秣陵

君不見海鶴凌雲姿,豈能鎩羽長在兹。請君縱飲酒,聽我伸一詞。如君筆墨人共識,如君道行人不知。君今欲返秣陵去,我於往日先見之。秋風古渡一揮手,珍重毋忘過我期。

## 陳布衣雄略二首。

雄略,字雲卿,晉江人。順治間布衣。有《東皋寄草詩集》。

《桐西舊話》:《東皋寄草》詩可六七百篇,古體不及十之一。昔朱錫鬯謂:閱前人詩集多近體者,詩率不佳。信然。

酬别洪聞大

正爾初相識,何當遽遠行。乾坤無限恨,詩酒總關情。楚水天涯客,閩山柳外鶯。未能投筆去,幕府愧班生。

陪何明卿過祖里,柬何漢侯

可是桃源又一山,滿襟清氣隔塵寰。樵邊有路雲開閉,樹杪空天鳥往還。夜吏不聞鷄犬静,幽花自得歲時閒。慚余濁世迷途客,也逐尋源至此間。

## 王處士傳一首。

傳,字□□,康熙間僦居晉江,賣草爲食,人呼賣草翁。

《桐西舊話》：阮旻錫結泉山詩社，傳竊其題作之。阮見之，大驚服。詢其履歷，終不肯言。後題詩於南安不老亭，邑令使物色之，則已遯矣。

## 題不老亭步明人丁少鶴韻

蓮華峰上起孤亭，亭自蕭疏峰自靈。垂地修藤千丈碧，參天古柏萬年青。仙踪秘籙無尋處，怪石幽花不記齡。他日名山投老去，飄然塵外作丁[令]。

# 温陵詩紀卷三

## 李文貞光地九首。

光地，字晉卿，號厚庵，安溪人。康熙三年丙午舉人，九年庚戌進士，選庶常，授編修，督順天學政，累官至吏部尚書、文淵閣大學士。卒謚文貞。雍正元年，加贈太子太傅。事具國史名臣傳。有《榕村詩集》五卷。

杭堇浦《榕城詩話》曰：安溪相國詩不多作，深得魏晉之遺。

林薌谿昌彝《射鷹樓詩話》曰："富貴每因驕佚散，貧窮半是惰遊多。"此安溪李文貞公句也。入情之語，可作座右銘。

《松心日録》曰：李文貞公扶持善類，培植文人，如白陳北溟之冤，救方望溪之死，直張孝先之獄，皆公之力也。他如楊名時、蔡世遠、惠士奇、王蘭生、何焯諸人，均被公薦拔，以經術文章顯名於時。

《桐西舊話》：公爲本朝第一流人物，文章經濟兼臻其極。其撰述自奉詔纂修《周易折中》、《朱子全書》、《性理精義》外，所自著者凡三十五種，尤邃於《易》，有《通論》、《觀象》數書。其所甄拔薦引，如衛既齊、陸隴其、趙申喬、徐元夢、德格勒、楊名時、李紱、蔡世遠、魏廷珍、王蘭生、徐用錫、何焯、梅文鼎輩，皆一時名人。歸田，日過吴門，有欲削顧亭林《音學五書》版者，急以五百金贖歸印行，顧氏書賴以不廢，亦足見其愛士之誠矣。

《亦園脞牘》：公爲編修時，請養家居。適耿逆搆難，竊據福州，鄭氏踞犯泉州。乃密草《平閩機宜》，裹蠟爲丸，謀諸季父，遣家僕逃出，間道走京師，投富雲麓宗伯入奏。後得解圍告功，吾鄉人至今德之。公事業文章，彪炳當代。品望優卓，後進奉爲羽儀。宏獎慇懃，善類尤資扶植。著述繁富，於學無所不精。

詩雖不多作，然渾茂之氣，上凌晉魏。其樸實説理垂訓處，可當箴規，則大似紫陽集中吟詠也。張南山太守《國朝詩人徵略》中録其詩，五言如"嫩絲舞緒風，早麥摇新浪"、"月出連天近，潮來帶海飛"，七言如"人非本業皆無賴，里有仁風即太和"、"富貴每因驕佚敗，貧窮半是惰游多"，皆可誦也。

## 遊成雲洞自注：戊辰年正月，用朱子登廬峰韻。時方疏請侍養。

溪深樵路微，峰迴面勢盡。涉亂渡雜沓，探崖窮攀引。村火蔽烟樹，居然成異畛。寒篠釣沙黄，奇石剥山磷。霽色限霜颸，清聲絶蟲黽。昔我營兹村，高天風息緊。修途節又弭，直逕步方窘。白日照歸鳥，和風罷征隼。況是日邊書，取次浮名泯。有願斸金芝，無心聯玉筍。一諾在山靈，皇肯爲微允。八方正鳴條，四節時在蠢。冠童真五六，日暮命歸軫。自注：時同遊長幼凡十一人。

## 讀漢留侯唐鄴侯傳有序。

留侯、鄴侯，出處語默，大致相似。然自漢史則以鬼物爲疑，唐舊書遂用詬厲。余觀二子，固非董、葛大醇者比，然所遇亦各不同。方外之託，殆古人隱曲深心，未可据迹議也。

嬴焰烈已極，不獨報韓私。碭石狂風來，九域正離披。二子誠逸民，豈忍坐視之。雲龍三古後，安必虞夏期。相印輕於銖，侯封比丸泥。攘袂扼擘處，即有善刀機。呼噏存亡間，卻似閒點棋。坐呼采芝叟，緩誦種瓜詩。幾回思塞兑，再出整重離。此是賢人心，神仙固詭辭。自從崆峒來，下迄華山希。身授帝者法，不爲帝者羈。是或一道爾，義於不相疵。我論兩先生，如惠復如夷。史遷好奇偉，畫工只毛皮。唐人亦貌取，珊珊骨所嗤。何況東方者，立德不純歸。

## 思哉席上即事

繁條結緒風，新軒每遊矚。陰晴生變態，萬象起亭毒。之子盡素心，寤懷矢相告。雨氣傍暮多，盛歊欲起粟。主人岸西偏，曬網晨來屬。同調騁幽思，詠言導所欲。君有五色絲，我是桑下蠋。六宫品玄黄，無乃譏同浴。翩翩何與楊，齊心解朱襮。孫陳角嶄然，誰令久横牿。史兄廿年交，古色紛歷録。詩滿老杜胸，杖護新葵足。夷險頗中更，今日興還續。兀兀喜呼觴，碌碌但攻玉。坐側衛侯弁，酣掀武帝幞。吟苦入枝梢，步閒觀畚挶。微飈動清陰，幽漪灑煩溽。欲借魯陽戈，西崦弭羲旭。鎮日浩忘歸，勿受苶然趣。方今聲利心，摇摇亂風纛。鶩豔侈登龍，徼光羡籠鵠。我與二三子，願言超季俗。一慕羲農真，洗卻衰周縟。況此静鳴吠，並食帝恩沃。我輩殊潛見，清修同所勖。未妨大雅編，留作聖唐曲。自從鼻疾除，疑有㹹斤斸。荷麗日飄香，莫厭荒瓢緑。

## 搆榕村草堂，用王介甫招約之職方韻

吾甥孫氏子，小城阡之曲。門外一横塘，鄰頭幾竿竹。村外烟火深，路口麗荷馥。卧雲古樹黝，遞雨春疇緑。維時四郊閉，吾壘於焉築。閒情滿鷩栖，幽心寄游目。有榕摧著地，旋生非一木。分枝鳥已猜，問根人未熟。雙橋曾涉川，合幹擬支屋。我行𠁗煩暑，或來憇囂黷。仰聽高翼喧，下俯微鱗逐。惜哉羈代網，不得鶱孤躅。風矣汔少霽，王路趨何夙。犬馬戀恩長，禽烏愛日速。版輿三徑花，飛帆六月舳。甲子竟妖星，枌榆吾已足。逮此荒十畝，居然灑清瀆。臺漏萬翠金，池擢千紫玉。踈雨移時聞，西曦亭午縮。覆苑擷山阿，穿源下淇澳。畦中無數藥，雜以伊何蔌。地湧九仞蔽，天虚十里矚。勝踐光行葦，寬腸懿苜蓿。蜩分葉露餐，黽共蘭膏續。罨靄正望山，陰晴時俟谷。結者度外交，來此園中續。佳賓不須筵，良夜惟所卜。洛下多雪肩，東山富絲肉。背樹真悠哉，傾葵尚跼促。方今盛楝樑，蹔委檀下轂。

## 題汪千陂黄山採藥圖

玆山源流遠，岷峨發崔巍。峽雨通荆樹，江風入嶺梅。自註：山脈自梅嶺而來。迤邐兩都會，自註：又發脈生江浙。佳氣亦悠哉。旁魄非凡境，草木得未栽。吾友汪君子，告我採藥來。勾吴異代事，彼值殷商衰。吾子生明聖，何病獨徘徊。回首上章歲,春風塔雁哀。同調十九人,取次已塵埃。望子大先業,好勇宜取裁。武夷與黄山,仙霞爲之媒。中有聖靈迹,夢寐日幾迴。所願如吾子,至今未得諧。安知不如今,子志亦行灰。壯子出氛意,欲勸又停盃。語默果由人,訪我閬山隈。

## 壽高翁不危九十,翁有弟特騁,棄家遠去

綺里采芝逝,東陵但種瓜。高風同百代,語默道未差。徐淮俗化異,奇俠隱音華。笑談海客去,然諾楚人誇。世出世間事,二難并一家。千秋高士傳,雪映黄河沙。即今九十耄,綜理及魚蝦。心知地行僊,翻嫌舉者遐。令威如一返,應識吾道賒。

## 有　感

勞生未得休,欲愁且自勸。浮迹隨化往,築底須命判。園菊後時花,凌霰偏爛熳。青青巖上柏,孤矯寒雲半。誰能求稻粱,又復老葭亂。始謀乏古心,終已違初願。冥冥慕飛鴻,衎衎愧漸雁。不是伊吕科,骨驚鬢亦變。宿習無始來,塵緣竟日伴。三百興發憤,六爻起憂患。老至憂樂并,衰久魂夢亂。金丹信何遲,鷄犬歲又晏。樹蟬吟秋節,高風在一旦。成相聊申歌,還欲告親串。

## 甲午春日送喀警庵村居

移室就村墟,幽栖愜素尚。陌塵静不飛,野色正駘宕。嫩絲舞緒風,早麥摇新浪。春雨深一犂,晴川浮兩舫。眷言農圃老,人與簪裾忘。陳編得披尋,枯棋對閒曠。出逢漁樵鄰,卧想羲皇上。起予丘壑情,烟霄時極望。

## 和友人上元夜即事限韻之作

獻歲開顔又豈曾,荆舒投老欲依僧。自註:同有元澤之感。寒風對榻三更話,自註:時舍弟在寓,每夕談論。落葉前軒一夜燈。潮水到門推上月,朝陰濯馬歷餘冰。那知亂緒難將報,雜佩空多愧子能。

## 黄徵士虞稷五首。

虞稷，字俞邰，號楮園，晉江人。隨父居，中宦江陵，遂入江陵庠。康熙十七年，以博學鴻詞薦，未及試而丁艱歸。徐玉峰纂修《明史》，復薦協修，入翰林院，食七品俸，纂修《明史》，復充《一統志》纂修官。書未成而卒。有《我貴軒》、《朝爽閣》、《蟫窠集》、《楮園雜志》諸集。

查心穀《蓮坡詩話》曰：冒辟疆有姬人董白，字小宛，金陵人。善書畫，兼通詩史。早卒。辟疆作《影梅菴憶語》悼之，一時名士吴薗次綺以下賦詩以贈，温陵黄俞邰虞稷二絶更佳。冒見之，哀感流涕。其詩"珊瑚枕薄透嫣紅"云云。

《西河詩注·答贈黄俞邰詩》云云。注按：黄原詩云："麗藻清詞鄴下逢，西河才子氣如龍。頻年變姓嘗爲客，是處移家欲任春。"又云："《明河》詠罷添愁思。"故有賦明河及氣如龍句。《明河篇》，即淮陰所賦，一時傳誦人口。

王漁洋《池北偶談》曰：金陵黄俞邰，徐都憲元文疏薦，以諸生召入明史館，食七品俸。予時向之借書。

周亮工《讀書録》曰：馬瑶草士英，貴陽人。罷秦督後，僑寓白門，肆力爲畫，學董北苑而能變以己意。

王貽上曰：蔡京書與蘇、黄抗行，瑶草胸中乃亦有丘壑。黄俞邰題"半閒堂上草離離"云云。貽上又題云："秦淮往事已如斯，斷素流傳自阿誰。比似南朝諸狎客，何如江令擘箋詩。"瑶草爲後人邪揄如此。

沈歸愚曰：俞邰以諸生修《明史》，食七品俸，當時以爲盛事。

姜西溟《葦間集·題錢孝修山中採藥圖》云："題詩舊日東華侣，好句初看淚滿襟。恨識斯文猶未喪，九重泉路幾知音。"自注：前有亡友黄俞邰七律四首極精工，中有"抽書盡日向東華"之句，讀之泫然，故末章及之。

《桐西舊話》：楮園先生七歲能詩，出語驚人，有神童之目。其千頃堂藏書多至八萬餘卷，《明史·藝文志》即出其手。嘗建古歡社，與同志校刻群書，古籍多賴以傳。

### 次林茂之先生八十自紀韻

八十才名遍九州，先朝遺老至今留。聽談舊事開元載，早識詞人萬曆秋。藜杖尋詩荒逕外，松風坐客小樓頭。乳山咫尺能招隱，我欲從之一遡遊。

### 贈王石谷

松老鍾山廢苑空，六朝遺跡散飛鴻。冬晴幾日閒驢背，寫出荒寒落木中。

### 題馬士英畫

半閒堂上草離離，尚有遺蹤寄墨池。猶勝當年林甫輩，弄麞貽笑誤書時。

### 題影梅菴憶語

珊瑚枕薄透嫣紅，桂冷霜清夜色空。自是愁人多不寐，不關天末有哀鴻。

其二

半牀明月殘書伴，一室昏鐙霧閣槭。最是夜深淒絶處，薄寒吹動茜紅衫。

## 陳庶子遷鶴一首。

遷鶴，字聲士，號介石，安溪人，居晉江。由漳州籍中式。康熙庚申，補科舉人。乙丑會試第三，選庶吉士，歷中允、侍講、侍讀，至左庶子、掌坊事。有《韓江草》。

鄭杰《注韓居詩話》曰：介石嗜學能文，在庶常時，爲李厚菴先生所推重，見其所著《太極太虚論》，引與辨説，夜分不倦。晚年尤精經學，有《易論》、《尚書私記》、《毛詩國風繹》、《春秋紀疑》，《上峰堂》、《春樹堂文集》，《閒居咫聞》及詩稿行世。

《桐西舊話》：介石庶子五十登第，篤志經學。安溪相公每謂人曰：陳介石五十窮經，經學甚明。六十學書，書法大進。在乎志堅而力果耳，何晚暮爲歎哉！所著有《論易》十五卷，《尚書私記》一卷，《毛詩國風繹》一卷，《春秋紀疑》三卷，《閒居咫聞》十二卷，文集四卷。子萬策，孫亮世，曾孫科捷，並入詞苑，人艷羨之。

《亦園脞牘》：介石先生覃心經術，志趣高卓。仁廟時，以翰林入直南書房，屢蒙睿賞。時南齋最號津要，撰擬批答，皆出其手。自雍正間設軍需局，後改軍機處，於是代言乃有專司，機密俱歸政府，南齋史官但以書畫、文詞供奉矣。先生職莅清要，日以窮經稽古爲務，撰述緐富，多有未梓行者。余家舊藏所著《毛詩國風繹》鈔本，近同里黄氏新槧于版，亟以此書授刷，聊酬先生窮年矻矻之苦心云。

題榕庵按：榕庵在福州烏石山陰。康熙時，爲蕙子曒别業。

高人癖性耽山水，抱樹作堂依先搆。柯皮垂髯此龍虬，参天黛色射星宿。南望平疇緑野開，炯炯芊芊水滿隈。大江繞郭四十里，人煙北駃越王臺。四時佳景一盼收，最喜春和及清秋。明蟾曳練碧如畫，東風吹拂翠光浮。有時煙雨淡天半，流雲飛噴入高樓。亭宇瓌瓏分四面，氣候温涼隨節變。好鳥戀巢不歸山，名花别種麗葱蒨。過客聞知園林好，停車每愛踏芳草。主人肴酒相爲將，題詠繽紛餐霞藻。顧謂善手寫輞川，一幅嘉陵海内傳。攜此東西復南北，方壺隨侍左右側。未識名園景何如，請君披卷看翰墨。

## 池大令繼溥二首。

繼溥，字□□，同安人，籍晉江。康熙庚午舉人，曲周知縣。有《然齋詩草》。

雲頂巖絶巔覽觀日亭故址在厦門。

躡屐尋幽徑，攀藤訪絶谺。山光飛白鷺，海色入丹霞。石閣連雲壯，瑶泉帶竹斜。紅塵應不到，隨意且趺跏。

其　二

俯睨皆培塿,凌虚直造巔。千尋雲幻壁,萬里水連天。島嶼羅羅布,風帆片片懸。未須跨鶴背,暫此馭風烟。

## 李明經光坡二首。

光坡,字耜卿,號茂夫,安溪人,文貞介弟。貢生,精《三禮》之學。仁廟賜聯云:"道通月窟天根裏,人在清泉白石間。"雍正元年,有司舉孝廉,已寢疾矣。有《皋軒文集》。

杭堇浦《榕城詩話》曰:茂夫隱居不仕,潛心經學,著《三禮述注》。仁廟賜聯云:"道通月窟天根裏,人在清泉白石間。"亦榮遇也。詩如《白沙、定軒家塾既集,用昌黎符讀書城南韻》云云。

白沙、定軒家塾既集,用昌黎符讀城南韻

今日家塾立,諸子念權輿。先人勤何爲,望世有詩書。謀道及謀食,均要在心虚。虚心且立志,聖賢同此初。低首腐爛義,所滋皆蕭閭。試思宇宙内,頂立何不如。聰明在生質,理道在繭魚。從頭讀到尾,究竟莫密疎。看來又認去,意味得疎渠。自然涉筆好,糞壞讓孤豬。疾急不可恃,金烏與玉蜍。冬寧墐向户,夏豈恤蚊蛆。但有無事頃,趁程莫懷居。争此陰陽候,安不超詣歟。跂立與跨行,不如分寸儲。日計雖不足,歲計自有餘。一張時一弛,亦莫禁切且。不見南陽公,長嘯於揮鋤。不見關中賢,閒居喜聞驢。此誠得道趣,餘外勿菑畬。達觀屈伸際,造物有乘除。何人揣摩成,而不曳朝裾。誰附青雲士,而不盛聲譽。沉船破釜濟,棄死霸趙墟。莫言時與命,通塞自卷舒。欲致明水火,先齊燧共諸。祖德方煦茂,善刀待躊躇。

京師即景詠懷

初夏陽德茂,百卉雜柔剛。長條晴散氣,枝幹無老蒼。春誦又夏弦,時修業所當。感此時節變,計指迴我腸。藝黍肇牽徒,喝道甘所嘗。衣冠坐深室,閒蕩豈不傷。往者知提耳,矢志無陰陽。殷勤策前路,方幅懼披猖。謂言或庶幾,老來翻覺長。恨初心力分,斗筲較炎涼。念難悔既後,舍旃行與藏。至今循墻走,何由窺室堂。區區負夙志,趁隙愛流光。重恐泛晚收,終已徒饑康。請書安窮巷,琴瑟調空桑。得便即收理,且莫悲風狂。無羨草木姿,乘氣有微芳。

## 蔡方伯仕舢四首。

仕舢,字詒霞,號蘐村,晉江人。康熙癸酉舉人,授魚臺知縣,行取試刑部廣西司主事。歷監察御史、工科掌印給事中。甲辰典湖北鄉試,署按察司、布政司。以都察院僉都御史任浙江觀風整俗使,權浙江巡撫。有《蘐村詩集》。

### 畫　眉

燕雀樊中質,迦陵世外音。娛雙惟顧影,見類必争心。戰苦塲嫌窄,吟多思不禁。本來雲壑裏,何未解招尋。

### 清　源　山

別下源山日欲曛,齋心入夜禮元君。中峰一線開青壁,半嶺千松鎖白雲。春水自縈深草徑,夏蟲堪語舊冰紋。醉眠不辨仙凡隔,鷄犬聲聲到枕聞。

### 金雞泛舟登九日山

一彎斜篷澼城西,客艇留樽盡日攜。繡壁波紋來返照,傍洲魚沫噞香泥。歌穿菡萏因風度,杖拄巉巖破蘇題。夢裏乾坤誰曉唱,桃都亦自有天雞。

### 其　二

不知炎夏黯然消,似玨寒門冷氣饒。露濕晴空熏細草,月隨溪水漲平橋。秦君亭古堅城在,姜相峰高舊事遥。曾是爽鳩行樂否,向來斯地屬王潮。

## 林中允之濬五首。

之濬,字巨川,號象湖,惠安人,居晉江。康熙乙酉順天舉人,丙戌進士,榜姓王,復本姓。殿試選庶常,散館授編修。歷左春坊左中允,甲午典貴州試,丙申督學南江。有《西村詩集》。

郡志曰:之濬嗜古博學,爲詩、古文辭典雅藻贍,才思雲湧。京中與姜西溟爲古文字交。

### 白鹿洞

逶迤鷺門山,曳屐歷奇變。石骨排天青,雲端象獅戰。雕鎪神鬼工,玉切雲可片。元牝入虛無,心悸目亦眩。將奔勢復迴,欲墜根尚戀。晦明兩難分,漏日僅容線。已窮搜抉心,復闢蒼翠面。巖障與軒楹,參錯相隱現。半椽香積廚,十笏彌勒殿。陰崖洩乳泉,老樹坐海燕。空谷人語靈,風至泠然善。

### 萬石巖

海霧散朝旭,巖巒積空翠。緩步共攀躋,徑險心亦悸。怪石紛崚嶒,僧樓搆幽邃。孤亭一延眺,邈然滄洲意。嶇嶔生禪寂,滉瀁悟虛寄。江山成慷慨,林壑保深秘。寒濤奔晚照,抱膝發長喟。

### 虎溪巖

幽巖興未已,相將過虎溪。寒律振林木,落葉滿巖蹊。攬衣沿磴坐,羨此足禪棲。遥指昨遊徑,靈境異東西。川渚海迴含,岡澗石高低。雲蘿遮鳥雀,風帆亂凫鷖。蕭條驚莫節,零落慨殘題。浩歌下山去,漁火照長堤。

### 補陀巖

郊遊直過筍江西,緩轡春風信馬蹄。麥隴花黄香繞路,烟村草碧色連堤。

僧憐廢寺遲徊去,鳥啄空亭自在啼。最是幽巖留勝蹟,佛燈冷落意淒迷。

歐陽四門讀書處

籍甚貞元間世才,刺桐城外讀書臺。天荒閩越憑先破,月旦江南早共推。剩有空山環秀色,從無斷碣寫餘哀。一龕佛火黄昏候,尚想燈窗石室開。

## 陳掌詹萬策十四首。

萬策,字對初,號謙季,安溪人,居晉江。弱冠貢成均,入試皆第一。康熙癸酉順天舉人,戊戌進士,館選後即預武英殿蒙養齋纂修。由中允薦陟詹事府詹事,甲辰典試湖南,丙午典試浙江。有《近道齋詩集》。

《桐西舊話》:謙季先生於書無所不窺,《周易折中》、《啟蒙》諸圖皆出其手。以撰擬文字見知於聖祖。世宗御極,首被召見,一日至再,嘗稱其學問,以爲詞林勵。純廟登基,見其館閣文章,有不及見其人之歎。稽古之榮,洵爲文苑佳話矣。

《亦園脞牘》:不朽有三,立言其次。言尤莫難於代聖。自非灼見天心,卓絶群言者,未易副諸鉅製也。謙季宫詹以撰擬進奉文字,屢蒙睿賞。其時館閣大文章,如景陵《聖德神功碑》、《古今圖書集成序》、《子史精華序》、《大清會典序》、《律曆淵源序》,俱出其手。當端毫進御,聖主爲之改容;削牘傳觀,諸儒見而撟舌。一時承明著作之英,無出其右。所著館閣絲綸,猶足爲後進模楷云。

建溪灘歌

建溪灘險春怒濤,兩山狹束歸長槽。巨石搪塞爭粗豪,鋒鍔尖鋭快如刀。厥像猙獰蟠根牢,威潛波底驚鯨鰲。雖有斧鑿莫爬搔,老虎當道秏鼠嗥。龍迴狗跳聲鳴號,豗牙羊角形桀驁。鷄公鴨子狀嗷嗷,彌陀羅漢石柱高。七里下隳牽索綯,大黎叢碎排巖嶅。茶洋箭港急澄淘,黯淡浮浪簸輕舠。雙門溜響寒風饕，自注：老虎以下皆灘名。如此等類多蝟毛。大抵兇惡礙行艚，長年嫺熟賴爾曹。頭棹尾舵工所操，凝慮瞪目觀滔滔。左斡右運手疲勞，勢欲瀏遲前支篙。彩鷁客與鳧雁翱，乘流直騖飛江皋。駿馬電逝蛟魚逃，旅人跼坐生煎熬。舟石擊撞差釐毫，屏息收視精氣韜。得意疾轉環周遭，中流超忽捷猿猱。神怡心愜良所褒，我行安然靈惠叨。神明喜静憎煩囂，慎哉行子慢勿慆，清晨無爲語嘈嘈。

## 隴西公蒙恩賜題額對語獻五言二十韻

瑞象開軒籙，賡歌和舜徽。築巖符聖夢，分陝舊王畿。皇眷紆台座，天書出禁闈。鳳凰九霄下，鸞鵠五雲飛。霖雨需要服，高風待振衣。豈能忘素尚，祇是戀思暉。荒徑竹千箇，故山松十圍。一旗春茗熟，數甲野蔬肥。近者陳青瑱，悠哉望翠微。却聞駒皎皎，徒賦柳依依。更借麟臺掌，偏遲鷺渚歸。猶扃卧龍洞，未掃釣魚磯。榮路終休轍，枯棋暫息機。歲華憐畹晚，鄉思隔芳菲。疇昔爲縫掖，從多老布韋。許身才不薄，撫世意空違。元宰逢丹扆，訏謨助萬幾。乃心堂陛合，吾道古今稀。縱有煙霞契，其如湛露晞。且期銘寶鼎，持用答金扉。

## 失　題

仙鶴曾鳴處，泉兼半井苔。直峰拋影入，片月瀉光來。瀲灩侵顔冷，深沈熨眼開。何當值丹頂，滿汲石瓶回。

## 梁　家　淺

地是梁家淺，秋來碧溜深。濃雲催急雨，古樹動寒音。岸際人居密，天邊夕影沈。黑甜今夜好，涼思起清衾。

## 家君十七歲時，侍王父南歸。今策與幼子楚賓從家君，撫景追憶，已五十四年，語次感詠

吾祖當時買棹歸，家君未冠傍春暉。今予復此隨蘭槳，幼子也能舞綵衣。

五十四年如恍惚,六千餘里尚依稀。亭皋極望成追憶,故國楸原夢欲飛。

## 緑牡丹

洛都紅紫競芳芬,一種曹州迥出群。翠幙圍來輕映日,緑蘿深處藹生雲。花藏葉底遥難認,瓣在跗中近不分。若傍蘭閨含曉露,好將眉黛與文君。

## 詠嚴子陵

桐江江岸水深深,隱退閒曾卧澗岑。客星已出風塵上,故侶漫知物色尋。潭邊遊鷺涵清興,巖下寒梅對素襟。我昔羈帆觀片石,渡頭鳩雨起長吟。

## 和諸葛子襄秋屋

平津東閣旅人家,學得攤書且種花。五鼓猶酣莊叟蝶,一旗閒試陸翁茶。逢佳客至因開徑,是散仙曹不上衙。多謝巾車頻枉過,門前輕碾舊隄沙。

## 其二

吟罷瑶章百事閒,後園扉啟望青山。數家村屋氛埃外,半畝池塘草樹間。盡日不聞人跡到,斜陽惟見鳥飛還。若教買地成鄰舍,屧步時來叩竹關。

## 水口

水南水北勢迴環,浪息東西兩岸間。賈客園亭圍緑篠,居人屋舍架青山。石灘行盡蛟龍静,溪雨晴開鷗鷺閒。此去平川二百里,掛帆明日抵江灣。

## 寶塔灣

一年三度到臨清,不是車程即水程。寶塔灣頭中夜月,衹應還似向時明。

## 觀前

秋潦消時不任舟,還將小艇下灘流。觀前日暮微陰合,細雨輕拋水上漚。

### 題林漢亭寫照

憶曾共踏軟紅塵，珥筆彤墀但致身。徒羨故人維小艇，一江烟水自垂綸。

### 别表姪黄世則

高館銀缸入夜明，簷牙惟聽雨來聲。籃輿冒雨侵宵到，便是桃花潭水情。

## 李司業光墺二首。

光墺，字廣卿，一字識都，號酣堂，安溪人。康熙辛卯舉人，辛丑進士，入詞林，充武英殿《一統志》、《八旗人物志》纂修，出督山東學政。有《濬餘詩集》。

《桐西舊話》：司業督學山左時，摺奏兩闈《春秋合題》、《大學經旨》、《春秋四傳》並宜習，不獨宗胡文定。以四氏學宜徧習五經，不得專以《毛詩》取中，均奉旨俞允。

### 同厚庵長兄謁王文成公祠，并訪草堂先生

仲淹七世德，蓍龜兆子明。新建固天挺，高曾亦名卿。折瑺干龍鬣，擒濠矐虎睛。良知乃自悟，突入鄒魯城。水洲東廓輩，兀然抱一經。緒山最明覺，再傳拓廟訪。東林樹崖岸，捩手覆杯羹。詎識性分内，講學非近名。眷彼前修者，道高衆口轟。蚍蜉争撼樹，各据一先生。武夷兩精舍，晦翁與陽明。且以道相勖，勿徒恣譏評。我昔被師命，鼇峰賦嚶鳴。與君適邂逅，伐木喜丁丁。聯句探道妙，紵帶異班荆。投我書數篋，旨趣若風清。今日丹峰下，棟宇盡縱横。高堂資斲削，輔嗣比弟兄。聞孫如吾子，乃不墜家聲。肯構復肯穫，庭樹種瓊瑛。心事追繁露，芳躅類偶耕。生逢聖人世，道與葛天并。一日安車至，道旁那不驚。

### 幔 亭 峰

幔亭峰翠入雲邊，更有穹隆百丈連。石上乾魚勞望祭，空山白馬嘯晴煙。

虹橋無復曾孫渡，巖壑常封太姥船。梯斷藤蘿難聚足，避秦不識是何年。

## 張大令對墀二首。

對墀，字丹颺，號仰峰，同安人，居晉江。康熙甲午舉人，辛丑進士。雍正間授太康知縣。有《同江詩集》。

### 鷺門觀海

康回憑怒折地維，精衛木石無所施。茫茫大地匯爲水，至今東南名天池。天池何浩浩，近接鷺門島。帆影蔽津梁，桅尖拂蒼昊。龍户耳目奇，馬人鬚眉老。鑿齒雕題重譯聲，南金大貝諸夷宝。家塗翠碧與丹青，人飾珊瑚及瑪瑙。試問此物所從來，盡説梯航由海道。海色漭然，朝宗百川。白迴島嶼，蒼繞市廛。山頭返照，港口横煙。洶洶涌涌，淼淼囦囦。九年水不潦，七年旱不乾。昔聞黄河之水天上來，今見滄海之水天外接。更上山頭第一峰，海外奇觀收目睫。排天風浪雪山傾，浴日鯨波金冶洩。十尋樓櫓挂高篷，看似空中舞片葉。須臾萬里乘長風，依稀篷影亦澌滅。縱有錢鏐之弩能射潮，伍胥之風能鼓浪，一旦對此亦應心魂怯。吁嗟乎！海之源，無底止。海之闊，無涯涘。洞庭雲夢真可吞，江淮河漢浮漚耳。我欲臨流乘風訪八遐，衝風破浪不用指南車，直向吾家博望借仙槎。扶桑暘谷皆遊徧，身騎燭龍排雲霞。迴首泥塗煦沫者，紛紛轍鮒與井蛙。

### 萬石巖

袍笏時時拜米顛，别開蓬島隔塵緣。一泓清淺沙爲路，萬竅玲瓏石作天。佛洞雲深連樹靄，僧房日午起茶煙。欲攜勝景囊中去，擬與秦皇借一鞭。

## 黄教諭棐一首。

棐，字巖伯，號梅巖，晉江人。康熙甲子舉人，歷長汀、侯官教諭。

## 筍　江

行行川路盡平沙，夕照歸帆浦外斜。附郭那堪聞戍角，臨流空自想仙槎。野僧雲裏敲山磬，谿叟橋邊泛浪花。薄暮長江憑縱望，荻蘆深處有人家。

## 施漕督世綸十一首。

世綸，字文賢，號潯江，晉江人。靖海侯琅仲子。以廕知泰州，歷官至户、兵侍郎，右都御史，出爲漕運總督。有《潯江詩草》、《南堂集》。

徐健菴曰：君之尊人有大功，君以貴公子而能戴星長民，起家州縣，其去流俗也遠矣。君晉水人而治于泰，泰州枕江臂淮，有天目、羅浮之山，太子港、七星丹諸蹟，有曾肇、趙抃以文章政事顯。君之宰也，循覽山川，考古賢哲詩之不墜和平忠厚之意，蓋可知也已。

《蓮坡詩話》曰：南堂先生歷官漕督，清名著天下。《南堂詩鈔》二十卷，如璞玉輝春，蠙珠浴月，琅然可誦。尤工五言詩，中有"愛山移舫對，隔水問花多"、"岸火潛魚躍，沙更宿鳥飛"、"看雲生磵户，聽雨過經樓"、"孤城侵海角，銅柱出天涯"、"飛花懸隙網，行雀上空階"、"風塵誰近市，心跡喜多聞"、"海氣連吴越，秋聲入鼓鼙"、"水氣涼疑雨，松聲瀉似濤"等警句，擬之姚少監、鄭都官，當不愧也。子廷龍，官禮部郎中。

《隨園詩話》曰：朱子立中丞高顴長髯，多權謀，人稱"雙料曹操"。與西林相公共事雲南，彼此牴牾。朱有句云："畏暑鋪長簟，思風去短屏。"頗嫺雅，不類其爲人。康熙間施漕帥諱世綸者，亦剛方不可犯。有句云："愛山移舫對，隔水問花多。"與中丞同調。朱名綱。

《聽松廬詩話》曰：南堂惜花詩云："惟有多情雙燕子，朝來猶是惜香泥。"先生吏才强幹，而詩情乃婉麗如此。

《亦園脞牘》：南堂漕帥莅職廉勤，官聲溢海内。其擢揚州守時，仁廟南巡，召對良久,顧左右曰:“此天下第一清官也。”今其祠宇尚懸此語,以垂寵錫。所爲詩,情詞麗則,風調鏗鏘。張南山維屏嘗摘録其句于《國朝詩人徵略》。五古云“野水凍魚罾,梅花横古渡”、“驛騎響霜橋,雞聲林外度”、“漸聞出作喧,已覺郵原赴”、“群動皆有營,疇能不行露”。五律云“愛山移舫對,隔水問花多”、“水氣涼疑雨,松聲瀉似濤”、“童洗舊泥硯,鳥窺新草書”、“飛花懸隙網,行雀上空階”。七律云“竹間吟罷風能和,花底夢歸身覺香”。雒誦一遍,覺翹然高致,迥出塵囂,令人想見循吏風流,詞人吐屬。

## 清湖舟中

舟行日已暮,坐愛清湖湍。湍長舟暫泊,酌酒青湖間。湖光初得月,照見湖上山。不寐復垂釣,清風引一竿。

## 春日贈乾長姪

盡日春風游子悲,東窗昨夜發新枝。雨中春色可憐盡,三月河堤飛燕時。我已悠悠爲客久,子來更憶家山否。燕市狂歌十二春,相逢且酌杯中酒。

## 早集内廷,御試恭賦

玉漏聲初歇,金鐘動馬嘶。明星當闕大,天漢去人低。九陌連朝騎,千衢唱曉雞。君門猶未啟,鴛羽集東西。

## 郡齋夜坐

寂坐郡齋裏,悠然天宇清。河山當户静,星漢近簾明。塞雁傳霜信,秋蟲入夜聲。滿庭花月好,時見影縱横。

## 送三弟文昂二首。

馬首經春色,白雲千里飛。關山辭北去,鴻雁向南歸。曉月臨歧路,寒風吹短衣。此時一爲别,何日復相依。

其　二

十里天微曙,行行落月低。山橋迎驛馬,野店唱荒雞。海氣連吴越,秋聲入鼓鼙。回看花萼遠,惟見草萋萋。

别友人之邊城

歲暮憐君發,梅花對寂寥。行行邊地近,去去故鄉遥。朔月遊人夢,霜風獵馬驕。長城幾戰伐,爲問霍嫖姚。

西 齋 閒 居

院閉遲遲日,簾開細細香。雨餘欣草木,春遠夢池塘。蜂蕊登書案,燕泥歸畫堂。悠然閒散步,高詠落花傍。

月　　夜

紙窗初上月,清寐已三更。照徹洞房曙,高懸旅幌明。林鳥疑客過,風葉似人行。出户歎淒絶,寒光更有情。

克 澎 湖

獨承恩遇出征東,仰藉天威遠建功。帶甲横波摧窟宅,懸兵渡海列艨艟。烟消烽火千帆月,浪捲旌旗萬里風。生奪湖山三十六,將軍仍是舊英雄。

題彌陀巖對泉亭

曾枕清泉漱石時,老僧還指壁間詩。江山無改舊遊寺,十四年來鬢有絲。

## 倪提衛鴻範一首。

鴻範,字伯疇,號隨庵,晉江人。康熙辛卯武舉,以功薦擢至浙江提督。有

《五邑名勝詩》五卷,《西湖》、《羅浮》、《武夷》詩各二卷,恭和詩、紀行詩,《同聲集》各一卷。

### 白虹山

奔騰南下氣如霓,衆脉分支東復西。形勢直隨青漢迴,翠光還與白虹齊。巖崖錯落雲相映,林木參差鳥欲迷。幾度攀躋登絶頂,等閒拾級是天梯。

## 黄觀察志璋二首。

志璋,字眉仲,號璞園,晉江人。諸生。以父兵部侍郎徽孕廕,入監謁選,授麻陽知縣,歷官至洮岷隴右道。有《璞園集》、《遯齋集》。

### 遯跡巖居

昔年無計謝塵寰,小築雲窩闤闠間。良夜攜尊邀皓月,有時隱几夢青山。今朝適愜巖棲願,一壑寧非天賜閒。萬斛煩襟何處滌,卧聽終日水潺湲。

### 寫懷

一枕黄粱醒未休,谿山隨處可淹留。但饒逸士蓴鱸興,不羨清名李郭舟。變態任從流水去,閒心還與白雲酬。我生本是丘園客,何必逢人諱故侯。

## 陳刺史俞侯一首。

俞侯,字欒公,晉江人。康熙間官山東知府。有《北行草》。

### 建溪舟行

孤烟生冉冉,隱約數人家。斫竹營茅屋,編籬種槿花。短牆依緑水,勝跡入丹霞。我有臨淵趣，休將此地誇。

## 黄方伯元驥一首。

元驥，字得臣，號天馭，晉江人。康熙間授延安同知，擢南昌守，累官至山東布政使。有《省齋詩集》。

### 登紫帽山

凌霄直上倚天梯，俯瞰塵寰萬象低。峰頂雲開松柏翠，林間日煖鷓鴣啼。千村煙火連城郭，兩島桑蔴靖鼓鼙。金粟仙踪何處覓，空餘古洞草萋萋。

## 鄭參政纘祖四首。

纘祖，字哲遠，號遠公，南安人。康熙癸卯，與叔鳴駿、弟纘緒率衆歸本朝，授參政，職隸旗籍，以事落職。有《雪泥集》、《遠齋集》。

郡志曰：纘祖居閒，殫心著述，喜爲詩歌。嘗作《蛛網》、《落花》及《水中雁字》詩一百二十首，時流稱之。

### 萬石巖在厦門城東二里許。

洞壑猶然昨，依稀記昔遊。山空餘萬石，海闊有孤舟。天地本難老，風煙容易秋。客心何所感，惆悵大江流。

### 虎溪巖一名玉屏山，與虎溪相對。

滿眼旌旂在，疇能辨劫灰。虎溪浮地出，鯨石倚天開。夜月誰吟嘯，秋風自去回。不堪懷往事，腸斷水雲隈。

送阮疇生南歸鷺島

千載燕雲託迹同，驪歌初唱出城東。他時對景懷詩伯，此日臨岐送阮公。歸去江山曾記識，夢來煙月總矇矓。知君到處詠吟徧，好把新詩寄驛筒。

宿　僧　舍

夜静群情歇，高懷寄小菴。微風初到樹，殘月半窺潭。蟲響室虚白，雁飛天蔚藍。孤燈照無寐，夜漏已催三。

## 鄭勳伯纘緒一首。

纘緒，字哲孜，南安人。康熙間封慕恩伯。

江　　夜

寒雲倒照數峰斜，碧水光含十萬家。惆悵月坡堤上望，空山一笛滿蘆花。

# 温陵詩紀卷四

## 富明經允諧十八首。

允諧，字信和，一字知園，號壽奴，晋江人。貢生，有《投知草》。

郭篤園曰：允諧少好學，自經傳注疏，旁及諸子百家，遐搜博覽，靡不綜貫。恥爲帖括家言，嘗一入鄉闈，輒棄不屑就，專肆力於古文詞。爲文宏深樸茂，力追西漢，出入韓、柳諸大家。尤工于詩。早歲學西崑體，思致精麗，上掩温、李。三十以後，則洗去鉛華，獨抒真意。氣格高古，一空作者。樂府歌行，簡奥蒼老，音調諧暢。書法祖述二王，規橅鍾、衛，結構精絶，彷彿陳奕禧手筆。澤州陳相公、安溪李相公尤極推重，延爲上客。

陳繩庵《静學居詩話》曰：予少時聞何義聲先生論富壽奴詩、文字如此，及觀古之作者，亦復如此。

壽奴《九百稗談》曰：詩人吟詠，往往以楊花、柳絮渾而爲一，不知花、絮迥别，實爲二物。花生葉間，綻蕊微紅，而跗淡緑色，狀如櫻子，緑生穗上，褪乃結實，熟而亂飛如緜者，始謂之絮。杜少陵"糁逕楊花鋪白氊"，亦誤以絮爲花也。憶往歲居京門時，有柳花詩云："折取輕紅真點點，望來淺碧長絲絲。"雖不以曲肖爲工，然而差别花、絮，庶無渾一之病云。

《桐西舊話》：先生所著如《臨池博覽》、《漢書参斷》、《禹貢参斷》、《九百稗談》之屬，俱未刊行。余家藏其《淳化釋文》，又於友人處見《臨池博覽》及《九百稗談》二書，皆手自鈔訂，而其詩乃今未見，惟於賜恩巖見其贈瑞照禪師一詩，亦手蹟也。

《亦園脞牘》：先生博覽群書，殫心著作，遨遊京師，安溪相國尤器重之。書法上窺鍾、王，下亦可平揖陳香泉，相爲伯仲。常自寫所著書，如《九百稗談》、《臨池博覽》、《淳化釋文》諸書，皆借觀諸友人處。家藏温陵謝翚畫册，爲先生所題詩，亟録登之。全豹雖未盡窺，然亦足慰一臠之嘗矣。

## 題謝翚畫册

### 涼雨行窗夜話

夕煙積瞑漠，涷雨下庭除。檀欒戛幽玉，流響入窗虚。溽暑既蕩滌，涼風生敝廬。戚戚苦無㒸，良朋念起居。放譚窮萬類，旁搜盡寰區。占候較陰晴，邇世及樵漁。近自元明季，遠遡羲皇初。真誠一宿語，足抵十年書。願言藏燭跋，堅坐到更餘。

### 清溪淺水行舟

命櫂發盤谿，晚行盤溪東。盤溪好風景，應接莫與同。洞洞山答鼓，偃偃樹成龍。迴渠既清淺，怪石亦玲瓏。荻蘆曳長篠，新蓼孕細紅。没膝看立鷺，穿流見跳鮦。騁望豈終極，開豁寧易窮。況此一葉輕，匪耤錐牛功。漲沙間膠滯，長篙若鼎扛。所幸絶戒心，如過衽席中。

### 暑至臨流濯足

祝融秉炎權，于時日躔畢。昏旦翼女中，大火正流軼。兼旬苦炕陽，歊蒸氣如結。萬里失豐隆，長天笑列缺。茅亭困湫隘，層崖復斗絶。益肆燎原威，方揚寧或滅。幸有沈穴泉，下注若飛雪。寒玉散明瑫，淙淙清且洌。賴之滌煩襟，差令慰執熱。爰詠孺子歌，滄浪證怡説。據厠掬横波，一洗故孌屑。

### 雨後登樓看山

詰旦號晨風，皓天隱初旭。俄頃變同雲，四野布霢霂。暘谷成傾盆，新流彌溪瀆。亭午濃霧收，遠近見峰麓。憑簃俯危闌，放眼自遥矚。積翠洗更鮮，蒸嵐散尤緑。珍不鬱蒼青，層巒迴高矗。曠懷有極覽，娱情已緬邈。迴念此三春，田疇播百穀。惟得沛然功，無地不霑足。始聊我民生，匪特暢幽獨。

## 東鄰月下吹笛

秋月流素輝，秋旻喜高曠。卷幔啟軒窗，引領時一望。隱隱牛女星，迢迢河漢漾。蕭瑟咽蟬幽，嘹亮過雁愴。清商動鬱紆，余情亦悢悢。萬竅已將寂，嶰谷忽孤倡。宛轉含辛酸，悠揚寫悲壯。如何王充懷，翻作桓伊暢。爲謝倚樓人，柯亭幸無恙。

## 隔江山寺聞鐘

岷山合漢沔，天塹界九州。朝宗赴滄海，浩浩萬古流。南北析分條，禹貢職其繇。高者爲巖麓，下者爲平疇。平疇効畊作，巖麓山之幽。山幽惟蘭若，杳絶不世侔。人家半原隰，臨江別置廇。垞柴有秀士，識密知慮周。夙抱逃名心，袛懼失先猷。所以域民域，秉節獨好修。晨昏每孤坐，養晦託神遊。動定或感觸，格致必自求。窮類盡物理，役役苦冥搜。忽聞蘭若梵，鳴鱷度芳洲。榮枯覺無象，恬慮與天浮。凝精更諦聽，深省散四愁。方悟韞多念，憑虛懷百憂。

## 午倦一方藤枕

入山恐不深，幽居在空谷。振衣水亭中，猶自苦鹿鹿。白日每當頭，涣汗若飛瀑。瓡茶輒弗勝，所思惟坦腹。喜有剡谿藟，周遭結綱目。聊曰供假寐，無庸藉肱曲。試問草廬人，大夢誰先覺。

## 晨興半炷名香

人生尋常事，夜宿而晨興。所貴在適意，四體得怡情。羲和既東御，萬籟報平明。攬衣出牖户，盥饋旁檐榮。旋起坐書閣，茗飲解宿酲。爐火覆餘紅，微風上簾旌。沈檀縷煙穗，裊裊靄一莖。肅焉群慮寂，道心與神凝。

## 花塢樽前時笑

令節届陽和，春暉滿林圃。巖巘□落閒，芳菲絶塵土。翠靛粲若鋪，猩茜列如炬。幽香動地來，芬郁不知處。命酒酌厥旁，罇罍聊一舉。采擷雖有懷，會心獨無語。説懌逐顏開，囅然見容與。

## 柳陰溪畔閒行

向晚步長隄，柳低時拂面。半畝覆清陰，孤蹤已蕭散。晴波澄天光，夕霽接遥岸。略睹朱明移,徒惜青春晏。我志雖莫竟,我心良遠斶。不慕市朝喧,久恆陵藪願。行行信往還,微哦自續斷。

開甕忽逢陶謝

投閒屏時彦,經歲絶招邀。自非濯纓人,疇復感寂寥。韜光每沈飲,不醉或崇朝。偶焉啟新釀,倏尔來故交。誰能爲此願,無迺謝與陶。同心皆有作,二賢豈其佻。歡言永今夕,聊用破離騷。

接客不着衣冠

居性本疏懶,邊幅非所多。揮鍛固驚衆,服御實苦苛。棲息動經夏,襟披頭每科。高賓時至止,脱略不相訶。屢曾亮真率,鄙縣敢云訑。各自行吾素,勢位將如何。

飛來佳禽自語

四時各有宜,娱心惟初夏。初夏百物成,停毒皆調和。鸜鵒已將鳴,蒼庚交愁坐。岸柳摩濃陰,杳冥露微罅。庭草儼平鋪,沃若想重藉。乘此凌雲居,懷彼抗風榭。庶得静者便,何憂瘴不暇。我每惜良辰,于兹驗變化。跂行動植倫,推遷莫假借。收眎正反聽,遥空一鳥下。葉底流好音,似爲訴代謝。又如叙平生,云得過且過。天機省達人,益令群慮破。

乞得名花盛開

娱目欲奇葩,物林匪在大。斥鹵多白茅,彌望曷足貴。揚州蕃釐觀,奕世有神司。長安業安坊,唐賢紀其異。餘則殷道筌,深紅想孤蒔。惟斯一捻春,千古傳佳麗。以故惜芳人,窮搜獨遠致。或從街西索,或繇暖房乞。鼠姑内藏香,躑躅宫闈祕。移根上苑來,雨露資灌洎。無朵弗含胎,無枝弗逞媚。天工固云常,人力亦專摯。緬慰栽培心,差不枉樹藝。

客至汲泉烹茶

緑陰爽高宇,悠然懷抱開。當關報佳客,杖屨入門來。問彼緊何人,無非我故知。明發自遠至,招隱且質疑。命鐺鬻顧渚,濯胸溯漣漪。峭壁窮飛流,令甓與匏蠡。沆瀣凝雪乳,靈液凍玻璃。倏忽煙幌中,活火鳴虹蜺。遂令潺湲聲,流響入罌甎。和此玉茗香,一酌沁心脾。

### 撫琴聽者知音

衡門巖松下，孤坐撫瑶琴。一絃一清越，羊體與嵇心。曠遠復泠泠，浩蕩若无耽。頹響漱鳴玉，激厉成悲吟。高懷契芳躅，真藴不易探。月爲同調者，聞聲感獨深。山水共幽趣，鏗爾有餘音。庶几成連子，千載可追尋。

### 贈萬松關瑞照禪師

顔成丹渥雪成眉，已過人間百歲期。時年百又六。四見填星輝極度，兩經云棧值花時。連云棧有異桃，六十年一花。早聞五眼傳真諦，久演三車悟宿知。會説貝多如實語，萬松回向最東枝。墨迹藏賜恩巖。

### 春日閒居

睡慵初起覺新晴，春物凝和各有情。花綻小房脂口潤，柳垂長篠帶要輕。交飛蝶粉禁風褪，草篆蝸涎頂舍行。盡日幽居了無事，敢將閒況比浮名。

## 洪吉士科捷一首。

科捷，字成仲，號默齋，南安人。康熙辛卯舉人，乾隆己未進士，選庶常，乞養歸。有集。

郡志曰：洪詩尤工雅，然不多作。

### 鄉先輩歐陽行周先生墳在莆田，將爲他姓荒矣，其裔争而得之，同人爲詩以紀

吾鄉先輩事跡奇，生在潘陽居高蓋。名振京師葬莆陽，到處山川駐行旆。廣化寺前落日曛，松楸呼風不忍聞。問君抔土埋荒草，樵牧猶能識舊墳。君不見魯子敬、蔣子文，死後精靈薄霄雲。阿青古塚能驅雨，伯父寄札與兒孫。自古鍾英多不死，豈教白骨任鋤耘。同時詞臣白樂天，遺下孫枝

多名賢。積案如山揮如水，斷碑重出隴崗阡。巖前塔後封馬鬣，子子孫孫拜牛眠。

## 李總戎默二首。

默，字□□，號湖翁，泉州人。康熙六年丁未武進士，官廣東端州總兵。有《吹劍集》。

### 上谷晤林羽夫

昔年曾在薊門遊，歧路東西二十秋。握手豈期驚喜半，論交轉覺別離愁。風塵老太餘青眼，書劍飄零笑白頭。一憶古園松菊冷，歸心鄉夢兩悠悠。

### 春日雨後郊行

遲遲日影雨初晴，郭外尋芳遠近行。寶月臺前新草色，七星巖下老松聲。聞鐘托缽僧歸寺，緩轡垂鞭馬向城。樹里野塘烟水澹，有誰春酒自相迎。

## 施總戎世澤一首。

世澤，字□□，泉州人。康熙間總兵。

### 螭洋晚泊

晚潮已退兩三分，約束戈船暫住軍。浪沸流霞山共赤，烟凝遠岫日將曛。金蛇影戲波心月，元豹旗翻海面雲。洗硯螭洋天氣好，樓船獨坐看星文。

## 林參戎永山一首。

永山，字宏節，同安人。康熙間隨征湖廣紅苗，議敘加參將，未任，卒。

都匀慶雲宫

層層翠柳繞雲蹊,劍水紆迴出五溪。莫漫鄉心争日月,春風已渡洞庭西。

## **黄選貢德佑**一首。

德佑,字子修,晉江人。康熙間拔貢生。有《黄御霞詩集》。

步　晚

澗水清潾潾,流涉步長坂。我有會心處,行行忘近遠。驅犢野人歸,採薪樵子返。清風動林木,白雲生絶巘。日色下西隅,蒼然山逕晚。

## **富州牧中琰**一首。

中琰,字韜上,號鮮生,晉江人,宗伯鴻基長子。以貢入成均,謁選得大姚令,擢遼陽州牧。有《燕遊草》。

遊承天寺,同海翁登月臺

偶趁秋風一到城,市塵湫隘招提清。回頭正好看潮滿,舉眼那知得月明。堂外幢幡無夜影,闌邊榕樹動秋聲。因過方丈□心印,曾見泥牛入海行。

## **吴教諭方皋**一首。

方皋,字魚男,晉江人。以貢生授松溪教諭。有《尺鱗堂集》。

蜕　巖

古洞餐花處,蕭然物外情。月流千樹影,盃渡兩江聲。迹與蒼雲遠,身隨紫鶴輕。浩歌絶頂上,一嘯萬峰青。

## 黄大令道泰二首。

道泰,字子寅,號去驕,晉江人。康熙間歲貢生,授龍溪訓導,署漳州教諭,以薦知普寧、陽山二縣。有《不自棄亭集》。

### 彌　陀　巖

十年不到此巖扉,寺廢僧殘事事非。碧瓦暗滋青草長,紅泉時帶白雲飛。潮生海内魚鹽富,風過山樓橘柚稀。何日此身無罣礙,醉吟佳句送斜暉。

### 苧　溪　偶　雨

霡霂溪邊路,迢遥一徑斜。云横山兩段,橋斷水三叉。叢竹全抽筍,枯梅半着花。匆匆歲云暮,薄宦倍思家。

## 丁副貢焯六首。

焯,一名熽,字韜汝,煒从弟,晉江人。康熙丁卯副貢生,官理藩院知事。有《滄霞詩集》。

董蒼水曰:韜汝詩高深澹遠,冶秀空靈。藻采而運以慧心,奇氣而潤以幽思,未可測以一意,限以一格。

### 晚出東便門,返潞河作

匹馬東郊外,暮寒生客衣。僧銜殘雪去,鴉帶夕陽歸。野店懸燈早,山鐘出樹微。正愁前路黑,人跡漸依稀。

### 津城晚眺

野色空津外,憑高旅望開。人家連水驛,海氣入樓台。獨雁衝雲去,千山返照來。鄉關不可見,清嘯有餘哀。

### 蘇臺懷古

欲訪當年舊霸圖,館娃宮殿盡虛無。不堪廢苑過麋鹿,尚有遊人唱鷓鴣。婁水東來江月渺,洞庭西去楚山孤。停橈獨自空惆悵,歲晚寒風起荻蘆。

### 西湖

平湖渺渺泛晴天,勝友招携盪畫船。數里橋通雲際寺,三春人醉柳中烟。停杯鶴起孤山外,移棹鷗歸夕照邊。幽賞不須愁向晚,蒼茫城闕月初懸。

### 登延海城樓

澄潭老龙已千秋,夜夜寒光動斗牛。有客携琴瞻碧漢,何人説劍向滄洲。孤城削壁全臨水,八面無山不到樓。取次孤懷生遠致,一聲長嘯起驚鷗。

### 秋煙

淡籠衰柳淺籠山,拂水穿林露未乾。幾度白雲迷渡口,西風吹散一天寒。

## 施勇果世驃一首。

世驃,字文秉,晉江人,靖海侯琅子。以從征臺灣功,授左都督銜。屢立戰功,歷升至廣東提督,調福建水師,平臺灣,捷聞,賜袍帶。卒贈太子少保,謚勇果。

《亦園脞牘》:康熙中,鄭氏盤踞臺地,已歷三世。水師提督施襄壯琅以癸亥閏六月廿三日進兵討平之。其後三十年,施公子世驃亦提督閩師,繼其父職。越九年,辛丑五月,臺寇朱一貴因民變煽亂,聚衆十餘萬,遥隔重洋,風鶴震恐。公子誓師南下,亦以閏六月廿三日搗其穴,平之。父子節鉞相紹,時以爲榮,而兩平臺灣,同符日月,時尤以爲異也。

### 滄墅晚眺

薄暮登樓眼,山前落日斜。晴云低海角,孤嶼迥天涯。隱隱鼉鼉鼓,迢迢逐浪槎。牧人歌犢背,悽切入秋笳。

## 黄良佐一首。

良佐,字淳可,晉江人,元驥子。康熙間官石阡知府。有《清源山房詩》。

### 湘江遇雨

宿雨連朝暗,長空入望迷。江添湘水漲,雲壓楚山低。社近遲來燕,村孤早聽鷄。不堪南浦上,芳草日萋萋。

## 黄□□吴祚三首。

吴祚,字永公,惠安人。康熙中監生。有《又悔亭詩》。

郡志曰:《又悔亭詩》有大曆諸家風致。

### 江南舟夜

秋雲澹有無,明月片帆孤。山色朝辭越,江聲夜入吴。丹楓隨露下,白雁帶霜呼。獨坐彈琴罷,扁舟念我徒。

### 徐州道中

地控江淮上,商丘眺望初。星分微子國,草没孝王居。雲氣連共碭,河流達孟諸。許張遺廟在,聞笛發長歔。

### 歐陽書院

高臺渺渺俯滄洲,此地貞元足勝遊。七建誰開周草昧,一江漫説晉風流。雲霞曙色孤城出,龍虎才名古洞幽。却望遵巖連石鏡,大邦文獻至今流。

## 黄茂才夢琳二首。

夢琳,字球卿,號雪舟,晉江人。諸生,寓同安之鷺嶼。有《兩島怡情集》。

《黄氏世紀》曰:夢琳少得吴喬詩法,古今體詩,恍惚中晚唐人。著《雪舟詩集》及《詩學正宗》。積學不遇,卒于同安金門。

### 厦　門

極目滄波外,安瀾頌禹功。津樓溜蜃氣,魚市帶腥風。城鼓春雷響,船旗夕照紅。還宜花月夜,高唱大江東。

### 其　二

樓櫓三千壯,英雄百戰勞。英雄不可見,潮水日滔滔。野戍皆歸馬,征人已賣刀。空余羈旅客,弔古首頻搔。

## 莫處士鳳翔一首。

鳳翔,字子瑞,同安人。有《鷺門草》及《碧山草堂詩鈔》。

## 石　　笑

聚時能悟生公法,到寺多依古寺門。莫怪相逢惟一笑,更無心事向人言。

## **黄處士彬**十二首。

彬,字蓮士,晉江人,寓同安之厦門。有《草庵詩集》、《看山樓唱和詩》。《厦門志》曰:彬與張錫麟、薛起鳳、林明瑅、莫鳳翔、張承禄八人,結雲洲詩社,號"雲洲八子"。

### 登北城樓望陳竹坡讀書處

曠野高城望,青山萬里餘。幾株春樹里,中有故人居。清晝應彈局,晴窗合課書。徘徊將日暮,回步獨踟躕。

### 雲山草堂

涉世惟安拙,遊人衹掩荆。鳥多知地僻,花瘦覺泉清。茹淡稀塵慮,居幽遠俗情。桑麻鷄犬外,紡織讀書聲。

### 雪峰坐雨

遠峰雲氣合,釀雨更留行。泉寫秋琴響,山含太古情。寂來真景現,塵隔道心生。鎮日僧房裏,焚香禪話清。

### 秋日登科山,訪佛然上人

咫尺秋巖接錦城,出門多半訪云荆。投詩踏破青苔色,倚檻聽沉梵貝聲。海氣蒼茫高閣爽,花香淡蕩小樓清。雪鴻到處空留跡,白首名山無限情。

### 鷺島拜故人許元樞墓

生在桐城死鷺洲,普陀寺外一荒丘。佛鐘難喚長眠覺,海霧深爲白骨愁。

衰草傷心今日地,芳尊追憶昔年遊。紙錢獻罷人歸去,日落寒生松柏秋。

## 九日過陳黯公釣磯

西風吹帽白雲飛,特訪先生舊釣磯。一線長垂滄海浪,千年如見芰荷衣。荒山片石傳場老,絶島遺文識少微。峭壁殘碑吟不得,模糊煙雨剥珠璣。

## 遊鼓浪嶼日光巖

客中日日事招遊,鼓浪峰高禪室幽。四面海山包一寺,千家鷄犬出中流。穿雲探勝偏忘老,過水尋僧恰值秋。自是蓬瀛多妙侶,何妨鵷鷺共沙鷗。

## 入清溪,至霞隔探親

平生僻性愛烟霞,百轉清溪未厭賒。每過雲山詢地號,多從山竹見人家。俗淳讓路趨童稚,風古留賓出菓茶。不有絲蘿相引入,那能源里識桃花。

## 碧泉巖懷僧霧雲

孤僧閒閉翠微中,冷落梵王舊日宫。石徑無塵人不到,巖泉似綫筧還通。一山鐘鼓分喧寂,隔寺興衰悟色空。聽説霧公圓絶後,佛鐙無焰守殘紅。

## 石　泉　巖

何年殘骨結寒冰,剩有荒巖住老僧。汲水頗供禪後粥,賣泉粗給佛前燈。潺湲晝夜無休息,元氣淋漓自鬱蒸。島客品茶需汝甚,取携聯絡上峻嶒。

## 鼓　浪　嶼

昔聞鼓浪似瀛洲,海上初來覽勝遊。石壁風雲餘舊壘,人家烟雨事春疇。鐘聲上下波心寺,樹影參差島外舟。一自當年平劍印,妖氛不作慶安流。

遊赤塗山後飲陳君樹

萬樹濃郁罩一邨，人家住處不知門。遥聽犬吠來深巷，忽見桃花出短垣。款客古風鷄與黍，傳家菓樹子而孫。清時更覺居山好，欲與幽人細細論。

## 諸葛處士璐一首。

璐，字□□，晉江人，倬之子。有《淮上詩集》。

金　粟　洞

紫峰虚洞雲影香，石塔凌霄更出雲。御書金粟字能存，千載仙踪不復聞。天高地迥雲根老，花落洞前渾不掃。夜深天宇絶纖埃，清風皓月披襟好。一枕洞中仙夢賒，洞天清曉雅聲早。文叔住山幾多時，户外無人餘芳草。神仙亦自有良明，傳説書來洛陽道。

## 林布衣泉一首。

泉，字云谷，晉江人。康熙間布衣。有《栖軒集》。
《注韓居詩話》云：谷善四聲，工篆隸，小楷得鍾、王法。

秋之江南，懷吴子元先生，兼寄和謝荆玉原韻

湖山月色霽，蝶夢帶餘香。秋水露初白，園林菊未黄。有懷因挂杖，漫計説歸杭。珍重惠連詠，榛苓託寄長。

## 黄處士琮一首。

琮，字禓公，康熙間晉江人。

秋杪送韜汝南還，兼懷李厚菴太史

揮手送君去，秋高驛路寒。自因知己少，愈覺别離難。濁酒尋歸夢，黄花破旅顔。故人如問訊，爲我報平安。

## 王處士命祐一首。

命祐，字伯履，康熙間晉江人。

步盧夢世兄雨後登樓韻

高閣層陰裏，天涯共爾來。江寒能瘦竹，雨潤欲肥苔。目逐南雲斷，書沉北雁回。莫嗟身世事，撫景一銜杯。

## 黄□□孫馨一首。

孫馨，字未詳，泉州人。有《續火集》。

萬　安　橋

玉蝀盤空明鏡懸，題來人在碧雲邊。雙陽勢轉依江盡，兩島波澄向水連。伐竹徒勞司馬造，潛犀不藉祖龍鞭。至今仕女村家度，結構猶追嘉祐年。

## 萬明經際昌一首。

際昌，字爾言，號翙夏，晉江人，提督正色次子。援例入成均。有《紫映樓詩草》。

郡志曰：際昌長於詩歌，積稿盈篋，江右汪氏選入《清詩大雅》。

白水巖觀日

攀蘿尋鳥道，侵曉上峰巔。霞氣涵滄海，波光接遠天。山空孤月落，雲净一星懸。曾説羲和馭，相擢日復年。

## 陳□□光緒二首。

光緒，字爾賓，號輝亭，晉江人。有《輝亭閒得集》。

餘香亭小築

軒西成小築，暫憩愛吾廬。待客懸籐榻，怡神積古書。薰風入座冷，淡月映簾虚。花繞庭前砌，夜來香有餘。

旅次對鏡

客中鸞鏡暗生塵，雙鬢何妨照不真。吩咐蒼奴莫磨洗，看來白髮易愁人。

## 許吉士琰三首。

琰，字保生，號瑶洲，同安人。康熙甲辰舉人，丁未進士，授翰林院庶吉士，散館以磨勘被黜。有《寧我堂集》。

惠安道送員筆田宰修文

漫云黔甸遠，萬里戴皇靈。驛堠馳齋馬，洞溪望福星。地偏勤保甲，邑小省租丁。行當褒寵召，重與醉都亭。

輪山送同年秦毅菴宰齊東

二月帝城春，銅章拜命新。魚鹽濱海地，民社讀書人。爛熳潘花盛，清和顧酒醇。君寧多讓此，報績上楓宸。

輪山送同年汪秋浦宰新淦

春雪遲初柳，長橋驟遠蹄。杯分金市上，花種玉江西。叢枳聊棲鳳，新硎暫割鷄。輕車薄畚外，贉得一琴携。

## 黄大令朝陽二十一首。

朝陽，字景梧，號慎夫，晉江人，籍惠安。雍正癸卯舉人，授長壽令。有《蜀道吟》、《瞻屺齋集》。

郡志曰：朝陽爲古文辭，卓然名家。詩則酷好淵明，其古詩置之陶集莫辨也。

古塞下曲

久戍不思家，曉風吹漢月。風止拂廬乾，漚漚天山雪。嚴城晝未開，永夜悲笳咽。流沙萬里平，旌旗動如脱。古來尚廟謨，所以厭薄伐。豈無安邊書，軍中重閥閱。

栖云寺呈竺上人

秋山林葉疏，雨後懸一徑。返照疊嶂深，栖鳥禪林定。龕泉滴空崖，烟樹發孤磬。借問大宗師，道心若爲證。

題漂母祠

韓信策勳略，矜伐不知幾。當其從寄食，母已窺其微。進食豈望報，此言良有譏。惜哉多觖竟，望以蹈禍機。功成嬰誅戳，詎盡漢王非。明哲嘆兹母，千載尚依稀。

## 贈吴松江

里閈不相知，邂逅同爲客。各訴生平懷，娓娓數晨夕。聞君宦江南，善聲固籍籍。解組甫三年，清貧見消索。吾徒重意氣，淪落相痛惜。且放酒懷寬，莫嗟世路窄。浮雲有去來，秋月終當白。

## 贈何山人禮康

有人脱帽跣其足，自言昔曾游五嶽。泰岱匡廬最多年，漢碣秦碑靡不讀。歸來茅屋盡苔紋，囊底無錢只賣文。塵俗煩囂難托足，更欲策杖隨孤雲。我問山人復何適，世上紛紛俗眼白。但合結茅雲山深，只少相從共晨夕。

## 秋夜對酒與故人話舊

夜深天氣清，露華白似雪。銀河欲曙星漸稀，樽前故人語未絶。故人細説祇舊情，令我聞之泪縱横。賢豪離散傷懷抱，況復隔别死與生。人生少壯能幾時，前人祇令後人悲。但當日醉牀頭酒，浮名籍籍空爾爲。

## 别林延甫姊丈

客里憐君病，相看未忍違。氣衰君自愛，歲暮我將歸。長日應加飯，寒天記着衣。離群休嘆息，魂夢盡相依。

## 途中除夕懷舍弟景焕

舊歲今宵盡，他鄉百感生。寒砧空外擣，殘燭夜深明。有弟三吴客，相思萬里情。年來難會面，真悔别離輕。

## 曉波瑞金諸山

江闊山上坼，驛路入蒼烟。雲擁他鄉樹，鴻飛故國天。林晴開宿瘴，谷静響流泉。何日刺桐郡，茅齋長醉眠。

## 曉　　行

旅客懷前路，行行屢戴星。露華沾草碧，曙色散林青。山怪能人語，樹欹成獸形。蒼茫尋仄徑，但怯爲初經。

## 春日送姪之吴

曾過江南地，春來處處幽。爾從兹路去，我念昔年遊。驛樹鶯聲繞，江村草色浮。竹林如有憶，天畔一登樓。

## 早　　春

海國逢春早，征途感歲華。舟前驚鳥語，雪裏辨梅花。風細魚依藻，川晴女浣紗。那知烟景好，倍使客思家。

## 送吴使君之金陵

逢君初見月，月滿送君行。正有羈棲恨，況兼離别情。晚風林屋洞，秋雨石頭城。定作相思夢，何堪杜宇聲。

## 文文山祠

丞相祠前水自波，蕭條故壘白雲多。黄冠那得歸桑梓，碧血長令染薜蘿。舊廟幾更元甲子，空牆猶見宋山河。蘋花汀上孤舟泊，篝火長吟正氣歌。

## 贛州李學使署中送姚道南歸桐城，曠魯之歸衡山

櫧葉吟風聲正悲，攬君衣袂共凄其。如何握手論交地，又是啣杯惜别時。霜落洲前歸棹晚，雁迴峰下寄書遲。愁情未付漳江水，屈指長安有後期。

### 初夏郊行即事

歷歷青山郭外幽，春來真悔曠兹遊。東郊客到花無賴，南畝人逢麥有秋。遠樹蒼茫侵驛道，細泉隱見入溪流。此中髣髴桃源路，林密山深那可求。

### 人有指荒林爲項羽廟者賦之

子弟曾隨百戰過，拔山力盡竟如何。軍臨鉅鹿無秦壁，路失陰陵有楚歌。破廟雲深香火滅，秋山木脱鶴巢多。由來神器皆天授，縱説英雄未許他。

### 京　江

揚子渡頭方解纜，舟人夜指夜雲生。若爲貪玩江中寺，無限風波放膽行。

### 舟中除夕

江城渺渺漏聲微，蠟炬燒殘雨雪霏。今夜客中休守歲，夢魂都向故園歸。

### 道中逢驛使

驛傳南來道路賒，相逢陌上夕陽斜。荔枝盧橘皆停貢，無復重裝壓使車。

### 贈歌者陸泗

檻外梧桐月影移，歌聲忽發夜深時。離人已自堪腸斷，更莫殷勤唱竹枝。

## 陳大令熙塙一首。

熙塙，字□□，晉江人。雍正元年舉人，官西和知縣。

### 銅　鼓

銅鼓聞名久，於今始一窺。底面寬尺許，其高亦如之。蟾蜍相對立，腰束四耳垂。呼童貫以綆,高懸向水湄。執栖來相叩,聲清勝鼉皮。無銘亦無誌,年代不可知。銅鼓須懸之水上,用栖木槌擊之,聲極圓潤。

## 鄧太史啟元一首。

啟元,字公季,少字幼季,號藍陽,晉江人,入德化庠。雍正甲辰順天舉人,丁未進士,殿試一甲第二名,授翰林院編修。

### 失　　題

桃源場記至今留,因讀遺編識故丘。十二帖銷無處問,祇應低首盛昭州。

## 萬大令紹祖一首。

紹祖,字洽侯,號梅溪,晉江人。福建水師提督正色之孫,廣東按察使際璋之子。雍正十年壬子舉人,官廣東南海知縣。有《梅溪詩集》。

### 戊子秋過訪洗心堂

心境本無塵,時參非鏡想。因水偶呈形,湛然涵萬象。中有嘉遯翁,深居贍素養。我披秋色入,高閣凌霄敞。滄浪藉濯纓,憑欄共幽想。縱横千古間,傾盃還抵掌。不着浮雲翳,神光漸開朗。心心自相照,箇中明晃晃。醉起步夕陽,蒼翠耀天壤。花柳繞池旁,林禽傳佳響。慚非二仲流,宛同三徑爽。欲訂素心人,朝夕頻相訪。

## 陳孝廉垣一首。

垣,字□□,號椰亭,晉江人。雍正十年舉人。

《桐西舊話》：乾隆中，邑人得銅鼓二於粤西。陳徵士一策詩序稱爲笏亭主人所得，名則勿能詳也。二鼓大小不侔，小者高廣皆尺餘，大者高尺餘，廣二尺餘。今其大者移置文昌廟中。余數摩挲考擊，且拓其圖而藏之。小者不可復見。然常見陳徵士所繪之圖并諸歌詠，其花紋、形體與大者迥異。昔編《温陵詩紀》，録徵君《銅鼓歌》，疑文昌廟所藏，即徵君所詠者，其實非也。圖中作者凡十三人，皆五七長古。陳熙墕爾緝、陳光緒輝亭、陳一策筠亭、方翀羽中、陳祥瑞爾彤、林大海松圃、施登云星湖、施憲章法亭、萬際昌翹夏、施士潮素亭、陳鼎志雪巖、陳垣椰亭、徐殿玉陸園。惟陳垣詩較佳，云"補過堂前"云云。陳祥瑞云："西粤之南曰懷城，多荒陌兮草盈盈。有獠人兮掘土平，得銅鼓兮寶如瓊。四耳環兮纖腰呈，四獸蹲兮異制形。"萬際昌云："其中小月試一扣，聲如伐鼓鳴鼟鼟。上有蟾蜍占四旁，攻擊咸能古韻長。"陳一策云："上有螺旋紋，下有蟬翼飾。四耳環其腰，四獸蹲其側。高廣皆尺餘，毫髮窮鏤刻。獨無甲乙年，名字亦不泐。"數詩皆足以仿佛銅鼓形制。獨怪陳垣詩所云"蠻洲銅鼓藏一雙"，則當時二鼓並在一處，不知徵士繪圖，何以僅取小者，而考歌中亦無一語及之也。

## 銅　鼓　歌

補過堂前花草香，補過堂上多縹緗。中有奇器騰寶光，蠻州銅鼓藏一雙。四小蟾蜍蹲其面，四小耳環貫其旁。雕鏤花文窮微細，篆刻卦畫分陰陽。上寬下廣腰中束，瓜皮古色何蒼蒼。摩挲叩擊發長喟，指形論古疇能詳。或云制自馬伏波，漢書可據非荒唐。南海神廟尚留一，規制大小殊相妨。或云制自武鄉侯，留壓獠人埋山岡。考圖按器略彷彿，南征未到西粤疆。大抵東都西蜀事，千載之後難臆量。何况蠻中多新鑄，十千價值相焜煌。奇器自是堪寶惜，真僞無用苦低昂。登堂搥鼓傾千觴，放歌懷古神揚揚。一擊如見銅柱外，據鞍矍鑠蹂炎方。再擊如見渡瀘水，指揮三軍縛蠻王。當今車書大一統，八蠻不敢逞披猖。書生抱膝坐無事，日掃千兔禿毫芒。試向夜深望牛斗，應有紅光紫氣萬丈長。

# 温陵詩紀卷五

## 洪鴻博世澤五首。

世澤,字□□,號艮堂,南安人。乾隆丙辰以廩生薦舉博學鴻詞,己未補試,授翰林院庶吉士,散館授檢討。

《桐西舊話》:雍正十一年修先朝曠典,有詔再徵鴻博之彦。迄乾隆丙辰,而登薦牘者二百七十六人,與試者百九十三人,其題則《五六天地之中合賦山鷄舞鏡》,七律十二韻也。時所司懲前科之濫,特廉其額,以五十人進呈,授館職。丁巳補試,復選四人。時奉天盧公焯巡撫福建,以十人應詔:安溪副貢王士讓、晉江廩生方鶴鳴、安溪廩生潘思光、閩縣廩生張甄陶、南安廩生洪世澤、晉江生員王元芳、閩縣廩生陳繩、晉江廩生陳一策、龍巖廩生陳大炎、閩縣生員陳繼善。此外,趙侍郎殿最舉安溪李司馬光型,王侍郎紘舉安溪李孝廉清藻。又安溪官庶子獻瑶時爲秀才,亦入薦剡。厥後惟洪艮堂先生以補試中選,授庶吉士,餘皆不與也。補試題爲《指佞草賦》、《良玉比君子詩》。又曰:聞之鄉先輩云,洪艮堂先生之歸田也,年已耄矣,猶日坐堂皇,擁編牘。後生子弟或有以故典詢者,則對以在某書某卷某帙,令自檢尋,百不失一。其博洽强識,誠非涉獵者所可比。其集未經刊布,侯官楊丈浚曾得其稿,余將借録副,楊丈再四搜覓,竟爾遺佚,惜哉!

### 游雲頂巖

方丈連清淺,蓬萊半紫氛。雙潮林外合,二郡望中分。竹引瑶池液,夜留玉洞雲。幽尋殊未厭,出谷已斜曛。

### 生芝草堂詩存題詞

追風騏驥力，拔地棟樑材。袖裏一編出，蒼然萬象來。張均謂訒菴既宏獎，蔣渙礪堂亦交推。稍幸名山業，繁枝自剪裁。

### 金榜山訪闇公石室

金榜山高對玉臺，隱君舊業半蒼苔。著書人去成千載，洞外寒花閒自開。

其　二

迎仙片石倚巑岏，埸老當年此閉關。欲問藏書何處所，白雲空自鎖名山。

其　三

前人著述後人傳，考獻徵文此必先。石上摩挲深剥字，風流又見令威篇。

## 陳徵君一策三十四首。

一策，字爾忱，號筠亭，晉江人，前明相國洪謐之曾孫也。乾隆丙辰以優貢《詞科掌録》謂歲貢，誤。召試博學鴻詞，報罷。有《花映寮詩草》、《香雪齋詩草》、《翠屏山人詩草》。

杭大宗《榕城詩話》曰：爾忱《香雪齋集》七律清婉可誦。《夜宿山園》云云，《訪友》云云。

吴荆川曰：爾忱制藝透辟精純，詩歌、古文辭博贍淵雅，根柢宏深，具有法度，非胚胎前光，耳濡目染，不能有此。

### 擬陶淵明讀山海經十三首

棲遲衡門下，不爲世網攖。華簪非所戀，守拙事歸耕。今日農務畢，愛此風日清。寄傲倚南窗，鳥時呀新聲。牀頭酒初熟，提壺聊自傾。醉覽山海圖，奇怪紛縱横。精神騖八極，逸趣胸中生。曠然欣有得，何慮復可營。

其　二

帝臺觴百神，迺在鼓鐘山。大奏鈞天樂，異響在人間。瓊漿千萬斛，可以駐頽顔。安得赴高會，逍遥往復還。

其　三

招摇山突兀，儼然誰山首。靈草號祝餘，青花狀如韭。採食可不飢，辟穀訪王母。何須戀微禄，折腰米五斗。

其　四

棋子如鶉卵，五色狀粉糅。縱横方罫中，千年長不朽。云是帝臺局，遺此苦山首。不知天帝尊，何人爲敵手。

其　五

芘湖多怪魚，厥名實爲儵。赤毛而三尾，六足仍四頭。鳴時音似鵲，食之可消憂。我有琴書樂，於此復何求。

其　六

海内崑崙墟，實維帝下都。方廣八百里，萬仞勢崎嶇。九井復九門，百神在八隅。何當從之游，此心抱區區。

其　七

丹穴出鳳凰，女牀棲鸞鳥。毛羽皆五彩，先爲文明兆。見則天下寧，所關實非小。我欲覓靈禽，乘風躡云表。

其　八

虖勺山中木，造化寓至理。其上多梓柟，其下多荆杞。良楛判高卑，不以惡亂美。譬彼宵小流，勿使混君子。

其　九

衣冠而帶劍，號稱君子國。好尚無所争，威儀常抑抑。猛虎亦馴服，日旁斯人側。德化及禽獸，美哉此異域。

其　十

迷谷花四照，吐豔及芳菲。得此能不迷，臨事獨知幾。我欲紉爲佩，光焰映裳衣。迷途實未遠,用以覺昨非。

其十一

有鳥類青鳧,半體信異族。相得乃能飛,比翼仍比目。雙棲共一身,依依難獨宿。其名曰蠻蠻,飲啄崇吾麓。

其十二

流沙三百里,遂至洹山陽。凡木不敢生,其上有三桑。蒼老無枝柯,挺立百仞長。應爲擎天柱,支撑在朔方。

其十三

林氏之國中,騶吾大若虎。五采鬱相鮮,奇文勝織組。日行千里程,乘之遊寰寓。珍獸世所希,八駿何足數。

## 銅　鼓　歌

世皆知伏波有銅鼓,不知卧龍亦有銅鼓。蓋伏波鼓身圓七尺有奇,面徑二尺一寸許,高與徑埒,其體甚大,載在《廣西通志》可考。而《益部談資》記諸葛鼓面廣一尺七寸,高一尺八寸,邊有四水獸,腰束,下空,旁有四耳,花文甚細,色如瓜皮,重廿餘斤,乃孔明擒孟獲時所制,一名錞于鼓。又《一統志》云:銅鼓山在廣西柳州府融縣。舊傳孔明散埋銅鼓以壓獠人。後有得于是山者,故名。以余所見銅鼓,適來粵西,聞爲土人掘得,而體狀、色澤更與錞于鼓同,殆即諸葛鼓也。摩挲考擊,心賞神移,遂爲之歌。

早歲讀漢書,掩卷三嘆息。惆悵馬伏波,銅鼓鑄馬式。自注:《後漢書·馬援傳》:援好騎,善别名馬。於交趾得駱越銅鼓,鑄爲馬式,還,上之。及今得見之,對此樂何極。此鼓希世珍,相傳來蜀國。嘗經卧龍手,用壓獠人域。鞠躬誓盡瘁,艱難討蠻賊。人世幾滄桑,此鼓遂難覓。詎意融縣間,村夫偶掘得。鬼物爲呵護,浩劫暗藏匿。顯晦固有時,年深忽再覿。苔繡與土花,交侵不能蝕。光怪紛陸離,蒼翠流古色。上有螺紋旋,下有蟬翼飾。四耳環其腰,四獸蹲其側。高廣皆尺余,毫髮窮鏤刻。獨無甲乙年,名字亦不勒。清濁有殊音,輕重隨考擊。枹止響猶騰,靈鼉安足敵。遠移入閩疆,俗眼誰辨識。我生最好奇,摩挲仍拂拭。快睹不知疲,往往忘朝昃。聊作銅鼓歌,千年想所歷。約略紀見聞,管窺而蠡測。君不見昔日韓昌黎,曾歌石鼓稱奇特。猶云李杜亡,自媿薄才力。我今睎古人,得不更慙弄毫墨。嗚呼!得不更慙弄毫墨。案:諸葛銅鼓近移置玉屏巷文昌宫。

## 石　池

池波蕩石根,石勢環池側。水與洞壑通,源委不可測。時見落花浮,遊魚紛如織。

## 戊戌紀災

歲在戊戌月建申,厥日丁卯天色昏。飛廉顛狂驕太甚,呼號怒氣薄秋旻。沙飛石走紛挨起,鬱儀望舒皆逃奔。鵂鶹晝呼鴉夜噪,旦夕不辨已經旬。迄至酉月三日暮,當空黯慘黑雲屯。列缺揚旗光矸磹,豐隆擊鼓聲砏磤。須臾風勢詘然止,蓱翳驟過如傾盆。連宵累日無休歇,誰能鍊石補漏天。淫霖積潦遂泛溢,溝澮池沼盡激湍。況復群峰瀉巨瀑,溪水躍立漲新泉。百派千條合爲一,茫茫四顧窮崖垠。驚濤怒吼馮夷嘯,蛟龍潛伏不敢喧。乍若騰驤馬萬匹,旋如格鬥千人軍。上疑天柱爲之折,下恐地軸爲之翻。浮橋□潰争一瞬,欻見澎湃入城闉。漫城不没僅三版,茆簷華屋俱可憐。藻荇隨流罥樹杪,魚鼈鶩波上屋山。人情洶洶紛痛哭,巷南舍北聲相聞。墻傾棟折愁覆壓,十室九室難安全。迎潮之子好身手,肆然撐船來衢間。乘人危急相剽掠,悉索直欲到鷄豚。不思拯溺恣殘害,吁嗟此輩真可嗔。我居城南地頗高,水及半扉亦苦辛。書籍箱篋並牀几,簸蕩翻覆入潺湲。曲突烟銷蛙浴釜,枵腹無以備晨餐。入夜更深尚秉燭,危坐何由得晏眠。漲落始免爲魚恐,故舊相慰互往還。共道市儈高騰價,斗米束薪增百錢。嘉蔬葉爛稻苗死,盡變荒圃與蕪田。我聞此語重嘆息,不憂豪富憂貧民。即今七邑劇凋瘵,旦暮不能具粥饘。若逢縣吏追呼急,賦税何以輸長官。古者五日一風十日雨,海不揚波及三年。胡爲乎!太平之世見災異,風雨水潦交愁人。既非閫嶠乖和氣,又非造物獨不仁。肆虐是誰之過歟?典司不得辭其愆。我欲凌霄排閶闔,再拜稽首請具陳。願誅飛廉罪莽翳,驅令馮夷歸長川。列缺豐隆皆逮繫,鬱儀望舒亦誅連。庶幾上帝鑒予兮,一爲生民洗煩冤。

## 清洲晚泊

暮泊清洲岸,溪山趣不窮。鳥吟深竹裹,人語澹煙中。漲雨浪花白,經秋柿葉紅。幾家村落在,參錯各西東。

## 成雲洞

地辟峰逾峻,雲深洞轉妍。石棱森萬狀,厓壁挂雙泉。人語驚山鳥,春風墮木綿。到來幽興愜,薄暮不知還。

## 秋日山遊

到來俗念已全删,羨卻僧徒日日閒。秋鳥亂啼紅葉寺,夕陽斜挂翠屏山。徜徉泉石幽深處,吟望煙雲縹緲間。歸路别尋荒徑去,雙雙屐齒破苔斑。

## 夜宿山園

故人留宿在山園,幽僻居然絶世喧。萬木叢中煙繞徑,千峰缺處月窺軒。鶴聲聒耳能醒夢,虎跡關心早閉門。見説梅花開遠寺,明朝相約過前村。

## 嶺行即月

溽暑蒸人意正煩,險巇高處强攀援。兩峰對轉東西徑,一水遥通南北村。倦牧山童眠石碣,弛担行客坐松根。驟來雲影收殘照,俯見平田過雨痕。

## 訪友

草堂新築旁苔磯,城廓風塵到此稀。背向夕陽雙鳥没,屐黏晴雪一僧歸。

石橋水色虛摇檻，板屋梅花亂撲扉。今日似遊人境外，與君相對欲忘機。

## 秋行有感

浪迹山巔與水涯，蕭條景物意堪嗟。鳴秋古樹吟黄葉，漲雨新潮走白沙。四面遠峰千萬點，一村殘屋兩三家。居人寂寞閒來往，門對荒田噪暮鴉。

## 張子房

漢祚將興秦祚衰，子房天遣佐清時。梵書莫燬圯橋册，鑄鐻難銷博浪椎。虎嘯已祠黄石老，鴻冥卻訪赤松師。何論狀貌魁奇否，智勇深沉那可窺。

## 淮陰釣臺懷古

韓侯未遇此垂綸，突兀荒臺枕水濱。出胯何妨容俗子，登壇自覺邁英倫。去留能擇雙雄主，生死偏由兩婦人。爲憶孤忠無限恨，幾回憑弔惜勳臣。

## 燕邸走筆賦别王尚卿

來時共賦九秋煙，今日分携恰一年。楓葉流丹飛别路，蘆花綻碧映歸船。飄零未脱囊錐穎，落拓猶存鐵硯田。聖世應知無棄物，臨風且誦漆園篇。

## 投宿荒村

晚來躑躅向郊行，投宿荒村人苦晴。斜照壁移簑笠影，狂飆窗遞桔槔聲。陌頭那得焦明集，樹底空勞布穀鳴。缾罄忽逢遊客至，慚無麥飯與藜羹。

## 曉起

開户東風急，飛花撲曉簾。似聞人語響，鸚鵡唤前檐。

## 賓山亭

獨結傍山亭，幽棲無俗伍。煙巒旦夕佳，相對爲賓主。

### 一望塘

一望煙波闊，方塘十畝間。水虚明似鏡，倒影入青山。

### 偶成

雲弄輕陰日影微，梧桐深院掩斜扉。晚來幾點催花雨，落盡紅英濕不飛。

### 旅夜

一燈明滅夜迢迢，半篋殘書伴寂寥。曉角三聲猶不寐，閒看月影弄芭蕉。

### 閨怨和友人韻

關河望斷恨迢迢，疇昔風情半欲消。猶憶分携難别處，含愁相對兩無聊。

#### 其二

别後容光久損神，可憐消瘦鏡中身。偶將畫影來相照，反道丹青寫不真。

## 王州倅士讓一首。

士讓，字尚卿，號南陽。雍正壬子副榜，乾隆丙辰舉博學鴻詞，下第，復以薦入三禮館。編纂書成，授蘄州判。

杭大宗《詞科掌録》曰：尚卿出陳進士句山之門，研精三《禮》，力學不倦。福建巡撫盧公所薦，試後京師當軸薦入三禮館。

### 上灘吟

昔在曾南豐，嘗作道山記。怖我水陸險，方寸尋便利。惟此南中客，初發江湖志。寓形宇宙間，造物在安置。不閲風波中，藟然何气概。相彼盪舟人，喧豗亦孔瘁。巉石砥狂灘，虬龍競吼巘。負纜蟻溪行，揮汗交泗濞。彼爲蠅頭射，我以身名寄。行矣指雲間，天涯男子事。莫言懷與安，險中有至易。

## 方孝廉翀二十一首。

翀，初名鶴鳴，字羽中，一字羽公，晉江人。乾隆丙辰，以優貢薦舉博學鴻詞，報罷歸。登甲子舉人。有《不已言集》十八卷。

李酣堂曰：羽公七律、七古尤工，似可頡頏于倚樓丁卯之側者。

鄭傑《注韓居詩話》云：羽中詩集諸體，命題多涉庸腐。閱積年所著凡數十卷，知是埋頭雪案，不務聲華之士。

### 憶蘇州府學拜韋公像

扁舟抵吴門，返櫂爲日遲。挈伴游黌宇，地屬范公遺。天章灑瑶翰，良相能濟時。自注：范文正公廟"濟時良相"匾額，系聖祖御筆。希文古名臣，群望知所歸。獨有韋蘇州，廟貌相因依。輝映近聖居，撫字功永垂。記乘表宦蹟，清標昭曩儀。郡侯善厲俗，氓庶焉忍欺。從來習譎詐，輕薄稱吴兒。循吏迪簡静，寧同煽虐爲。賢聲無赫赫，始繫後人思。大美解及道，傳聞惟公詩。澄明如秋水，千古頌陶韋。再拜興三嘆，於今事可追。豈期歌詠林，綽有論世資。俯仰無窮意，臨風鬱以悲。

### 友人有"燈摇漁艇行"之句，殊愛其語，以古詩賦之，亦變體也

清微水中畫，强半由秋江。入夕有餘致，開我南邊窗。月色乘潮起，人家斷吠哤。夜行或未休，淺處争渡矼。欸乃何來者，曳摇小艕艭。或意不在魚，柔櫓近奔瀧。深宵收釣網，尚點光明釭。那曾依岸泊，似欲歸鄉邦。疎星無住着，一葉殊紛龐。略聞風淅淅，益見影幢幢。遂使孤懷寂，難窮送眼雙。滄浪發長笛，冥漠傳遥腔。于此羨漁隱，吾心焉肯降。

### 玉斗碎

將軍譙讓入擁盾，龍準乘機去已遠。鷫鷞膏瑩寶器殘，重瞳不顧亦不忿。

頭顱如許成衰翁，但有區區杀沛公。虎口不嘗計安出，平生任智將毋空。咸陽尤物本當碎，袴下辱人歸漢未。豎子難謀思彭城，鴻門寥寂君王醉。

## 反范石湖買癡呆詞

歲華物價高十倍，獨有癡呆賤莫買。吴中所蓄更稀求，街巷揚聲將誰待。吾今原是逆旅人，不辨時物新與陳。但好買來重添拙，兒童無僞貨應真。出門叫呼不停口，吴兒姗笑何迂朽。果然欲買豈論錢，除却吾鄉君自有。買時延佇深躊躇，怪底風俗竟迴殊。通宵落落立簷下，焉得市司評物價。

## 讀周櫟園書影

晚歲橫篇疎内警，雪鴻留爪焉回省。幾無一物在胸懷，徒愧雲烟少著影。周公淹洽足平生，不似人間炳燭明。鼎革之時舊軼事，最能攟摭爲來程。兼資典故騁議論，斷律平允漢談經。當日一身足名吏，何曾萬卷乍忘情。職是堂前操憲老，人猶櫟下耽書生。是書尤屬居請室，頗近纍囚中講易。肝腸無妨古直道，自付青天朗日白。吁嗟此是讀書人，一片圓影鏡偏真。傳聞應在百年後，夷堅有志未堪伶。説郛大部稱怪博，所惜删除惟僅存。安得全書重補足，使我飽饜騰精神。書癡取形弗認影，欣看未見夸其珍。

## 鄱　陽

萬水將歸壑，湖光尚接天。遥山曾作岸，大地止成煙。小艇風中去，輕帆雲外懸。一杯聊自酌，醉入楚江邊。

## 宿齊雲洞

山雨夜驚人，巖居解比頻。鐘聲迷石乳，燈影亂松鱗。未睡翻經帙，忘言聽野賓。逾時三十稔，重宿憶前因。

## 寒　螢

過夜無情緒，孤飛每日停。蕭條依茭渚，隱約度沙汀。月暗舟吹火，風高水落星。誰能窮遠際，一點看寒螢。

## 劍浦有懷作

四顧饒清興，行行劍浦舟。日光開仄逕，山勢壓危樓。細憶孤眠夢，長懷各別愁。平生情不薄，暗恨大溪流。

## 鬧　年

雖間均擾攘，至此亂如麻。市販益多輩，村舂無曠家。臨風更户帖，冲雨買缾花。歲節饒人苦，争高强學奢。

## 村居水漲集唐

有家皆掩映杜牧，青鴨戲新波張籍。鬱島藏青竹孟浩然，重階夾緑莎張祜。潮來無别浦鄭谷，天上莫爲河李商隱。盡是添愁處李廓，何山好薜蘿韋莊。

## 書事集唐

抛却經冬白罽裘陸龜蒙，暫憑前計奈相留羅隱。濁醪任冷難辭賀吴融，情緒牽人不自由韓偓。得劍乍如添健僕司空圖，勞歌一曲解行舟許渾。長卿牢落悲空舍李賀，亦出中門便當游白居易。

## 題叢山巨軸

陰林日薄路東西，叠叠青山曲曲溪。水碓聞中疏舍出，烟鐘來處上方迷。冬春不辨花争發，曉暮無分鳥亂啼。有避秦人前未信，今番心逐白雲鷄。

## 池　上

初冬池上亦青青，猶記尋芳醉醁醽。風静蛛絲懸敗葉，天温魚額撥殘萍。

樹林伏蚓傳鳴喙,隄岸驚虵見蜕形。爲計新蔬先築圃,時來洗墨看畦丁。

## 月　上

曳履徘徊月上時,孤邨如雪夜何其。春深萬壑流初急,雨過千峰影亦奇。兩岸殘煙鎖鸂鶒,一汀冷露濕鸕鷀。不妨步到南隣去,卭友高談足解頤。

## 濟寧州送友人入都

擎杯據案總休嗟,一點寒燈照影斜。萬里招邀都是夢,三更話别各非家。平原匹馬嘶孤客,古驛長風送落花。此去知君息惆悵,故人相對坐京華。

## 八月二十一日

吾生何處好夷猶,讓美先賢雅勝流。每笑無魚同食客,空思有蟹少監州。荻花水上千枝雪,梧葉風中一點秋。静隱此身何所適,茆簷喜鵲换鵂鶹。

## 有　贈

今知萬事鏡中看,終是人高得所安。魯望棲心游笠澤,司空揣分隱王官。緑窗無事書千卷,白石能容釣一竿。恰好歸來招舊侣,聯吟勿問古詩壇。

## 題畫雨中蘆雁

連天陰雨荻花圍,睡宿寒坡不敢飛。記得晴秋風景好,長空明月引群歸。

## 題漁家美人圖

秋風一楫大江虚,淡蕩蘆花護水居。漂泊多時無怨命,紅顔但恐屢沉魚。

## 題踏雪尋梅圖

寒空來往踏無聲,萬里彤雲襯雪晴。只解有香深處去,不知身在玉山行。

## 林孝廉應震六首。

應震,字理湖,號東方生,同安人。乾隆九年甲子舉人。有《蒼筤詩集》。

林白雲曰:鯉湖古作,絶似晉魏。近體亦學唐而少變者,真時下一老手也。

### 題黄叶庵别墅

芸香趣有餘,載酒子雲居。三面不虧月,一樓皆貯書。金莖霄外剪,石髮雨中梳。天樂聽猶近,時來學步虚。

### 萬年宫

問津纔識路,亭下好維舟。碧峽孤燈雨,丹崖一雁秋。僧歸深竹寺,鴉散滿汀洲。宴罷橋何處,仙雲自去留。

### 鐵佛寺别李紫巖

數載相將别有情,三韓路杳望修程。風塵萬里不爲意,秋水一天方欲行。錦勒關河朝看劍,玉樓歌管夜吹笙。高文兼有匡時略,豈但囊中叩論衡。

### 小南溟

即此是南溟,天池不爲小。空濛水一天,中有怒飛鳥。

### 秋夜

白月照高夜,長河迴不明。西風動秋杵,滿地是寒聲。

### 畫洞庭晚景

君山晚望楚江回,潦倒林亭酒一杯。斜日孤城臨石壁,遠帆無數逐潮來。

## 洪教諭士輔一首。

士輔,字臺卿,晉江人。乾隆九年甲子舉人,官詔安教諭。

### 高郵舟中

南下淮流急,三湖水勢連。野帆青草外,茅屋白鷗邊。江送千山雨,寒生六月天。吴歌應耳熟,鄉思轉予年。

## 莊主事寅清一首。

寅清,號悔亭,晉江人。乾隆己丑進士,官工部主事。

### 自嘲十韻

生性名士癖,好讀不求解。似向忙得閒,游戲大自在。插架三萬軸,一一姿探採。束之不肯覿,徘徊若有待。握筆搜枯腸,已過功還怠。人前偶發憤,沉錮嗟莫改。豈無濟川航,鼓檝赴鉅海。亦有囊中錐,鋒挫宜礪乃。失業今徒爾,難追後其悔。勤惰生亦偏,吾將罪真宰。

## 陳鴻臚科捷三十一首。

科捷,字又繩,號繩皋,一號繩庵,安溪人。乾隆辛丑舉於鄉,戊辰成進士,選庶常,授編修,積階至鴻臚寺卿。有《假歸集》、《碩庵詩文集》。

繩庵《静學居詩話》曰:予年十四,初學爲詩,即將《古詩紀》一部,《全唐書》十二函,皆用朱筆點遍,選其尤者分五七古律,手自鈔輯。大抵多大曆、元和間人,惟李、杜兩家不敢下筆。其後學温、李,變入西崑。及取李、杜二集翻閲尋繹,於是稍知其門户。蓋詩必涉其源流,方有脉絡可尋。李、杜格調太高,不得其門,如何窺測?學問一道,又非窮源造頂,不足以盡其能事。故王荆國謂學杜須從義山而入。本朝馮鈍唫又云:學太白者必取途八叉。噫!二老之言,豈欺我哉!又曰:余束髮初學爲詩,都從五叔父請所業。一日,叔父謂余曰:七言古當有平仄,如佳句多用三疊平。此語纔聞之藐村先生。余大謂不然。詩之有聲病,乃起於沈約,至唐之爲律詩者祖之。若云古詩,則自漢魏未嘗講及平仄也。六朝之爲古詩者,惟《木蘭從軍》一篇,頗習漢魏調。下此則梁簡文、隋煬帝、陳後主,以至唐初之四傑,以律句法入七古者多多也,未嘗有限音節也。余當時所見如此,然此語終存於心,未嘗或忘。及通籍爲翰林,在京師。一日,購得《顧亭林先生集》,讀其七言古,無不如此。因知此老決不苟然,遂留心體勘唐人諸大家,乃知此體出於杜、韓。蓋二公以氣格取勝,不肯苟同梁、陳綺靡。宋人繼之,則惟蘇公。故七言古至杜、韓、蘇,自是一格,與梁、陳一派差别。山東趙秋壑《聲調譜》爲此而作,能此事者,當有會心,惜乎未及以此報知叔父也。

## 秋夜感懷

孤月倚林梢,横参出簷際。落葉疑雨聲,霜華白於地。羈人坐長夜,短檠對無寐。秋氣頗凄惻,秋容亦顑頷。閒吟不成詩,獨酌乃虚醉。自涉簪裾塲,頓失幽棲志。一枝猶能折,千載詎莫致。睠懷古之人,揺落動秋思。誰爲萬里隔,尺書尚堪寄。誰爲時代遥,感事垂涕泪。室遠可奈何,心遠終欲至。

## 送洪叔瓶登第南歸

中夜感離别,剪燭叙區區。後會未有期,分手在斯須。征夫指前路,令我憶故廬。識君十餘載,從此結歡娱。京華數晨夕,誓與百年俱。豈因相去遠,頓使肝膽殊。浮雲西北馳,河水東南趨。恨無雙羽翼,追飛碧海隅。願言敦素節,皓首志不渝。

## 喜朱南岡同年至

北風吹海雲,長空雁影絶。之子自東來,孤舟載明月。跫然空谷音,深足宣滯鬱。尊酒叙别情,江湖餘華髮。惟有蘭茝辭,開篋幽芳發。

## 疾風行和敬兄

飛廉縱轡馳江皋,江流欲下回奔濤。老龍睡醒寒魚跳,饑鳥夜叫哀鴻嗷。檣危棹短維不住,吴舷越槳相敲摩。羈人不寐愁長夜,舟子驚起聲喧呶。解纜向南行轉疾,片帆半挂無容高。直溯逆流隨風勢,勢如奔馬狂難操。瞬息一去數十里,又似强弩懸鳴髇。乘風破浪年少志,至今無復元龍豪。牀頭兩部老與易,案上數篇杜兼陶。家在海東年久别,歸去更欲□蘅茆。堂上老人頗健飯,春時鞠賸傾銀槽。諸父弟舅和且樂,賓朋襍坐吹笙匏。農家知予素好飲,薄具鷄黍携山肴。酒中海風四面起,紅日滚滚摇林梢。漁舟唱罷蘆間出,手持尺鯉連雙螯。鄰翁見㒵興未已,隔籬戟手呼兒曹。傾盡歸卧茅檐下,不知門外哮怒潮。疾風疾風,吾心比汝更加疾,願汝爲我吹歸橈。屏翳驅雲向南去,只須掛席休支篙。吾將舉酒爲君壽,與汝共結歲寒交。

## 打冰詞

雪後氣寒風凄凄,一日二日浮流澌。舟過薄冰還自解,一夜凍成碧玻瓈。長篙短棹移不動,檝師問計無由施。急呼舟子打冰去,冰堅苦無施手處。鄰舟共伴須齊力,各不肯前多顧慮。觀望我舟先鼓發,手龜足繭何依據。打冰始向舟邊敲,一篙落處水生坳。裂痕片片成龜坼,群舟嚮動出潛蛟。更教解纜結浮筏,乘勢排前姿衝突。大搥小搥號狼頭,奮力直下無休歇。大搥下處聲訇訇,細飛碎玉鉅飛瓊。水花噴出浪花湧,髣髴張樂在洞庭。小搥下處聲清越,斷縫汩汩流漂沫。停搥未下忽有聲,恍如水底走螃蚏。堅冰敲破流殘凌,午日暫消晚風凝。破者未融凝者厚,鼓枻欲過争矜競。舟子驚凍猶惜舟,窮日三里五里程。

如此打來不濟事，此事只好問津吏。津吏鞠躬岸邊迎，衹云好待風日霽。天風漸暖冰始開，竊恐人力難爲計。不然須得五丁力，兼執仙人鐵如意。

## 冒雪度仙霞

仙霞關據仙霞嶺，摩雲插漢捫參井。一夫恃險當萬夫，嶄絶截斷甌閩境。窮冬積雪路漫漫，一片白光失遠山。石磴埋没空人蹟，下視百丈驚心肝。峰回徑轉各異面，十折九折勢屈盤。竹兜欲上高還下，前者及踵後抵肩。古松列立如玉樹，脩篁倒壓垂行路。一層嶺上一層寒，半截巒頭入陰霧。朦朧海日烘不開，凛冽山風吹旋涸。高巔突兀見靈宫，精神隨處顯英風。拂拭復陶拜金像，默默中誠自感通。老衲持筶與我擲，神意已露無瀆蒙。肩輿更望山南下，山南氣暖冰初化。水溶路滑下又難，投足不牢誰能那。行路難哉昔人歌，人生何處不陂陀。古有叱馭驅危坂，又曾避險回征車。出處異路此情在，白雲紅日意並賒。我今歸爲春暉戀，淑氣今朝吹管葭。來歲辭親趨魏闕，敢憚風雪阻關河。

## 石　　壁

石壁連天勢陡絶，鳥飛不到人蹟滅。竹籬茆舍頗蕭疎，茶竈藥爐紛羅列。一舟横挂巖石間，似向長河釣明月。舟人指是神仙居，何代幽棲來結廬。鷄犬舐藥飛昇去，此間惟存舊村墟。脩鍊之家本茫杳，今疑其事輕其書。我思昔人善避地，逃堯非武行己志。海上蓬壺起秦時，幔亭孰是真苗裔。相傳漁父尋桃源，不知有漢況來世。衹今寰宇混一區，逢人曾見神仙無。

## 江　　行

湘流北注勢無極，晴日看天天深碧。好風輕送高帆懸，江天上下同一色。讀罷離騷感騷人，天遣帝子作湘神。千秋渺渺不相見，一望芳洲蘭芷春。

## 施紹和邀游東園賞桂

高秋勁風吹百卉，涼月涵空天如水。誰將巖桂植中庭，人在瓊林蕋宫裏。

此間清福管領多，共識東園主人是。尋芳來造主人居，三徑洞開迎屣蠟。主人愛客具盤羞，紅螺盃深酌緑蟻。鼻觀熏香酒不辭，坐客半酡主人喜。主人勸酒客高歌，我正欲歌酒且止。僕等本是磊落人，襟懷蕭灑絶塵滓。美人芳草舊關情，明月清風引知己。相逢韓孟駏蛩同，在側金張螟蛉似。讀九歌句思愁人，詠八公篇招隱士。幽巖丹桂自灌叢，傳聞種出月中子。憶昔侯家全盛時，池館林園連甲第。奇木怪石盡搜羅，水竹山花争移徙。揮豪覓句拂長裾，按拍徵歌發皓齒。金釵剪燭座生香，主人停杯客未起。風光環轉數十秋，物盛而衰固然耳。平泉草木盡荆榛，金谷繁華成頹壘。世間萬事無不然，過眼煙霞何足恃。祗今東園得主人，主人賢者亦樂此。藏書插架充棟樑，有時執卷閒徙倚。桂樹植根亦有年，輪囷衝霄天尺只。横枝蒼翠滿庭陰，結影松柯相比擬。秋光氣爽花始開，耐雨傲霜存古意。一種幽香不媚人，藹紫蔫紅真群婢。郄詵一枝未堪傳，上林千樹亦虚紀。我寧持斧上蟾宫，我寧服食祈不死。但得玉女三十人，爲吾扶杖更捧几。狂吟朗詠三百篇，一掃烟雲紛落紙。主人勸酒更不辭，逡巡放筆吾醉矣。

## 中甫以書約過舍劇談，適當出門。比歸，則已相左，因裁謝并答書云

佳節忙中度，殘花寂處開。聞君有幽思，今我接清埃。蹔欲驅車去，還期載酒來。歸時日纔午，已報叩關回。

## 送楊東萊回粤

寂甚揚雲閣，頻頻屐步過。别來吟更苦，老去興如何。風雪臨關勁，梅花度嶺多。歸途及春早，覽景發微哦。

## 故山子姓不遇，望有來者，絶無音問，代書促之

空山悲歲晚，木落滿江濱。風雨無日夜，凄涼思遠人。祗應付時命，何事滯音塵。自信關文字，吾衰尚可親。

## 雨後觀菊花盡開

寂甚羅含宅,花叢過雨紋。凝膏憑曲檻,泫泪對斜曛。寒意憐芳草,秋心滿白雲。誰人來送酒,惆悵待夫君。

## 月疊前韻

寒夜冰輪涌,流光滿洞庭。深閨誰擣練,幽士自横經。葉落巖無樹,天空漢有星。但知隔千里,那辨玉蟾形。

## 喜家累至署

窮經收晚歲,失學念孫曹。風雪飢虜固,關山氣概高。載書開舊篋,得句試新毫。寂甚三冬候,相看慰鬱陶。

## 春日即事

簡出緣春倦,風光向暖天。曾無官長制,多得故人憐。事少心尤懶,囊空病不纏。家人計沽酒,移席到花前。

## 甲午九日

去年風雨過重陽,今歲重陽候復涼。召客有誰知送菊,登高無地可携觴。海涵殘照霞初上,風送微雲雁正翔。詞客酒徒零落盡,狂歌縱飲總神傷。

## 丙申中秋

金灝司秋氣最清,高風落葉悵歸情。秋當邊塞涼尤早,月到關山夜亦明。猴菌脆甘聊供饌,馬潼膻臊詎充觥。閨人無事瞻飛雁,計日雕鞍入玉京。

## 到岸可小齋初見菊花

度過重陽幾日來,村居纔見菊花開。疏籬斜映溶溶月,曲徑遥看漠漠埃。

晚節肯因衰退靡,芳心莫爲蚤寒灰。阿連園柳頻生夢,無限詩情不待催。

## 和敬五對梅有感

花市尋梅輒破顔,□盆暖炕一枝安。春回海國欣時泰,老返園林感歲寒。驛使曾逢筒里寄,山妻閒向鏡中看。東皇休遣風吹盡,柳絮縱横雪復漫。

## 敬五有詩見贈,用韻還答

頭角嶒嶸夙所傾,紅塵驢背滯神京。屢從元禮同舟坐,不媿中郎倒屣迎。老去林泉聊爾爾,春來風雨憶卿卿。直爲養病資醫藥,敢擁皋比擬二程。

## 竹崎阻風

灘盡循流下,迴風阻行崎。偏由心去急,轉覺路行遲。

## 安化寺僧九日送菊

素質何堪染,無煩墨氏悲。秋霜對華髮,詎復化爲緇。

## 論　　詩

於菟奕世史書垂,寶鼎靈台四字詩。華藻不曾題月露,一篇團扇出班姬。

其　二

六經文字泰山高,光焰推人不自豪。認作詩人是餘事,同時難壓柳儀曹。

其　三

一部瀛奎近世珍,獨標江右作傳薪。但敲句眼抛風格,恐與涪翁作罪人。

其　四

白雲遥步浣花溪,半世飄流無定棲。吟魄猶爲詩卷計,不勝哀怨是無題。

## 庭中月季盛開,紅艷殊常

花花葉葉得無同,不借燕支祇自紅。待到殘時春亦老,令人錯怨是東風。

## 己未除夕

徹夜飛坌六市塵，也須結局再逢春。尋常酒債都清却，來歲還爲貰酒人。

其　二

分歲微酣面半酡，深鑪炙手展輕呵。四時放過無窮日，守得今宵有幾多。

## 曉溪雜興

竹篙撑破一溪煙，水色煙光接遠天。日出溪頭人不見，野梅根繫釣魚船。

# 温陵詩紀卷六

## 黄大令濤一首。

濤,字□□,號文川,同安人。乾隆庚午順天舉人,辛未進士,授湖北長樂知縣。

華圃坐雨,寄林鯉湖在同安積善里。

塵寰不染利名空,新築書齋迫梵宫。竹逕烟迷三月雨,松巖浪吼五更風。有懷舊侶腸頻結,漫踵名賢道未充。投老怡情何處是,山青海碧月明中。

## 張都轉慎和七首。

慎和,字□□,號莪圃,晉江人。乾隆乙未進士,選庶吉士,累官至浙江都轉鹽運使,尋以事遣戍。釋還,授員外郎。有《暇日詩草》。

春欲莫

春欲莫,渾河沉澌車馬渡。江南花事已闌珊,塞北草痕青乍吐。去年武城南,相將看杏樹。今年陀羅村,流光又一度。囑與東風吹柳眼,莫遣紅塵障歸路。春欲莫,送春人在龍砂戍。

九昌道上自注:自迴龍入九昌,行山路可近一程。出九昌,仍歸驛路。

翠巘倚青天,下臨不測淵。羊腸穿鳥外,人跡入雲巔。草密疑藏虎,林幽只聽泉。出山通大道,長坂一揮鞭。

### 宿黄田邊閣

黄田棲小驛,竹閣俯清泠。苔點堦前緑,山餘户外青。灘聲終夜雨,船火一溪星。酒醒更闌後,荒鷄隔岸聽。

### 送圖益亭之烏爾雅蘇臺定邊左副將軍任自注:益亭以列侯由西安將軍調往,相遇於烏將軍餞席,談論投機。

大漠沙塵捲翠旍,揮鞭直過海西頭。六韜妙算安邊策,萬里威聲定遠侯。江左輕裘風未邈,自注:侯曾帥京口。關中芃黍雨新留。他年隨步金鑾月,感重今朝識馬周。

### 和心齋塞外寄懷

瓜期歸後已三春,同戍未歸尚幾人。憶舊多成天上客,與君共保歲寒身。自注:來書言同戍殁者五六人。紫臺酬韻今誰侶,粉署題詩待作鄰。暫耐須臾風雪苦,來朝自有雨膏勻。

### 發杭州

三月三日發杭州,細雨輕風送翠旍。兩岸桃花紅勝火,一篙春水緑如油。塘西夜市燈千盞,湖寺新開客滿舟。自注:時進香天竺者,舟皆人滿。翹首長安花正發,未應便倦玉京遊。

### 武林舟次憶上珍

小艇低篷載阿嬌,半篙春水去迢迢。美人芳草無多路,咫尺關河萬里遥。

## 曾進士元景二首。

元景,字□□,號□□,晉江人。乾隆辛未舉人,壬申進士,官興安教諭。有

《歷代史詩》、《讀史閒吟》、《物類百詠》。

陶元亮

羞向督郵束帶陪，遽輕五斗賦歸來。百年運會同棋局，一世功名付酒杯。自擬羲皇無俗慮，欲尋黄綺出風埃。桃花源内誰人到，惟有柴桑三徑開。

螢

夜光耿耿點柴扉，誰放青燐處處飛。撒去未能輝禁苑，囊來猶足照書幃。庭間帶月流星小，屋角隨風燭火微。一自深秋霜露冷，宵行熠燿欲何依。

## 柯學博輅四十四首。

輅，字莪瞻，號淳菴，晉江人。乾隆丁酉舉人，歷官永定、詔安、嘉義、邵武學訓導。有《淳菴詩文集》，詩分《家居草》、《遊燕草》、《晏湖》、《丹詔》、《武巒》、《樵川宦遊草》，凡六種。

葉筠潭曰：淳菴古體多沈著奥衍，藴釀深厚。近體風格絶勝，無佻纖、浮靡之習。

《淳菴存筆》曰：隋末盜賊蠭起，自劉武周而下四十九處，唐太宗漸次芟平，獨閩、廣間猶有餘孽。陳元光及父陳政奉命討賊，興建營屯，掃除兇醜，方數千里無桴鼓之響。又奏立漳州郡，縣置社稷，篳路籃縷，以啟山林，至捐軀殞命而後已。唐史闕而不載，元光之豐功偉烈，泯没無傳，可慨也。宋張翥詩以弔之："功名不到凌煙閣，讀盡豐碑淚欲流。"劉濤詩："史書失記當年事，野老豐碑語不同。"吕璹題元光廟詩："當年討賊立殊勳，時不旌賢事忍聞。唐史無人脩列傳，漳江有廟祀將軍。"淳菴《唐豹韜衛鎮軍大將軍廟》詩："披疆啟土置南州，繼世承恩樹壯猷。舊府玉鈐開甲帳，陳政拜玉鈐衛翊府左郎將、歸德將軍。新營春柳試輕裘。柳營在今龍溪縣江東地。元光植柳爲營，建塞屯兵于此。同時宣力惟諸將，異代論功并列侯。七邑報宗多廟食，雲礽蕃衍自天酬。”當時同來諸將自許天正、馬仁、李伯瑶、歐哲、張伯紀、沈世紀共一百二十三員，像設配祀者六將。宋封王爵，明改封昭烈侯。陳氏及諸將子孫昌盛，於漳代多貴顯，其巨族有以萬計者。

又曰：明孝廉曾弗人先生異撰，南塘同里人也。父唯諸生，遺腹生異撰。家酷貧，母夫人林氏教異撰讀書，手紡口授，卒爲名人。僑居省垣斗中街，卒與節母林夫人同葬福州西門外後棨鄉之佛國山。嗣裔零落，丘墓失守。乾隆辛卯省試，余同族伯則潔諱一揚、林君子詩諱國華，至佛國山遍訪不得。但見丘塚纍纍，荒榛廢碣，滿目凄然，相與感歎而歸。既復揭字通衢，亦無有報者，因成一律，以紀其事：“先生丘墓以荒蕪，遍訪何從問牧芻。佛國有山皆馬鬣，殘碑無處勒鴻儒。千年白骨沈秋草，半夜青燐走野狐。母節子賢遺魄滅，高山不及有林逋。”先生性狷介近和靖，故結用此語也。

又曰：無諸在閩頗多故蹟，在卲武有烏坂城，有越王臺。烏坂在城南，臺在城北北平山上，舊址尚存。元時，牧子於山間得古瓦，皆羅紋、雁翅之狀，扣之鏗然，聲如金石。貞文處士黄鎮城《北平山》詩云：“北平山上越王城，獵騎如雲此駐兵。瓦礫不隨塵土化，市朝先逐海田更。鴻泥雪點深無蹟，雁翅羅紋碎有聲。訪古獨來舒望眼，萬峰浮翠入空明。”嘉慶甲子，淳菴偕友人往遊其地，作《越王臺懷古》詩云：“荒開草昧築烏城，聞道當年此駐兵。志滅廢王秦二世，功同擊楚漢西京。北臺風雨雁紋出，東海河山劍氣平。雄略銷沉千載後，斜陽鶺鴒叫榛荆。”

《桐西舊話》：淳菴先生留心八法，行書具有一波三折之妙。尤好著述，所撰如《知非得寸録》十卷、《閩中文獻》八十卷、《閩中舊事》十五卷、《天文氣候録》二卷、《山川古蹟録》十四卷、《人物管見録》十五卷、《讀經筆記》二十卷、《古怡堂詩鈔》十五卷、《東瀛筆談》四卷、《樵川紀聞》二卷、《閩中詩話》十五卷、《温陵舊聞》四卷、《淳菴存筆》四卷、《文海蠡勺》八卷、《詩學摭餘》八卷，没後其家不能守，所藏之書俱付闕如。嘗自制活字版一部，凡有異書，悉爲刷印。子孫彫零，乃至以爲榾柮之用，尤足悲矣。其詩文集十二卷，假於友人處，亦活版所印云。

《亦園脞牘》:淳菴先生苜蓿娱老,纂述等身。司鐸所歷,輒携圖籍以自隨。每發所藏書,任諸生取閲。晚擢安仁令,案無留獄,以年老乞改教諭。所著書多至四十七種,八百六十餘卷。省志稱其著述之富,謂閩中古今人未有踰此。因其書未得見,僅採録書目於《經籍志》,以寓表章撰述之意。余曾見其《淳菴存筆》一書,手自鈔録,大抵述閩事者居多,而于温陵文獻尤諄諄焉。蓋晨寫暝書之劬,略見其概矣。嘗自云:欲紹真西山先生《清源文集》,而裒何氏《清源文獻》所不逮者,爲《清源文獻續纂合編》。又曾編《閩中文獻》一百卷,惜未及見爲惋。詩文集經以子版印行,而存筆中亦時附己詩於訪勝述舊之餘,甄而登之,集隘不能悉載也。

## 書 座 右

築室欲其堅,室賣未十年。買田欲其腴,再獲田已遷。昨日里中豪,今日學執鞭。昨日紈綺子,今日肘鶉縣。盛衰原反覆,盈虚理自然。所以古君子,知足毋貪焉。廬可蔽風雨,田可供粥饘。不事榮華美,懼爲子孫纏。□□□□□,愚者益其愆。何如免飢寒,勤苦相勉旃。

## 石 門 塢

累石以爲門,舍舟從此進。雖然片石高,望之等千仞。一塢自天然,抱麓坦而峻。秋風碧蘿清,春雨石苔潤。猿鶴共寒栖,木石居大舜。昔日晦庵翁,於此辟幽瑾。

## 釣 磯

溪北隱屏曲,下有坐釣石。混沌辟自然,肇名原夙昔。仙源無春冬,長年煙水碧。垂綸已忘機,投竿意自適。依然太古人,聊作山中客。此意不在魚,且以永朝夕。

## 暮春與友登楊塘山上，即於渡口送行

層巒石壁高，竹杖排雲上。之子未忍别，携手共欣賞。雨晴萬山蒼，川原大如掌。空翠靄新條，白雲含閣敞。禽聲碎碧蘿，樵歌雜澗響。安得結精廬，於此同偃仰。之子不可留，雲山空悵惘。分手渡芳洲，目斷扁舟往。

## 春日有懷

春水緑，春水緑，春水萬里緑無垠，東西南北同一春。春同萬里何曾異，人隔千里不相值。見春忽憶同春遊，桃花洞口芳草洲。昔日意氣淩霄漢，今日傷春各白頭。頭白還自惜榆景，聚散浮萍與斷梗。老大勿復多苦傷，朱顔難覓鏡中影。且將把酒及春時，亭前看取好花枝。花枝嬝娜春風暖，醉卧亭前花影移。

## 題米元章墨畫山水，并自題歌行長卷

米老筆墨真巋奇，揮毫横寫山水軸。取將吴綾八尺長，畫就溪山迷滿目。大峰插天不可攀，小峰纍纍相倚伏。陡然雲氣起崖陰，嵐光滴翠入空谷。槎牙石壁危千尋，瀉入長溪亂飛瀑。溪水瀠洄淺復深，溪烟澹蕩遠相逐。簑笠漁翁雙櫓榣，半在蒼苔巖下宿。蕭森蓊鬱衍平林，村墟孤亭雜茅屋。何殊藍田之輞川，華岡竹館相攢簇。又如扁舟入武彝，選勝奚翅三十六。元章解衣興正濃，更吐胸中詩一幅。兩美併合有神工，非然精妙何其獨。大觀戊子孟秋時，致爽軒中圖霧縠。末題云：大觀戊子孟秋七月，米芾戲墨并題于致爽軒中。于今七百有餘年，畫蹟微茫詩可讀。海岳此卷儘奇觀，漫誇三祖張顧陸。

## 古陵熊太守祠

太守諱象初，南昌人。由吏員正統末薦知泉州，剛梗廉悍。時鄧茂七作亂，寇泉州。象初自提民兵與晉江簿吏孟常、陰陽訓術正楊仕珙拒戰于古陵坡，皆遇害。郡人葬于坡側，立廟祀之。

堂堂熊太守，禦賊在泉州。報國丹心壯，捐軀碧血流。孤墳荒草墓，遺廟古陵秋。不死剛忠氣，惟應青史留。

虎　岫

海角孤峰迴，晴天映晚霞。叢林空虎穴，古剎舊僧家。帆影追殘汐，鐘聲起暮鴉。道人遺蹟渺，石枕卧溪沙。

過蔣溪口

冉冉歲云莫，長途尚遠征。雨昏溪口渡，樹隱浦江城。村酒消鄉思，山梅澹客情。春風今一度，白髮又添莖。

曉發高郵

譙鼓音猶響，河船纜已收。冷風吹柳岸，殘月下滄洲。曉櫂聲相應，吴歌韻正悠。歸心流水意，作客又經秋。

歲　莫

地僻衡廬迴，柴門晝不開。殘梅隨臘盡，細雨逐春來。圃凍猶新笋，家貧有舊醅。懷人當歲莫，悵望白雲隈。

寄楚中龔雨帆

寄語瀟湘友，年來我起居。看山百里外，聽雨五更初。酒薄逢春醉，詩庸到老疎。不知兩載别，近況復何如。

留題漁邨老人壁

地以荒村僻，門當曲徑深。溪光明野色，樹影重春陰。友藉躬耕侶，人存太古心。閒來携竹杖，步履散幽襟。

## 宿祇園禪寺

小橋通梵宇,曲徑入雲深。莫客投幽寺,寒鴉噪晚林。松濤飛法界,溪月印禪心。一榻鄰香積,微聞鐘磬音。

## 嘉慶六年辛酉十二月十八日,檄署彰化。二十二日,途中偶成三首録一。

牢落多憂患,鬚眉一老翁。廣文居五席,十載等旋蓬。海色殘霞外,人烟落照中。宜春新纔帖,歲事又忽忽。

## 秋夜同吴清夫賢湘、陰青原東林、楊古心兆璜橋上玩月

美人欣佳夕,吉士獨悲秋。千古溪山在,于今我輩遊。鐘聲催月上,雁影帶雲流。嘯傲還分韻,吟詩互唱酬。

## 春日南院

久雨喜初晴,風光曲院清。燕飛斜帶語,花落細無聲。性僻耽幽静,年衰倦送迎。萍踪聊此寄,浪蹟一身輕。

## 早發盤陀,憶故鄉諸友

五夜催行色,霜花印馬蹄。關山千里月,茅店一聲鷄,剪韭思春雨,飛鴻數雪泥。蒹葭秋色老,人在水雲西。

## 春日望海

碧海混無際,和風鏡面開。春潮孤島没,暮雨細帆來。鹿耳雙纓出,鹿耳門沙線突起,隱現如鹿耳,港道窄隘。土人插竹兩旁標記,以便行船,名曰"盪纓"。范御史咸《入鹿耳門》詩:"盪纓有路分沙線,浮海何人注水經。"鯤身七線迴。七鯤身在郡治西南,海中沙線七條,連亘十餘里。曠觀天地闊,且覆掌中杯。

## 安　拙

殘編滿閣足吾兦，賦命須安勿過營。有竹已堪文陋屋，無田也喜看春耕。貧長不免鄉人賤，拙甚寧辭俗眼輕。自笑疎庸由本性，何妨聊博一癡名。

前明孝廉曾弗人先生異撰，南塘同里人也。僑居福州斗中街，卒與節孝母林孺人同葬省垣西門外後榮鄉佛國山。嗣裔零落，墳墓失守。乾隆辛卯鄉闈，輅同族伯則潔、林君子詩至佛國山，遍訪新丘古塚，千百纍纍，廢碣荒榛，凄然滿目，不得先生墓所，相與感歎而歸。既復揭字通衢，冀獲其處，而報者寂然。因成一律，以紀其事

先生丘墓已荒蕪，遍訪何從問牧芻。佛國有山皆馬鬣，殘碑無處勒鴻儒。千年白骨沉秋草，半夜青燐走野狐。母節子賢遺魄滅，那堪回首長嘻吁。

## 寒食行至田家

閒尋野意出東阡，父老相逢略彴邊。幾樹梨花寒食雨，數聲布穀養苗天。春殘澗水浮新綠，日莫孤村生紫煙。欲借田家一杯酒，占晴辨種話豐年。

## 秋日遊白雲寺

旃檀遠出白雲限，邀友秋遊策蹇來。竹逕梵音傳爽籟，石壇屐齒印蒼苔。一簾花雨禪心静，半榻茶烟鶴夢回。瑟瑟疏林紅葉下，莫鴉解客漫相催。

## 春中過栗子嶺

逶迤一徑入雲深，夾道松杉十里陰。天半鐘聲聞鹿苑，雨餘空翠滴烟林。春泉石畔分新脉，時鳥山中變好音。直欲振衣千仞上，仙靈笑我腐儒襟。

## 上元前一日

蠹編筠管是生涯，屈指蹉跎歲月賒。幾樹殘梅窺凍雀，一簾新雨長蘭芽。

雲歸谷口聞鐘寺,春入城頭賣酒家。明日又逢燈節到,呼兒玩賞惜年華。

玉峰書院借廬

花竹蕭疏草不除,廣文官冷樂何如。家無醅酒貪留客,橐有俸錢常買書。半日吟詩登小閣,幾人問字到吾廬。本來面目依然在,且擬携經帶月鋤。

書　　懷

騖趨勢利浮雲徑,澹泊安身自寡營。千里烟波孤客櫂,十年湖海一書生。誰人可許心交友,幾個能留死後名。衹共蠹魚分斷簡,慙無涓滴報昇平。

臺郡城樓曉望

郡郭蒼茫百物蕃,南臨渤澥北鄉邨。烟涵海色藏鯤與,潮捲濤聲入鹿門。島上紅毛餘戰壘,津頭赤馬擁雲屯。釋名舟,一名千翼赤馬。百年兵革銷沈久,麗醮空聞畫角喧。

秋日熙春山晚眺

瑟瑟疏林楓葉寒,逍遥藜杖出江干。亭皋木落秋將老,海國霜空鬢已殘。真率衣冠誰續會,元至正六年,邵武太守周凌雲邀庶老建真率會,携酒尋幽,爲山水之樂。月泉風雅幾登壇。閩羅公福《田園雜興》詩,爲月泉吟社取卷第一。欷歔一瞬成今古,用甚刀圭駐渥丹。

其　二

江天雲樹望悠悠,岸闊沙明煙渚秋。半舫斜陽紅葉渡,一聲過雁白蘋洲。登山頻攝永嘉屐,覽古還尋會景樓。吟斷六虚蕭瑟久,宋時有會景六虚樓亭,諸名士多觴詠於此。樵川終古水東流。

詩話樓步周櫟園先生寒食登詩話樓原韻四首録一並叙。

樓在邵武郡東北城上,原名望江樓。順治四年丁亥,櫟園周公按察八閩,阻寇樵川八閱月。登陴之暇,流連古跡,訪宋嚴羽莒溪故居。陵谷之異,故老無傳。因憶羽嘗與天台戴石屏式之説詩此樓,遂祀羽樓中,而顔曰"詩話"。按記:宋時九嚴皆有文名:鳳山嚴肅、少魯嚴参、三愛嚴岳、衲翁嚴必振、季海嚴必大、艮齋嚴奇、子野嚴若鳳、樵丈人嚴仁、滄浪逋客嚴羽。其先有華谷嚴粲者能詩,又以經學顯,作《詩緝》,朱子《集傳》採其説。今所傳惟羽《詩話》與《滄浪集》。近邵人長樂學博張式軒得《華谷集》梓之,餘則寥寥罕覯矣。噫!文字可長年,顧其中有幸不幸也。

降來天上少微星,六百餘年賸馥零。俎豆獨聞周法吏,瓣香似讀楚騷經。雨昏溪谷九龍暗,昔九龍同起池中,城中有九龍觀。簾捲江城萬嶂青。故壘銷沉非昔日,東菑臺笠簇郊坰。

## 賦　紅　葉

颯颯千林霜葉紅,驚心歲序望秋空。染成杜宇三更血,冷盡吴江一夜楓。極目客愁歸路晚,停車人愛夕陽中。題詩寂莫寒山上,欲寫離思寄碧筒。

## 宿禾坪書院

别業鄰蕭寺,浮嵐落半空。萬山新雨後,孤磬夕陽中。遠水墟烟渺,荒園柿葉紅。勞人聊一宿,羸馬又西東。

## 邵武學舍秋日偶成

晚景多蕭瑟,空齋静掩扉。曉霜茶葉盡,秋雨菊花肥。謨典人能古,圖書願豈違。簞瓢風味在,千里亦如歸。

## 春浦雨景四首録一。

緑痕上浦橋,春潮漲幾許。舢艫倚蒼洲,煙際聞人語。

## 秋日小賃篬谷雜詠五首録一。

晨光竹露濃,蚤起唤山妾。引火欲烹茶,階前掃落葉。

### 南堤烟雨

千株垂柳暗長堤,碧草綠波煙雨迷。雲斂半空春漠漠,青簾斜出小橋西。

### 秋夜讀書

秋風剪剪透窗紗,梧影蕭疏竹影斜。讀罷三更人語静,一庭霜月浸寒花。

### 秋圃賞菊

秋深菊圃净無塵,静對東籬念此身。惟我與君俱晚景,黄花不笑白頭人。

### 題行春小照圖

驃褭金鞍楊柳鞭,綠莎芳草軟於緜。幾回蹀躞春江路,閒聽鶯聲又一年。

### 題朱泰川秀才小照

生來有癖笑書淫,竹徑梧階擁鼻吟。覓句幽情何處着,蕭蕭紅葉點秋林。

### 題喬西邨贊府黄葉樓圖

十載西辭黄葉樓,太原風雨不勝秋。君家萬里余千里,宦旅相憐各白頭。

其　二

訟庭草色綠萋萋,無那春風桃李蹊。山静日長公事了,憑欄獨聽鷓鴣啼。

其　三

年來耆舊半銷沈,誰是他鄉足素心。識得君顔今已晚,雲山又隔幾重深。

## 王孝廉克峻三十三首。

克峻,字君超,號魚樹,晉江人。乾隆丙午舉人。有《魚樹詩集》、《留硯齋樂府》。

陳恭甫曰：君超詩灝瀚流轉，善詠史，一時傑作也。

## 擬西北有高樓，應學使石君朱夫子之索

西北有高樓，峩峩與天齊。其上涼風交，其下芳草萋。窗間盈盈女，情詞一何悽。取琴弗能彈，置之惚若迷。借問女爲誰，豈其杞梁妻。纏綿感君知，生死與君携。君行自不歸，妻自樓中棲。願爲黄鵠舉，送君逾東西。朱石君曰：嗣響蘇李，不愧作家。

## 續思親

先君子幼孤，每讀書中夜，繼以涕泣。一日，不肖偶讀遺稾，得《思親吟》一絶云："如何吾父早昇仙，屈指於今已八年。年去年來年遞轉，兒心總在此中懸。"因至孝而發爲至文，良非强作也。先君既辭世，不肖無狀，幾墜厥緒。讀是詩，乃至於嗚咽欷歔而不自止，既自悼兩世之孤苦，又欲以闡前徽、警惰志也。因爲詩以續之，凡五十韻。

昔我先君子，被褐懷瑾瑜。鍾毓禀靈秀，遭逢交憂虞。甫及幼學歲，失怙涕向隅。大父官邑宰，廉潔吏仍儒。廬敝僅環堵，俸薄少充廚。一朝騎尾去，問誰恤幼孤。先君丁其厄，愛慕始嬰孺。挈仲故土歸，偕母靈車扶。歸來嘗艱阻，時事可長吁。螢雪助攻苦，虀粥茹清癯。讀書至中夜，起立聲淚俱。永念親恩重，哀哀生我劬。作詩以明志，情至文自符。上言吾父逝，八年風景殊。下言年去來，去來如白駒。問年雖遞轉，兒心總弗渝。蓼蓼肅肅作，似此悱惻無。願言垂家乘，儆彼忘親徒。迨此小子峻，生而解咿唔。丹鉛業曾肄，詩禮庭每趨。忽背義方訓，長大漸心麄。有時披手澤，敗簏蝕泥塗。開卷忽有得，見詩淚沾濡。凡讀豈無詩，兹獨增咽嗚。應是親情深，毫素聊玉珠。頓使十年後，覺迷而砭愚。親昔思親作，兒今思親呼。感昔遂悼今，重令哀詞鋪。雁塔詫墜石，自注：先君子辛卯省試，闈中夢吾鄉關鎖塔墜石。到家詢塔墜之日，果與闈夢相符，遂慘然不樂，竟以九月初八日捐館舍。殁後，有見其爲塔神云。龍山逝飛凫。爾後六七載，凋零事已逾。幼弟癸

已折,阿叔丁酉徂。淩夷及於今,煢遺小子軀。唐衢哭義士,阮籍哭窮途。兒今何所哭,不辰命矣夫。□或違慈父,經年猶瞿瞿。兩世罹孤苦,如何不呱呱。或誦哀輓詩,三嘆尚踟蹰。前後悲風樹,何由訴無辜。譬彼林中鳥,失母啼慈烏。慈烏旦暮去,嗷嗷哭者雛。既捧范喬硯,復畫歐陽蘆。心憂涕既霣,不知謂我迂。彼酸有楊梅,彼苦有山茶。獨有孤子心,酸苦難曲摹。摹之周自解,拭淚還慰吾。吾家箱笥中,青氊裹紅毹。是祖與父物,服習莫生蕪。思親固天性,勵志亦良圖。非是難爲子,人并嗤夫夫。詩成勖無斁,遺篇映華腴。

## 顔魯公書

典午法書趁姿媚,唐興稍變二王意。細筋入骨顔魯公,紙背軒昂紙上字。公書第一摩崖碑,我聞之熟見則未。慈竹詩與古柏行,一一收拾疇敢棄。憶昔鼙鼓動漁陽,二十四郡誰倡義。平原兵起儷常山,君王未識亦恨事。自注:禄山反,魯公起兵討賊。明皇曰:朕不識真卿作何狀,乃能如是。窣干破膽軋犖驚,清河借兵平盧質。賀蘭進明爾何人,堂邑讓功竟自恣。自注:窣干史思明,軋犖禄山。又清河客李萼,年二十餘,與郡人來乞師,魯公借兵千人。又平盧劉正臣以漁陽歸真卿,欲堅其意,以子頗爲質。又北海太守賀蘭進明亦起兵,魯公以書召之。進明屯平原城南,復以堂邑之功讓之,由是權稍移。爾後崎嶇代德間,元老立朝遭廢寘。蓬州峽州行猶可,許州宣慰履危地。肅宗時,公首上表請問上皇起居,李輔國惡之,貶蓬州司户。代宗時,元載專權。公上疏,載以爲誹謗,貶峽州别駕。又盧杞惡顔真卿,欲出之。真卿曰:先中丞傳首至平原,真卿以舌舐面血,今相公忍不相容耶?杞恨之益深。李希烈反,因言於上,使宣慰希烈。盲目宰相州郡謀,藍面中書廟堂議。網羅似授鳳翔節,機穽如追吐蕃使。拔刃掘坎瀕九死,老夫惟有覲儀記。自王闢播用李元平爲汝州别駕。希烈曰:盲宰相,以女當我,何相輕也。盧杞貌醜,色如藍,有口辯,上悦,以爲相。又李希烈稱帝,遣人問儀於公。公曰:老夫所記,惟諸侯朝天子禮耳。四凶號豈四王稱,大梁詔匪長安至。自注:朱滔等各遣使詣希烈勸進。希烈曰:四王見推,不謀而同。公曰:此乃四凶,何謂四王?又李希烈中使至蔡州殺公,公曰:不知使者幾日發長安?曰:自大梁來。曰:然則賊耳。遂縊殺之。韓生孔死一例觀,險阻艱難嘗獨備。自注:孔巢父使河中,韓昌黎使王庭湊,一生一死迹異心同,然未有如公之瀕九死而不稍悔者也。斯人已並日月光，善書肯爲蚍蜉戲。想見落筆無偏邪，正氣中鋒走鬼魅。措大寧解讀唐書，亦拓硬黄充篋笥。君不見，藝以人重書亦然，貞觀虞歐皆偉器。褚公諫後有誠懸，自注：褚遂良諫立武后，柳公權以筆諫。縑素流傳騰寶氣。

## 醉留東野擬韓

東野之來我心降，東野欲去我心慫。挽子之袪執子手，式飲庶幾發吟腔。少陵無人謫仙死，龍文百斛力莫扛。當世才士舍子誰，雄辭聯合相擊撞。南溟有魚羈其翅，太行有驥縶其棒。羈之係之不遽捨，連牀夜話燒銀釭。陳遵即便解投轄，安能似我氣誼雙。東野慎無棄我去，我亦時聞足音跫。原注：朱石君曰："屈曲崎嶇路，鈎輈格磔聲"，此爲假韓絶唱。

## 雪夜平吴曲用李長吉雁門太守行韻

玉龍鱗甲半天摧，疾風裂旗雲未開。將軍夜入蔡州裏，電戟霜戈閃白紫。鼓角聲喧鵝鶩水，朗山洄曲兵不起。使愬成功亦天意，祐械送京貰其死。

## 李長源樂府次亡名氏韻

"九仙枕，一品衣，珊然骨節人間稀。空中香，火中芋，領取十年宰相去。宰相神仙豈異人，善處骨肉全天倫。但能讜論回人主，黄老鬼神定足嗔。"此詩音節甚佳，綜括長源全史，簡而能該。向於友人箑上見之，惜無從訪作者姓名。余好詠史樂府，於此道雖不及鐵崖、西涯，然已涉其籓。又兒時謬負長源之譽，見是詩，情不能已，乃綴其後。

辭黄閣，衣白衣，大家同榻古來稀。君燒梨，臣食芋，黄臺摘瓜拂衣去。少遊幕府匿異人，胡椒宰相非吾倫。樹功竟沮舒王議，晚節出山安足嗔。

## 至　潤　州

早發丹陽道，黄昏又潤州。晚潮欺岸勢，斜月媚江流。六代稱雄鎮，三山愜壯遊。如聞京口酒，一酌散千憂。

## 景州懷古

鼂賈公孫總可訾,醇儒翼聖獨無疵。不窺園圃三年學,兼究天人百世師。繁露何妨留斷簡,廣川長與護遺祠。經過豈是閒憑弔,賢相驕王惜一時。自注:近日袁子才論西漢,不喜董廣川,而最喜賈長沙。予終不敢附和。

## 歲暮書懷

歲暮誰能詠太康,蕭然蟋蟀到西堂。齋無客過消茶券,案有書存雜藥囊。湖海不教豪氣放,山林肯受謫仙狂。起來又覺新年近,慙愧春華翰墨場。

### 其二

維摩消瘦是前身,更向詩壇證果因。唐律不慙許丁卯,楚騷如續屈庚寅。窗飛野馬常欺病,廬結蝸牛故示貧。稍待春姿迴壑日,高歌忼慨答良辰。

## 手風

僕賦性多愁,浮生善病。丁年遇蹇,癸歲風侵,右臂不舒,於兹蓋三紀矣。其間憂極慨慷,悲生侘傺,形諸感嘆,難可名言。至乃窮比嗣宗,嬾如叔夜。謝蒙恬之舊侶,不律慵親;辭儀狄之故交,偏提倦把。良朋誰是,空餘藤枕竹牀;生計伊何,衹有藥爐經卷。斯則謝朓臨川之臥,少此凄涼;劉楨漳浦之吟,無兹蕭索者矣。於是鍛鍊爲詩,掇拾往事。杜子美沈緜牴口,不廢歌吟;白樂天風痺臨頭,猶存題詠。雖鼠肝蟲臂,化工莫解夫變遷;而蝶夢蛩吟,翰墨自成其别調。奈何輙唤,亶其然乎;不平則鳴,此之謂也。

多病由來説長卿,身如枯木減詩情。三公幸免羊公折,自注:用羊祜事。半士浪傳漢士名。自注:用習鑿齒事。莫以支離同昔隱,須知懊惱是浮生。從今便學袁安卧,掩得關牢漫入城。

### 其二

握管真看挽石同,閑來咄咄罷書空。肘無印繫宜生柳,自注:見《莊子》。臂匪猿如欲化蟲。自注:見《列子》。薄植不曾沾雨露,微軀終是怯霜風。誰知好友書相慰，失足猶援塞上翁。

## 姑蘇懷古

長洲何地不銷魂，往事夫差待細論。豈有夷光同蠡載，漫勞文種伴胥冤。自注：舊説錢江前潮爲子胥，後潮爲文種。采香徑廢延新緑，響屧廊深印舊痕。越殿鷓鴣飛去後，傷心想亦此空原。

其　二

休説江南楊桃村，館娃宫月又黄昏。沼吴事去空留郡，破楚讎深尚有門。自注：今閶門，子胥時名曰破楚門。便欲鑄金表遺像，何知埋劍泣荒園。西州羅刹潮猶怒，花草蘇臺總不言。

## 姑蘇雜詠

草色麋城雨後青，柳花鶴澗雪中零。唯餘泉石千年在，風月滄浪子美亭。

其　二

舊夢蘇臺結夙緣，歸舟覓句更怡然。載將詩料松陵去，花似朝霞柳似烟。

## 姑蘇口號

楊柳毿毿江上煙，去時攀折記凄然。落帆又到寒山寺，樹緑袍青似昔年。

## 哀長平，悲趙括之誤國也

秋風吹長平，落日澹無光。鬼聲啾啾哭，或云舊戰場。四十萬軍同日死，武安如狼括如鼠。殺降非義何須言，可嘆馬服君無子。馬服君，如彼何，何不問虞卿，用廉頗。坐使棄骨如山岳，雨血如江河。邯鄲如累卵，上黨如亂麻。君不見括母上書言言激，兒才不及兒父百。兒父爲將散金帛，兒但臨行買田宅。自注：求田問舍人，以之爲將，鮮有不敗者，讀史令人慨然。

秦王齕拔上黨以伐趙。趙廉頗軍長平，堅壁不出。趙王怒，遂以馬服君之子括代頗將。秦聞括將，乃使武安君爲上將軍，出輕兵擊之。括戰不利，食絶四十六日，人相食,復出搏戰。秦射殺之,卒四十萬人皆降。武安君乃挾詐盡坑之。初,括將行,母上書言括不可使。王問之,母曰:"括父爲將,得賞賜盡以與軍。今括爲將,王所賜金帛,歸藏於家,而日視利便田宅可買者買之。願王勿遣。"不聽,卒至於敗。

## 神仙曲,譏方士之誕妄也

食馬莫食肝,飯牛莫飯書。他年欒大死,今日少翁誅。海外安期生,山中羨門子。遲君君不來,歲月一彈指。樓臺猶可致,棗脯豈無靈。哀哉盡妖妄,不復殺孫卿。我願君王心,冲淡以求福。汲黯亦有言,陛下内多欲。

齊人少翁以鬼神方見上,上拜爲文成將軍。居歲餘,其方衰,乃爲書以飯牛,曰:"此牛腹中有奇。"剖視得書,天子識其手書,誅之。方士欒大敢爲大言,見上言曰:"臣常往來海上,見安期,羨之。屬曰:'仙人可致。'陛下貴其使者,則可使通言也。"乃拜大爲五利將軍,尚公主,使入海求其師。後隨驗,無所見。坐誣罔,誅。又以方士公孫卿曰:"爲郎卿,凡僊人好樓居,以棗脯祠緱氏城,宜可致。"初,上諱文成死,謂欒大曰:"文成食馬肝死爾。"

## 富春山,贊子陵之守節也

富春山,高復高。其上可畊下可釣,中可盤辟以遊敖。不識劉文叔,那識侯君房?簿書流汗走,可哂亦堪傷。同時周黨太原士,上書自陳庸且鄙。頗疑偃蹇伏雲臺,故使范升巧相詆。周似澤間麇,光迺雲中鶴。麇走猶難羈,鶴飛安可縛?犍爲有客亦鴻冥,合浦終待真主徵,狂奴故態嗟汝陵。

光武少與嚴光同學,及即位,以物色訪之,得於齊國,累徵乃至,拜諫議。不屈去,畊釣於富春山中。光嘗譏切侯霸,事見本傳。周黨,太原人。入見,伏而不謁。博士范升奏曰:"伏見黨等偃蹇驕傲,釣采華名。臣願與考試雲臺之下。"帝不許,賜錢帛罷之。犍爲費貽不仕,遂佯狂以避。蜀平,徵爲合浦太守。

## 後五侯,惡諸閹之權勢也

左回天,具獨坐。徐卧虎,唐兩墮。車騎將軍權更大,冢中玉具埋則那。宰州臨郡盡兒孫,滿朝公卿誰敢挫?誰敢挫,矧能破。皮氏長官藏壁中,河南大尹輸較左。回頭試望三侯人,如糠如粃勢揚簸。勢揚簸,塵亦涴。趙張父母猶未來,冀壽夫妻嗟已罷。八黄門,同日受封;五處士,閉門寒餓。

靈帝以誅宦官功,封單超、左悺、具瑗、徐璜、唐衡爲列侯,又以單超爲車騎將軍。超死,賜冢中玉具。其後四侯轉横,天下語曰:"左回天,具獨坐。徐卧虎,唐兩墮。"左悺兄爲河東守,皮氏長趙岐恥之,棄官西歸,藏於複壁中。單匡,超兄子,爲濟陰守,負勢貪放。河南尹楊秉乞檻車徵匡,竟坐,輸作左校。延熹二年,又封小黄門八人爲鄉侯,徵五處士徐樨、姜肱、袁閎、李曇、韋著,皆不至。

## 分香詞,嗤孟德之顧命也

莫分香,莫賣履。人則非,物猶是。物猶是,人已矣。且分香,且賣履。顧命之辭乃有此,不及五官好兒子。纖廣念兮塵清慮,命阻意長歸何處。老奸自誤周文王,誰知發語只尋常。縱使高臺盛姬侍,墓田荆棘不可望。君不見永安宫中崩先主,遺命孤兒事相父。何曾效兒女,昵昵語。説芬芳,談綦組。

《魏略》述太祖顧命之言曰:"餘香可分與諸夫人,諸舍中無所爲,學作履組賣也。"魏主曹丕嘗爲五官中郎將。陸機《弔魏武文》:"纖廣念於履組,塵清慮於餘香。結遺情之婉孌,向命促而意長。"先主臨終,手勅禪曰:"汝父德薄,不足效也。汝與丞相從事,事之如父。"

## 銅駝嘆,服索靖之先見也

銅駝嘆,天下亂。汝在宫門朝夕看。見荆棘,生不斷。昨日金墉殺庶人,新迎法駕趙王倫。水深火熱不自省,迴頭又見顒與穎。穎亦誅,顒亦死,東海癡兒聞之喜,寧馨王郎又相矣。皇輿夜出銅駝街,洛陽宫闕滿草萊。極知禍敗由三窟,何不銅駝下打殺。

索靖知天下將亂,指宫門銅駝嘆曰:"會見汝在荆棘中爾。"趙王倫廢賈后爲庶人,殺之於金墉,遂備法駕即位。成都王穎、河間王顒起兵討之,東海越復奉帝征穎。後穎、顒皆敗。王衍爲司徒,以弟澄督荆州,弟敦鎮青州,謂曰:“吾在内而卿在外,足以爲三窟矣。”漢寇洛陽,懷帝夜出銅駝街,爲盗所掠。王豹以策干齊王冏、長沙王乂曰:“小子,何不銅駝下打殺!”

## 摴蒲戲,調寄奴之落魄也

君何名,名寄奴。君何好,好摴蒲。摴蒲輸直不以時,縛之馬柳刁氏逵。一代英雄沈草澤,誰知異日有下邳。左無忌,右道規。前長民,後穆之。桓桓起義盡壯夫,家無儋石更何如。一擲百萬無不可,休言君是牧豬奴。爾呼盧,我呼盧。成何智,敗何愚。佛寺蕭蕭江陵側,東堂鵝炙豈可得。始悔從前真一擲,桓家善博庸有益。

宋武帝劉裕微時,輕狡無行。嘗與刁逵摴蒲,不時輸直,逵縛之。馬柳王謐責逵而代償,由是裕憾逵而德謐。桓玄反,裕與劉毅、何無忌、弟道規、諸葛長民、劉穆之、孟昶密謀興復,遂誅玄。無忌嘗曰:“草澤之中非無英雄!”毅曰:“所見唯有劉下邳。”或謂桓玄曰:“劉裕烏合微弱,何慮之深?”玄曰:“劉裕足爲一世之雄,劉毅家無儋石之儲,摴蒲一擲百萬,共舉大事,何謂無成?”毅初在京口,貧困,從庾悦求子鵝炙,悦不與。及毅兼督江州,悦忿,懼而卒。後爲劉裕所襲,夜投江陵佛寺縊而死。温伐漢,或問劉惔,惔曰:“温善博者也,不得則必不爲。但恐既得之後,專制朝廷耳。”

## 風流相,誚王儉之浮華也

風流相,比謝安。人不言,君自言。江東名流竟揮麈,高者龍鳳次亦虎。相逢北士盡傖楚,誰料好臣能易主。請看王侍中,齊臺初建第一功。豈無問學高晉宋,治經品與彦回同。不比茂宏比安石,茂宏故節求難得,嗟君風流有慙色。

齊王儉領國子祭酒,朝野故事無不諳曉。嘗謂人曰“江左風流宰相”云云,蓋自比也。然齊受宋禪,儉爲侍中,解璽不無可議焉。魏主宏重齊人,謂群臣曰:“江南多好臣。”李元凱曰:“江南多好臣,歲一易主。”魏主慙。晉明帝時,蘇峻既平,王導取故節。陶侃曰:“蘇武節,恐不如是。”茂宏,導字也。

## 明月謡,痛斛律之無辜也

明月何皎皎,上天飛縹緲。徑寸不足言,百升諒非少。一。百升者爲誰?槲木與扶持。木性無曲直,所畏唯桃枝。二。桃枝如可用,槲木安能爲?山高木漸脱,天曙月漸微。三。月在涼風堂,瓊瑶吹忽墜。可恨盲老公,捉月如兒戲。四。月生蝦蟇藏,月死讒夫蔽。往尋嗅地翁,泣向豐樂弟。五。豐樂勿言冤,樂陵猶難保。君看禍亂尋,幾人能得好。六。幾人能得好,把玦嘆誰何。不見永安苦,入地使謳歌。七。入地不得出,上天不得越。自非天地外,行行多鯢鮑。八。

齊主緯立,祖珽、陸令萱、穆提婆勢傾朝野。左丞相斛律光惡之,嘗抱膝嘆曰:“盲人入,國家破矣。”周韋孝寬密爲謡言云:“百升飛上天,明月照長安。”又曰:“高山不推自崩,槲木不扶自舉。”珽因續之曰:“盲老公背受大斧,饒舌老母不傳語。”使其妻兄奏之,齊主賜光駿馬。光入謝,至涼風堂,劉桃枝拉殺之及其二子,又遣使乘驛,捕其弟斛律豐樂殺之。謡言百升猶斛也。光父斛律金,嗅地能知軍遠近。樂陵王齊主演之子百年也,爲齊主湛所殺。其妃斛律氏抱玦哀號,亦卒。齊王洋幽其弟永安王浚、上黨王涣於地牢,嘗臨穴謳歌,令和之,遂并殺之。

## 浩 歌 行集唐。

錦筵紅燭月未午,高歌擊節聲半苦。曲未終兮袂更揚,桃花亂落如紅雨。歌聲苦,詞亦若,四座少年君聽取。人生快意多所辱,莫言富貴長可托。美人顔色嬌如花,泣向春風畏花落。春花落盡蜂不窺,紅萼萬片從風吹。庭前芳樹朝夕改,富貴榮華能幾時。能幾時,有花堪折直須折,若問傍人那得知。岑參　李頎　李昂　李賀　白居易　杜甫　李頎　盧仝　顧況　賀蘭進明　韓愈　李嶠　李嶠　無名氏　崔灝

## 仲　　秋集陸。

世事多乖復悵然,此心知我豈非天。身如病木秋驚早,愁似鰥魚夜不眠。若悟死生均露電,可因富貴失神仙。靈丹不解换凡骨,讀盡黄庭内外篇。簡章德茂　送芮國器　雨夜感懷　晚登望雲　感事　寄葉道人　歲晚書懷　待人不至

## 追憶舊遊爲學崇作集唐。

桄榔椰葉暗蠻溪,欲語離情翠黛低。回首佳期恨多少,五更殘月有鶯啼。李德裕　白居易　羅隱　温飛卿

### 其　二

紅粉當壚弱柳垂,嬌歌急管雜青絲。明朝又是孤舟别,不爲愁人住少時。賈至　岑參　竇叔向　戴叔倫

### 其　三

南國歸橈趁晚程,碧天如水夜雲輕。江春不肯留行客,贏得青樓薄倖名。吴融　温庭筠　劉長卿　杜牧

## 病中即事集唐。

居士病來閒有餘,閒情入骨若爲除。如何銷得凄涼思,花落閒窗看道書。白居易　高駢　李九齡　曹唐

## 病中雜感集唐。

豈有文章驚海内,斷無書札答交親。真成獨坐空搔首,斜日横窗起暗塵。杜甫　白居易　高適　趙承祐

# 温陵詩紀卷七

## 劉大令逢升三十八首。

逢升,字南吉,號芝圃,同安人。乾隆五十三年舉人。有《生芝草堂詩存》。

張訒荞曰:南吉古、近體冲澹婉秀,逼近錢、劉,《獨絃吟》及《論宋絶句》悱惻道雋,視西崖、西堂,儘堪方駕。

蔣蠣堂曰:南吉曩詩鯨呿鼇擲,震懾一世。今變爲温柔和澹之音,其中殆有所自得者耶?

### 上方僧舍

密林含幽光,微徑巖谷露。藤陰人跡絶,空翠落如注。行吟摘蒼耳,曉露濕芒屨。修篁翳石壁,幽禽啼不住。松風吹白雲,流出磵泉去。蒼烟迷馴鹿,暝色下振鷺。尋僧入山寺,煮荈譚禪悟。

### 雜　詩

茂陵揮素琴,風吹鬢影緑。蒼髯穎士奴,感恩到鞭撲。憐才唯女子,其次則婢僕。文人善相輕,蛾眉乃謡諑。機心螂捕蟬,幻態蕉覆鹿。讀書爲勢利,若輩真碌碌。客君數百人,我有坡翁腹。

### 種瓜大路傍

種瓜大路傍,抱蔓故不分。瓜生不敢摘,恐遂爲路人。誰家蕩子婦,嗚咽請具陳。蕩子昔年少,糞土爲金銀。青絲絡駿馬,出入擁其群。里中遊冶子,交結意氣真。銅街有酒庫,歲與千萬緡。東屯有良田,署券無一存。徒手面黧黑,欲歸猶逡巡。語多肺氣咽,抱中兒亦呻。嬌女十二三,走來牽娘頻。此女初生日,阿耶未賤貧。女長纔過膝,涕泗與耶分。四月初七日,會言當從軍。徑跨瘦驢去,萬里衝蠻氛。磨劍黄牛峽,洗足白馬津。漏卮弗注水,破釜弗析薪。六月服蒙茸,不如絺葛新。渴來厭粟肉,不如酌漣淪。一入貴人幕,抗禮相主賓。吹竽客在齊,彈筝人自秦。幺盧雜男女,角觝忘晨昏。抱中兒生時,不知有耶親。臨邛當罏女,一笑迴車輪。千金買簪珥,群婢吹歌脣。請爲扊扅歌,行路多酸辛。留妾眼中淚,滸君衣上塵。去時瘦驢子,蹴踏良已勤。君今乘青驄,此驢何足云。生當同歸來,死當埋其身。

## 重過五峰攬秀園

飛泉争春紅,落花不自主。泉聲和花影,并作茅檐雨。山家少四鄰,倚樹即成塢。灌園足幽事,愈覺歲月古。挈朋趁曉來,去及日亭午。

## 春陂歸牧畫卷爲家溪堂叔瀚題

水雲一白山雲緑,三十六陂烟樹束。涔蹄軟碧旋燒痕,叢篠欹斜角雙觸。一童鞭引一牯前,一童跨牸横碧玉。我憶老子來函關,五千經字牛背録。又思嶺南歸可耕,跨牛讀書蘇玉局。只今日暮歸不歸,雅聲著樹風連屬。半栅月影夜天涼,黄昏飽飯春睡足。笠圓簑短不脱身,前夢未醒後夢續。屋山紅爛華模糊,起唱南山白石曲。

## 輪山講舍看雨

一峰放晴一峰雨,對面相看若相妒。亂雲滚滚争海飛,雨峰忽晴晴峰雨。海雲倒挂青松枝,百尺長虹闌不住。翻來雨織南溪南,花光竹暈紛相參。樵笻有約約雖負,肯復老嬾如春蠶。求晴得雨亦一快,還恐初日明山龕,風松寒竹拂雲藍。吾詩甚劣天不取,回頭一笑開烟嵐。

## 黄秀卿炳森同年歸自維揚,屬題柳陰琴研小照

緑楊城下好煙水,二分明月如畫裏。昔遊畫裏今畫中,一尺之研七尺桐。石几壓袖箐雲活,僮僕呼來立空闊。毵毵晴雪黏春衣,舊雨今雨詩興飛。卷中幾人忘不得,星散江南與江北。訪我輪山舊講堂,到門暑斂生清凉。故人尺素從頭讀,自注:秀卿持其兄訥菴侍御書至。更羡板橋溪上築。機雲同住屋東西,彈罷冰絲畫新竹。

## 吴简齋封翁遺照爲令子肯哉堂屬題

楊柳春垂淮浦曲,東風吹襯袍痕緑。緑痕深淺拂粧樓,容易春光逐水流。柳絲不綰花開處,下馬折來上馬去。衣香扇影兩依依,何處尋春獨未歸。毘陵家世南皮籍,銷魂最是山陽笛。笛中風月五原山,簿尉中間駐馬看。馬上容顔如舊否,剩有門前罥鞍柳。風流指點似當年,無恨心情圖畫傳。傳家文采今方盛,世德清芬子能詠。

## 曉　　行

松徑叱驢出,忽聞鐘磬聲。鷺拳漁艇過,牛背牧簑行。斷渡雲高下,殘虹氣雨晴。翠微堪畫處,何似謝公城。

## 角　　聲

風物警淒淒,樓高鼓角齊。亂吹孤月起,一片夕陽低。𩆫𩆫疑龍噴,蕭蕭送馬蹄。玉關聽不盡,分夢到深閨。

## 蟬　　聲

何恨吟秋樹,樹深嘶不閒。秋風曉涼渡,細雨夕陽山。疎翅曳殘響,别枝青一彎。奚煩更相警,憔悴客中顔。

## 荆玉僧舍

滿身風露下,徙倚不成眠。樹響防禽覺,苔寒得月憐。吟聲應疎磬,人影媚清漣。别有安心法,微參不是禪。

## 與洪東旉紹震孝廉内弟夜話

憐君似秋雁,易起旅人愁。夢醒碪雙杵,燈寒雨一樓。黄花吟影瘦,白鷺鬢毛秋。無那聆情話,荒雞亂唱籌。

## 謝旬男震來攝惠鐸,留宿署齋,出詩見示

公車同剪燭,彈指又三年。每示舊遊句,都從别後編。芰荷舒雨氣,蝙蝠語秋烟。談劇渾忘倦,鐙涼暮榻前。

## 旅夜懷蘇學象

去住本無定,天偏容我閒。曉風驢背月,春夢雨中山。草緑時啼鳥,槐黄獨閉關。故人如問訊,昨宿瀏江間。

## 重午後三日蔡研田本俊農部招游鄰山晚泊小飲

言訪忠端蹟,榴花照眼紅。放船斜日裏,煮茗緑陰中。客話雙峰雨,漁歌一笠風。拚將文字飲,眠約野鷗同。

## 石溪秋夜

詩夢不知處,野雲如水深。鐙紅霜壓屋,窗白月窺琴。蘿薜秋猿淚,關河老雁心。嫁衣爲誰作,莫浪著金鍼。

## 過鶯脰湖

林屋夕陽明,吴門春水生。孤舟如落葉,葉葉下江城。草緑人千里,燈寒雁

一聲。青峰三十六,應笑布帆輕。

## 北　固　山

晴巖積蒼翠,杖策樂相羊。野色天空闊,江雲樹渺茫。鐘寒海嶽寺,花暗鄭公房。自注:僧寺花木甚佳。到此吴山盡,平原多夕陽。

## 江　上　二　首

挂席迎潮上,金焦碧兩拳。風濤揚子渡,雲樹海門船。雨暗黄蘆外,鐘殘白鷺前。銜盃動鄉思,閩嶺半寒烟。

## 其　二

向晚真州道,迢迢竹箭多。江空帆影小,秋老雁聲多。柳墓仙人掌,白沙吴叟過。騷愁深幾許,賸有未降魔。

## 滕　縣　懷　古

濁世佳公子,猶餘卜正封。中原無霸主,游客有神農。鄒嶧山光近,棠梨野色濃。上宫疑竊屨,此意竟何從。

## 張船山問陶檢討同年畫蟹便面戲題

白沙環翠葦,鄉夢落漁家。夜火湖煙滃,秋簾渚月斜。觴開村店酒,菊綻故園花。卻笑持螯客,歸來扇影遮。

## 和友人山居

幾株楊柳滯棲鴉,半畝荒莊傍水涯。飼鶴餘糧惟釀酒,立錐無地尚栽花。山廚飯熟僧先在,釣艇人回月未斜。愧我秋風衣短後,南山射虎未還家。

## 家孝廉建區三弟同年書到卻寄

魚書莫問近時顛,塵累多抛斷簡邊。花月令曾勞補綴,蟹春秋尚費丹鉛。

緑陰茶榻清如畫,寒雨琴心澹入禪。一事更堪誇向爾,霜寒更欲跨吟韉。

## 送林景莪菁同年福鼎廣文用留别韻

絳紗低卷綺筵舒,琴劍巾箱載後車。天際風雲新博士,閣中金石舊藏書。三山樓外鶯啼老,太姥峰前草長初。流水桃花一相憶,故山深淺問棲余。

## 秋齋漫興

山嶺似滄洲,草木有秋思。采芝歸未歸,白雲當户睡。

## 題畫爲家翼世姪

潮鳴雨欲來,春草緑過渡。簑笠何處歸,昏鴉點江樹。

## 鳳山晚步

幽行不憚遠,徘徊及日晏。春禽悄無聲,有人語谿澗。

## 燈船曲

游龍銜珠光,摇入花深處。歡喜照郎來,懊惱照郎去。

## 懷家秀才夢熊,時客蘇門

蒼茫烟水闊,衾枕夢同鷗。昨夜三更雨,春江何處舟。

## 西溪晚步

清淺泉如秋際月,淡濃雲似畫中山。野橋西畔隨谿轉,萬樹梅花屋一間。

## 越江詞二首

十五女兒丫髻雙,阿姊摇艭妹凭窗。春潮日暮無人渡,芳草何由緑過江。

其　二

擂鼓津亭送夕陽，東風吹得玉肌涼。桃花暗笑同年妹，愁比春江長更長。

津門舟中

斜掛扁舟幅半凊，薜蘿披冷盍歸乎。泉南草緑春三月，嶺雨灘風聽鷓鴣。

釣寒圖爲周生濱海題

一痕雪影一竹枝，一葉扁舟一釣師。失喜前頭好風景，梅花香發未濃時。

石溪池上納涼

藕葉亭亭照水清，簷鈴風語嫩涼生。一拳石蘚弄秋碧，竹樹鷗波新月明。

倦　倚

晴雲擘絮護亭池，一榻書慵倦倚時。竹露無聲花晝静，悄看簷鶴踏松枝。

## 王茂才懋昭二十九首。

懋昭，字聿修，號雪漁，惠安人。邑學生。有《宋明宫詞》百五十首。

《桐西舊話》：雪漁詩已刊者有《宋明宫詞》一卷。余從友人叢鈔中復得其七律數篇，清婉可誦，因擇而録之。生前嘗夢至一所，有長髯者贈詩云："十三年後重來此，潭非桃花記上人。"臨終自挽云："青史可無文學傳，紅箋不愧古人詩。"自負殊不淺。句如"梅雪偷春煙外秀，鴿鈴背日雨中飛"，"客爲迎年歸似鳥，貧逢除夕冷於僧"，皆有風致。又曰：聿修與曾刺史鈺交最深，曾極愛其詩，嘗屢於便面書"杜鵑聲裏夕陽遲"之句，聿修生平所得意者也。

冬至前同潘畹九訪友

香泥屐齒印班班，路遶西城不記彎。夜雨烟痕留北樹，夕陽人影對溪山。

詩成驢背垂鞭緩,事記羊鬚落墨閒。我是漁郎來勝地,桃源風景異人間。

其　二

生涯浪博一詩名,竟任人間蠻觸争。煙市賣花多臘意,山禽趁雨各春聲。不妨中酒如徐邈,幾作窮途困步兵。自笑腐儒成俗客,囂塵時後向農耕。

## 宋　宫　詞

上苑晴明花壓闌,宫妃托病豈春寒。那堪御手親簪處,嬌慣臨風擲牡丹。

其　二

紫禁燈光夜吐青,君王撫背細丁寧。酒酣唤沃英雄面,玉水彈花燕頷醒。

其　三

蜀軍沿峽下輕舟,茶藥殷勤慰白頭。恩勑宫姬扶國母,舉杯親囑送并州。

其　四

前朝葉子竟誰傳,聞説奇思出大年。拈得新編紅鶴格,隔花團坐賭珠鈿。

其　五

風雨調和日日嬉,宫園幸值太平時。君王自愛花多子,徧賜西天菉豆詩。

其　六

垂地金魚細問醫,宫簾對揭是蛾眉。絁衾甆盞儂看慣,儉德新教兩府知。

其　七

鳳詔宣麻出掖門,劉家風勢更休言。東頭更比西頭好,誰識添香侍史尊。

其　八

碧漢無雲月色濛,廷臣霜簡隱生風。劇憐十閣羞花貌,一例宫人出蕊宫。

其　九

邊黄妙倣闘心靈,睿藻留題滿掖庭。聞説皇家開畫學,相邀停繡學丹青。

其　十

味逗紅囊是餅茶,沉沉香起近窗紗。宫欄對話牙牌局,賭取新芳八種花。

其十一

金櫝催轅冒冷霜，六宫紅淚盡沾裳。可憐妃主連香袂，不許龍孫駐五坊。

其十二

南内笙簫聚翠鬟，燕山風景異吴山。吹彈偷覷天顔異，指點歌伶二勝環。

其十三

御榻香篋盡水晶，玲瓏玉石寶橋横。瑶笙玉手蓮花白，人在金甌一色清。

其十四

鵷行待問上皇安，侍女迎秋淚暗彈。視膳重華成底事，官家薄醉且消寒。

其十五

金盤盥手愛薑芽，逢怒分明觸内家。怕見刀痕雙玉臂，桃紅血碧守宫紗。

其十六

元夜張燈訝迅雷，内璫迎意搆亭臺。梅堂蓉闕天顔喜，誰識閻羅斡辨才。

其十七

新宴瓊林首擢英，謝恩先已拂柔情。主家自厭高年婿，空喜狀元號太平。

其十八

檀撥鵾笙數曲悲，湖州風景異前時。水雲已作黄冠老，誰教宣和御製詩。

其十九

釃酒城隅血點新，道裝乍别故宫人。絃中彈出興亡調，淚盡琴聲十八人。

## 明 宫 詞

金盤玉腕血光新，忍把君恩擲路塵。絜禁聽分妬婦肉，夜臺何面見宫人。

其　二

生小憨癡供奉來，誰繙釋典倚邁臺。蛾眉羞過端清閣，縈恨篆香崔秀才。

其　三

上苑丹黄樹色分，石山尚少氣氤氲。臞仙來日須相問，索取廬山幾朵雲。

其　四

戎服笙簫萬騎塵，野花有色近楓宸。贈簪一失龍舟返，千里吴江載美人。

其　五

學士朱唇絶世妍，守宫新論沈瓊蓮。妝成不喜金經誦，只教鸚哥無逸篇。

其　六

金縷砑絲冠樣新，玉窗鍼倦正懷春。尚宫催製成香葉，欲賜和羹兩輔臣。

其　七

金鼓轟天徹苑花，愁雲漠漠暗窗紗。劍光射斷鴛鴦臂，惱恨兒生在帝家。

其　八

四鎮蟲沙事不諧，禮臣特疏採宫娃。張燈令節吴宫月，只恨梨園尚少佳。

## 黄孝廉炳森四首。

炳森，字秀卿，同安人。乾隆五十三年舉人。

同劉芝圃同年遊文圃山，歸途作

講舍山中闢，登臨近且便。惠然聯舊雨，又是好晴天。田面秧鍼緑，峰心路綫穿。攜詩叩閶闔，携《生芝草堂稿》入山。竟上翠微巔。

其　二

笑我同年友，胡爲得得來。乘閒探水石，借此滌塵埃。帶束海門小，崖依講席開。自憐腰脚軟，無力陟天台。

其　三

山勢極旁礴，農居聚作村。地還聯道脉，頂自穴泉源。衣鉢雙趺重，經樓百尺尊。先民遺澤在，無處可追論。

其　四

禮佛階千級，攀躋鐵索通。萬峰青不了，一覽自難窮。甘露烹香細，琪花映酒紅。多情山送客，直送到窗中。

## 黄國學叔純二首。

叔純,字葉舟,晉江人,德佑子。乾隆間監生。有《緣情集》。

### 浙溪舟行

雲斷暮山出,煙深夕照微。林鴉寒自噪,水鳥没還飛。橘緑遮漁艇,梅香點石磯。如遊圖畫裏,倚棹欲忘機。

### 建州道中

山山疊翠竹千林,谷口人居在竹陰。激水作舂沿澗急,編籬爲壁入雲深。鑿開茅徑遥天接,高架橋亭絶壑臨。細雨溟濛西嶺外,肩轝愁斷旅人心。

## 黄國學叔達五首。

叔達,字芥舟,晉江人。乾隆間監生。有《坳堂詩集》。

鄭傑《注韓居詩話》:芥舟亦窺見格律。

### 嘯圃步月歸劍山

林杪没餘暉,弦月散清影。緩步下東皋,紆迴山徑迥。同是日行途,所歷非塵境。踏月到柴門,松風吹酒醒。

### 擬陶淵明歸去來詩

翩翩辭林翮,日夕返芳樹。蕭蕭征途馬,量力返故步。回首憶蓬廬,丘壑違世路。不觀群動息,安知出門誤。高卧何所營,既醉何所慕。駕言歸去來,折腰非吾素。

### 秋　山

霽極峰逾瘦，悠然一望賒。微陽明鳥道，落木見人家。蟬咽疑聞磬，楓疏誤指花。天風吹薄暮，遠燒入雲斜。

### 晚　眺

極目送殘暉，樵歌出翠微。籬聲孤犬吠，潭影一僧歸。樹密蟬移噪，風高鳥側飛。迢迢烟水外，澹月照漁磯。

### 雪舟兄鷺江暮春夜坐見寄，次韻奉答

離懷遥憶鷺江湄，消息關情恨到遲。三月園林花落處，一天風雨雁歸時。憑君破夢吟春草，記我銷魂唱柳枝。戊午秋，與雪舟舟中聯句，有“離别魂銷楊柳枝”之句。祇恐夜窗人不寐，客心那得月明知。

## 陳茂才湛一首。

湛，字又和，晉江人。乾隆中諸生。有《倚嵐詩集》。

### 過竹溪訪黄清如

一水遥相隔，隨雲到竹溪。梅寒纔蘂放，橘熟壓枝低。濁酒憑狼藉，新詩恣品題。歸途月正好，醉影滿沙堤。

## 陳布衣章一首。

章，字含若，惠安人。乾隆中人，隱於工。

莫春郊行即事

禁火已過寒食後，流連花事賸將迷。年荒又苦生涯拙，愁劇難逢酒價低。榆莢雨昏青草外，紙鳶風鬧夕陽西。欣看郊野沾新潤，閒卻山僧合有題。

## 陳□□景辰一首。

景辰，字光斗，惠安人。

《桐西舊話》：光斗七言如《幽居雜興》云“巖石欲顛依樹卧，庭梅未老得春扶”、“繞郭山嵐春占盡，隔墻花片鳥啣過”，五言如“蝸涎鈎壁蘚，花影弄盆魚”、“行藏雲裏月，身世夢中人”，皆清雋可誦。

秋居感懷

閒來徙榻倚窗西，欲寫秋情何處題。愁不關桐驚落葉，老尤憐菊理殘畦。衣寒索篋都成幻，眼病觀書但向低。祇欲高眠眠未得，那堪風雨夜淒淒。

## 許布衣自天二首。

自天，字晚樵，惠安人。乾隆中醫士。有《鞏西巴語集》。

《桐西舊話》：許晚樵七言如“吐嵐山色妍如畫，咽石泉聲響似絃”、“漁唱新歌春雨岸，樵歸孤影夕陽山”、“十畝稻香隨屐跡，一流溪水漱琴聲”、“夕陽古道稀行客，暮雨荒庵冷隻僧”、“客路關河春尚小，故園桑梓日增寒”，頗饒風致。他如“聲價逼人心上劍，靈丹壽世手中鎗”、“無心恒惹有心禍，得意翻成失意人”、“病自貧生無妙藥，詩因景得有佳篇”，亦宛有香山門徑。

送林邦彦歸娶

江頭玉笛調雙清，折柳爲君唱渭城。宿雨煙痕維驥足，夕陽山影繫人情。

萍踪離合一時事，琴譜和鳴百歲聲。誰道登科今是小，佇看整翮上雲程。

和張宗河游登科山，因雨留宿原韻

平生最喜共談禪，恨不相逢課佛前。話果衣沾金鉢露，翻經袖惹玉鑪烟。雲含暮雨寒窗竹，風捲春嵐冷石蓮。自是詩人多勝遇，東林借榻亦天緣。

## 卜處士云祺三首。

云祺，字□□，乾隆間泉州人。

陳繩菴《静學居詩話》云：離泉郡治出南關，去數十里，爲大營汛。未至十數里，有山谷頗幽邃，名天心洞。相傳洞有仙蹟，土人奉以香火，好事者遂有祈夢其間者，其來已舊。南安有生員黄姓名璇光者，一日到是處祈夢，果夢有人語以七言絶句詩三首，遍問之人，後乃知爲卜云祺《珠江竹枝詞》也。時云祺尚存，詩雖頗清警，而云祺一老布衣，貧病無子，其氣魄不足以動鬼神，而神能知其詩，大是奇事。豈其狷介不苟，亦近時人之所少，其窮苦又時世之所難，必其夙根與夫是處之神有前契焉。云祺與余世交甚篤，因録其詩以傳之。後聞九鯉湖仙夢，亦以此詩示人。

珠江竹枝詞

春山蕩漾水光藍，兩岸烟花春色酣。十五阿姑同阿嫂，輕摇桂艇過江南。

其二

畫船載酒醉人多，阿嫂風流顔亦酡。江上好雲行忽住，隔篷高唱木魚歌。

其三

高髻如雲暎晚虹，船頭賣笑倚江風。朱唇不用胭脂染，滿口梹榔齒也紅。

## 夏□□繡三首。

繡，字錦峰，晉江人。

### 遊海印寺

古刹臨滄海,當前具大觀。樓憑帆影渺,座納水光寒。竹瘦經秋緑,峰迴入暮丹。紫陽曾過化,石碣壯名山。

### 白崎送友人遊楚在惠安。

楚水渾無際,高人自此征。疏帆過涜水,羸馬策方城。琴劍隨千里,詩書樂一生。不須欣紱冕,慷慨有餘情。

### 洛陽送友

長亭執手共躊躇,餞道銜杯二月初。柳拂輕烟眠未醒,桃含暖日醉方舒。片帆逐水翩翩去,匹馬嘶風步步徐。此後何年應再會,臨岐還復暗牽裾。

## 陳處士鏡三首。

鏡,字□□,晉江人,流寓興安,賣卜於莆陽江口。有《懷冰集》。

### 宿温陵秋夜有感

家遠人猶舊,秋深忽已三。筆經焚又買,琴未破仍擔。九畹蘭傷畝,千株柳愴潭。昔時桑梓地,誰復認袍藍。

### 集奎堂訪友堂爲孝廉洪士輔别業。

髫年相許事茫茫,幾度來登君子堂。馬氏諸昆眉並白,陶家賢母壽仍康。薰杯蘭味悦情話,隔水蒹葭寫離腸。自顧勞勞衣未拂,夜深天漢挹奎光。

### 禾江寄兄梅崖

年來行跡損心神,念弟惟兄意最真。誰道文章堪入世,徒云貧賤可驕人。

家逢曲逆多奇計，肘剩青囊混俗塵。暮色輪蹄回首處，纖纖隔水月華新。俱見《閩中名勝詩》。

## 夏□□元椿四首。

### 笱江泛月

江水碧涵空，江天一色同。舟浮金鏡裏，人泛玉壺中。浦樹千迴緑，漁燈一點紅。夜深衫袖薄，怕對荻花風。

### 送友歸南安

故人南邑去，天外白雲秋。風急江鴻杳，霜凄旅客愁。消魂不在酒，載恨只孤舟。相送應難别，思登王粲樓。

### 清溪舟中

泛舟遊碧渚，避世作漁翁。試問千鍾禄，何如一釣筒。雨添春後水，帆漲晚來風。緡捲看魚上，停橈倚荻叢。

### 謁義娘祠在同安岳□。

投冽貞如誓柏舟，潔泉長與衛姜游。一時馬脱沉冰骨，萬古人思飲虜頭。水透月寒冥亦曉，節同霜凛夏還秋。銀同不改井猶昨，鷺島清江鍾女流。

## 黄茂才文藻四首。

文藻，字子履，晉江人。有《枕山詩草》。

### 郊行訪舊

扶羸憑竹杖，訪舊出郊門。細草薰溪路，垂楊暗水村。雲歸山掩髻，沙落樹懸根。接客兒童喜,臨流濯酒樽。

### 秋樓晚眺

髮鬢多愁白,樓臺四望清。冷風噓暮靄,疏竹亂秋聲。木落峰屏現,江空雁字明。滄浪聞笛響,頓起仲宣情。

### 龍江夜泊

扁舟依淺瀨,游子滯浮蹤。買酒來魚市,凭橈指虎峰。月明孤嶼塔,風度隔江鐘。永夜篷窗冷,思家夢未逢。

### 醉歸口占

忽逢陶謝話生平,飽酒歸來興味清。一縷茶煙人静後,梧桐葉底月三更。

## 李爵帥長庚十三首。

長庚,字超人,號西巖,同安人。乾隆三十六年武進士,官至浙江、福建水師提督。勦海寇蔡牽於粵,死之,封三等壯烈伯,謚忠毅。有《李忠毅公遺詩》。

《聽松廬文鈔》曰:公詩有云:"海上波濤原不測,人間禍福豈能知?"又有"論戰有人同性命,摧鋒獨我履危機",又云"萬事關心惟討賊,卻嫌風浪不曾休",又云"廿年瀚海心原苦,百戰中流志未酬"。每於奮勵之中,寓隱憂之意。

許莱山曰:卷中諸什於骨肉手足之間,綢繆往復,字字從肺腑中流出,由天性醇至然耳。

《桐西舊話》:乾、嘉之際,海水群飛,孫、盧凶魁交訌於浙、閩、吴、粤之界。李公起家天策,率落雁都與巨醜蔡牽相鏖大海之内者幾二十年,功垂成而身先殞。越二載,而王公得禄、邱公良功卒以辦賊,皆公帳下兒也。余於友人許比部處見公誡家人書,大率血性自任,不昵昵爲兒女語,固知見危授命,是其素抱,非强致也。公詩一百餘篇，初刊於江右，重刻於温陵。余取其直抒胸肊、慷慨嗚志者録之，不欲與賦競病、押尖叉者，較量聲律也。

## 秋夜懷友

離緒託誰寄，別愁只自知。那堪異鄉夜，兼憶故人時。酒醒霜初落，天寒月已移。此心懷百慮，如醉又如癡。

## 秋夜舟中即事

重洋忘歲序，寒至始知秋。骨瘦迎風苦，衣單入夜愁。有山皆識面，無海不行舟。歷碌雄心退，衰年憶壯遊。

## 粤洋偶成

六十年如夢，狂濤伴此生。有心圖報國，無意博虚名。任大才偏小，氛多責反輕。不知滄海上，何日息刀兵。

## 僧菴與超塵叙話有懷

扁舟一葉渡横流，幾住僧菴問比丘。入世休嫌塵世累，出家難免俗家愁。人須閱歷才方好，事必經營識始優。自笑百年斯過半，茫茫苦海度春秋。顧南雅曰：放翁詩云"腐儒至老恥依僧"，其志固别有在。公亦猶此志也。然佛所云布施，云捨身者，莫大於此。彼習小乘者，惡乎知之？

## 有謂予如獲蔡牽，必膺異數，作此答之

年來頗厭風濤苦，耐冷忘饑漸不支。毁譽紛紛隨世俗，行藏了了聽推移。眼前事業猶難定，身後浮名那敢期。自顧畢生虚報稱，撫心未合起貪癡。

## 舟中有懷，次陳江洲、周企生

波恬浪静縱師船，何物妖氛竟蔓延。涉險有誰能共命，讀書無曰悔當年。

風濤歷碌心如醉,氣血消磨夜不眠。海上機宜隨處有,要他臨局莫茫然。

## 蔡逆未擒,責重才疏,愁腸難解,作此呈諸同事

衰病殘年强自支,重洋淼淼戴星馳。渠魁未滅恩多負,壯志銷磨事可知。報國有心愁計拙,封侯無命笑情癡。眼前醜類猖狂極,不世勳名正此時。

## 出洋雜作

纔完案牘便登舟,水陸馳驅日不休。老至始知官是累,恩多只恐力難周。廿年瀚海心原苦,百戰中流志未酬。自顧疎庸虚歲月,形容憔悴不勝愁。

## 閩洋懷春亭不遇

屈指長安道,歸來夏盡期。海南波未息,恰好建功時。

## 建溪舟中

昨夜祝溪頭,風揺浪擊舟。不知何處雨,春澗竞添流。

## 中秋節宋明府邀同蔭山參軍、絜齋孝廉同遊五奎

潮平如鏡映芳洲,水態山容一望幽。佳節每逢添客思,五奎頂上度中秋。

其　二

五奎絶頂綺筵開,主客相將駕舶來。月到中庭秋正半,一齊同上駐兵臺。

## 題雨後登樓看山畫

葛衫風透冷於秋,正好前溪雨乍收。四面嵐光青一色,斜陽獨上看山樓。

# 温陵詩紀卷八

## 孫大令珩七首。

珩,字□□,號蘭陔,惠安人。嘉慶己巳進士,官知縣。有《歸田稿》。

### 李　　膺

求名捨命竟紛紛,古聖從無此法門。何故清流標氣節,反教黨錮吊精魂。國多横議原非福,道至包荒更覺尊。倘解潛龍在韜晦,同心或可轉乾坤。

以一士而操朝廷之權,則好名之徒争附之矣。匪獨爲名,亦以爲利。門户争而國事壞,漢之黨錮、明之東林,彼李元禮、顧涇陽皆道學氣節、主持風教之賢,寧知其弊之至此哉!後之人覩其流弊之極,而原其致弊之由,此亦如姚江學術流爲王畿、周汝登、陶望齡,而世徒以責文成也。雖然,微元禮、涇陽,則孔子所謂鄙夫無所不至者,盡天下矣。

### 蔡　　邕

焦桐爨下美音知,儒雅風流冠一時。直可匡君偏賊戀,孝能致瑞竟身虧。劉班以後文章降,李杜而還氣節衰。狀貌虎賁空想像,殘編惟有女兒司。

顧亭林謂東漢文章盛而氣節衰,自伯喈始。即伯喈文章,亦豈劉、班匹哉!觀其寶《論衡》爲枕中秘,是所好特侮聖辱祖之詞,欲其推孝道以全歸,難矣。

### 陶　宏　景

五柳家風是葛巾,朝衫難着赤松身。談玄早識昭陽殿,閉影聊稱抱朴神。

樓築三層居宰相,胸羅萬卷作仙人。逸民綱目還書卒,到底金丹術未真。

通明好著述,顧惜光景一事,不知以爲恥,蓋苦志力學人也。觀其作詩詆夷甫、平叔,似早識蕭梁之亂,有託而逃焉者也。不然,神仙詭誕多矣,《綱目》何以獨卒通明哉!

## 王　通

五季荒蕪現此身,規模本末粲然陳。只因隋史軼佳傳,轉惜醉鄉無聖人。自注:李厚菴曰:韓文公《送王含秀才序》悲醉鄉不遇聖人。醉鄉者,王績,文中子同生弟也。仲淹之人,古今傳疑者,此也。續尾難逃吴楚案,傳心終接孔周薪。子安述祖詩還在,漫向黎丘説鬼神。

當五季荒經滅古之餘,而儼然以聖人自處,此其氣象何如哉!朱子謂其比昌黎尚懇惻而有條理,所以尊之者至矣。而福郊、福畤,乃取唐初名臣以汩之,至今使人揣摩於渺茫不可知之地,是故不溢美其親者,真能顯其親者也。

## 李　白

爲對金鑾下九垓,前身本自出蓬萊。風流萬古詩千首,月影三人酒一杯。能識汾陽非醉漢,曾奴力士是仙才。宫袍照曜長江水,却笑山頭戴笠來。

當太白爲府僚佐,永王璘固受命討賊也。迨璘逆謀,白已潛逃,從亂固誣,即脅行亦豈真有是哉!汾陽解官代贖,蓋知白冤,非徒報德也。噫!太白能識汾陽,不能知永王璘。孟堅稱史識,亦昧於竇憲,因不失其親,可不慎哉!

## 致　志　和

無餌猶垂東海竿,此中原自有真筌。身兼奴婢成三口,月與風煙爲一船。人世浮沈付鷗鷺,天懷灑落是神仙。歸來閉户辭塵客,笑對斜暉又十年。

隱者爲高,而志和聲華藉甚。觀察坊巷而刺史爲補船,則志和非真隱也。顧志和嘗顯名於朝,憲宗欲加召用,至圖其真,求其歌,而終不可致。彼以隱釣名,一解褐而遂飾輿服者,其視志和何如耶?

### 白　居　易

再謫猶能償酒債，百年未了此吟身。少陵無日不憂國，太白終朝是醉人。一曲琵琶偏獨慘，雙枝楊柳向誰春。無多忠血休塵染，珍付沙門作善因。

楊修、薛道衡，皆以才死。李文饒惡樂天而怕見公詩文，則猶憐才也。如樂天之節之才，文饒乃以黨疑，抽簪艾歲而感事憂時，不以死生窮達易其操。顧元白齊名，後世論詩多取白而舍元，堂堂宰相，竟不敵香山一老人也，是可思已。

## 曾刺史鈺二十首。

鈺，字礪臣，號石友，惠安人。嘉慶庚申舉人，官湖南郴州知州。有《聽雨樓詩鈔》。

### 送阮爾和東渡

把酒送君行，君行東寧道。緑水自東流，盡日傷懷抱。昔從棘闈中，新識如舊好。邇年近芳鄰，晨夕共傾倒。山水寄清音，自注：爾和精於琴。賞析追元造。聚首方言歡，分袂輒成惱。鴻鵠杳高飛，轅駒空伏皁。何堪兩地思，月照窗前草。

### 遊緑天庵觀懷素石刻草書歌

碧雲壓地淡煙續，濃陰漫天天亦緑。寒猿一嘯斜陽昏，滿眼江山抗塵俗。有唐開士痴且狂，騰崖挂錫寄遺躅。以蕉爲紙滑勝紈，因石作池清含玉。自注：庵有墨池，澄泓一勺，不乾不溢，係素遺蹟。醉後一揮字萬千，放筆横行絶拘束。步塵羲獻宗度瑗，逸態漓驪扼顛旭。冢中枯毫精不磨，土花欝勃青緑縟。後來好事不記誰，剜苔剥蘚手劖斸。四壁風翻腥雨寒，春蛇欲伸秋蚓曲。瞥然神龍掉尾過，霆轟電掣不停矚。飛鴻已去留雪泥，愛護未忍手輕觸。自憐學書書不工，壯大反拙違所欲。醉倚熏石酌寒泉，飽看三日猶未足。

## 姑　蘇　臺

五年築成姑蘇臺，十年生聚越疆開。館娃夜宴醉未醒，六千君子銜枚來。虎丘山下綺羅簇，至今猶唱采蓮曲。興亡遺恨都不知，那識吴宫暮游鹿。江中鴟夷歸何處，死而有知胡不悟。子胥濤頭怒未平，令人指點東門路。

## 朝　陽　臺

虹蜺灼爍隕崖上，巫山巫峽屹相向。朝雲暮雨時往來，雨霽雲銷碧千嶂。三巴路轉松聲寒，舟人指點虚無間。楚宫零落没荒草，夕陽無限秋滿山。傳疑謬襲宋玉賦，妄言竟託昭王遇。千年莫雪山靈羞，凄雨湫風夜夜怒。

## 戲　馬　臺

鴻溝已割漢王來，陳平金盡楚宫摧。英雄百戰今已矣，芳草春深戲馬臺。當年一炬咸陽靡，萬乘歸來風雲起。范增去後覇圖銷，無復江東八千騎。徒令拔山蓋世雄，楚歌數闋迴悲風。甘讓龍顔作天子，蛾眉空對馬前死。

## 望　思　臺

西風浩浩碧雲暗，思子臺前夕陽滿。漢宫樓閣天際翔，武帝旌旗眼中遠。父兵子盜干戈尋，江充擢髮死罪深。壺關三老抱長嘆，愁雲不散西城陰。通天神明亘霄起，欒大仙人少翁鬼。泉鳩風雨魂不還，逝波難挽東流水。

## 鳳　凰　臺

鳳凰臺下春江平，鳳凰臺上春鳥鳴。吴宫花落煙冥冥，遊人感慨愁欲生。東風吹袂春未暮，玉鞭斜出青門路。樓頭月上啼夜烏，洲際沙明點晴鷺。謫仙吟罷鳳已遥,登高誰唱屈原招。江南烟月水迢迢,銀鐙吹上秦樓簫。

## 贈黄躍三并别

識面平生昧,相逢且莫論。幸留三日聚,歡對一燈昏。細雨桄榔隝,斜陽薜荔村。因思蓬島外,無處不銷魂。

## 元日同阮紹竹由衢州放船,晚泊樟樹潭

兩岸山如黛,孤舟盡日行。遠村分夕照,流水變春聲。温飽非關念,烟花漫繫情。一瓶梅影瘦,喜共玉壺清。

## 襄陽懷古

唐白山迴漢水西,合流東下濁於泥。竟知沿岸良疇沃,誰慮奔濤巨浸稽。嵺冡神功猶故跡,胡公惠化在遺黎。峴南百里春遊路,無復當年唱大隄。襄陽有古大隄,漢襄陽太守胡烈修。

### 其　二

坐鎮荆襄議論工,呼鷹臺畔嘯秋風。巖城不復追山甫,名世安知問德公。忍使貔貅來許國,徒令豘犬覆炎宗。崇墉已失成分鼎,何處長驅入洛中。曹瞞平荆州,置襄陽郡。赤壁敗後,棄江陵而守襄陽,蜀、吴自是尺寸不得,而中原失地利也。漢壽亭侯取樊城,擒于禁,而不敢向宛洛,以徐晃守襄陽,難以退故耳。景升兒子真豘犬矣。

### 其　三

雄邦自古數方城,楚旅群誇被練精。明末左兵最强。專閫謀疏終失士,楊嗣昌許賀人龍以平賊將軍。後左良玉有功,因予良玉,人龍解體,良玉亦因之跋扈。將軍望重畏言兵。左良玉寄帑襄陽,緩賊自固。以致襄陽陷没,流賊四决。良玉之罪,烏可逭哉! 潢池四决氛難制,漢水千秋怒未平。坐令神皋徧荆棘,萬山登眺不勝情。

### 其　四

妖蓮煽後撫痍瘡,民氣安舒化日長。冠蓋雖然稱漢里,輪蹄猶自集周疆。嘉慶二年,白蓮妖賊燒樊城。大軍克平,依然都會。樊即周封仲山甫國,故城猶存。槎頭水落

魚登市，漢水出槎頭鯿，極肥美。竹葉春開酒泛觴。宜城有美酒，古稱竹葉盃。正是花朝時節好，遊人指點向高陽。高陽池，即習家池，在馬鞍山。

## 東門柳

遊春未倦，折柳偏殷。翠黛當壚，秀奪遠山之態；香雲入座，濃薰春月之姿。每於細雨池塘，隱約識東風之面；可奈微寒庭院，依稀瘦南國之腰。汴水長流，却恨翻飛何處？章臺遥望，寧教攀折他人。是爲企慕，聊志篇章云爾。

紅藕村中駐畫橈，拍堤新水緑迢迢。春寒長閉葳蕤鎖，夜静微通宛轉橋。對鏡妝成神女額，臨風舞罷小蠻腰。重來只恐韶光老，無限勾留復折條。

### 其　二

惱人風景大堤頭，别緒垂絲一樣柔。盡日尋春蘇小宅，幾番沽酒漂陽樓。漢宫燭冷逢寒食，羌笛聲催起暮愁。欲問春波何處是，醉餘空望木蘭舟。

### 其　三

舊事侵尋湮乍闌，銅壺不覺漏聲殘。夢迴斗帳春雲熱，腸斷空城曉角寒。薄雪釵垂金麗㲠，斜風人倚玉闌干。平明重覓江南路，還把柔條子細看。

## 過濟寧州登太白酒樓

倦倚樓闌愛旅游，朔風吹髩送殘秋。天低萬頃長湖水，城壓千年舊酒樓。自有知交推賀監，何須吐氣識荆州。文章聲價從來重，酹盞高歌涕欲流。

## 潮塘始泛，觀采蓮

澤國煙鄉一帶收，紅葩香濕緑雲浮。横塘水漲三更雨，曲沼凉生五月秋。擁楫歌殘桃葉渡，涉江人在蓼花洲。還如逸少平陽峙，曉日南門棹小舟。

## 和聿修花朝後五日即景短句

過盡花朝與雪朝，風輕時送賣餳簫。鈎人最是清明候，柳外春江舊板橋。

### 題　　畫

筆花瀟灑墨淋漓，石角山腰取次宜。流水小橋人獨立，一江紅樹日西時。

## 許光禄邦光二十九首。

邦光，字汝韜，號萊山，晉江人。嘉慶戊辰舉人，辛未進士，選庶吉士，散館授編修，督湖南學政，累官至光禄寺卿。有《二思堂詩稿》。

### 歐陽鶴邨徵君踏雪尋梅圖

古梅如高人，寒芳幽且潔。高人性愛梅，愛此香韻絶。日日巡檐走，索笑看未輟。忽聞山花開，怒坼玉珠裂。策蹇山中去，踏遍瓊瑶屑。雙溪沿峽口，環山萬樹列。差勝灞橋人，驢背詩囊挈。孤山有處士，對花心爲折。君今出山來，携酒與花别。遥憶故山中，梅花明如雪。

### 桃源道中大雪，次陸放翁長安韻，和蔡鯤南同年

昨夜轟雷驅風雪，冰車鐵馬路填絶。曉尋傴仄復山行，輿夫腰脚凍欲折。寒風吹透歡鸘裘，皴膚起粟撑玉樓。陟巔未覺瓊島遠，臨水恍作瑶池游。回首桃源尋不得，桃花千樹失丹赤。峰峰翠黛皆着粉，頽光迸露影幽石。偉哉造化幻奇觀，飽看未足據雕鞍。誰携古錦囊過此，一代君謨今吾子。

### 贈孫儀國雲鴻南歸

吾笑班生陋無術，萬里封侯竟投筆。吾欽范老著威名，羅胸十萬盡甲兵。文通武達須全才，下馬露布誰手裁。三十登壇事業早，置身端合在雲臺。孫君翩翩當年少，題輿聲華久照耀。曩歲長安相過從，樽酒論文日歡笑。别來一覫十三年，君鬢鬑鬑余髮宣。梅市西廬重相見，舊游如夢各惘然。昨者召對拜戎

職,爵秩雖增人共惜。我援古義爲君陳,報主無如述祖德。君祖功在粵海東,百戰勤勞奠鮫宫。陸機本是名將後,裘帶雍容指揮中。況復撐腸金石字,使刀如筆筆鋒利。請君持此勒燕然,何止飛書磨盾鼻。

## 辰州山行

連日消積雪,雪消泥滑笏。肩輿出没叢山中,萬點雪峰明復滅。劃然兩山峙天門,外有重山列幢藩。山山迴複疑無路,又見飛來作獸蹲。群峭束時忽奔放,如馬欲前騁雄狀。引繩縋險千丈强,蟻附分行相頡頏。牽挽直與山勢争,賈勇欲上又崚嶒。行行且叱王尊馭,山靈揖我前途去。

## 題李潤堂秋柯草堂圖

小李將軍愛古心,上下縱横古猶今。吾自顔書其室曰:“上下五百年,縱横一萬里。”偶然作畫亦秀絶,不爲凡筆受塵侵。江南高士倪元鎮,天真幽淡託胸襟。落筆妙得荆關意,爲寫秋柯雜秋林。君於是圖尤酷愛,經營意匠力追尋。亭外夕陽淡秋影,獨倚疎窗寄長吟。小橋暗水通曲徑,松間柳下歸仙禽。圖成示我共欣賞,眼中突兀復蕭森。異境移來斯恍惚,豈徒側筆工摹臨。我昨從君誦佳句,梨花春雨草堂深。看詩句。春雨秋風經八度,君丁丑再至京師,迄今八載。草堂來往又光陰。聞説西江好山水,君行正及泛霜潯。君秩滿外擢,將以閏秋之官江右。

## 題朱笥河學士谷梨精舍詩卷

笥河先生今退之,同時張籍亦瑰奇。豪飲能澆胸壘塊,賦成遒緊千首詩。當年兩度持簜節,閩海搜盡蕤賓鐵。倡明古學盛文章,培才愛士士心悦。使軺詰旦還上京,祖道郭西集諸生。離筵賦别當驪唱,裙屐風流萃時英。一自遊仙武夷去,幔亭卌載杳鶴馭。相傳先生没爲武夷山主。三百三十三士亭,斜陽衰草人何處?人生魂魄戀舊游,公之所到詩卷留。詩魂酒魂長來往,谷梨精舍太白樓。先生督學上江,曾以壬辰上巳會諸名士於采石之太白樓,置酒賦詩。

## 題蘇鼇石觀察萬里看山圖

昔我送君守吴中,江南二月杏花紅。今我望君潞河畔,緑槐陰陰夾兩岸。人生眼福難兼收,官轍誰恣山水游。永嘉太守鑑湖老,拘墟那能窮九州。君今督運東南賦,舳艫千里連檣渡。朝發長江暮黄河,往往詩筆吟中駐。憶昨持節夏州城,太華終南記驛程。嵐光昏旦變氣候,盪胸倏忽層雲生。匆匆又向吴邦去,兩載頌聲三郡布。寫爲畫圖當卧游,舊游如夢知何處。祗今破浪乘長風,回首賀蘭山勢雄。萬里看山萬里浪,知君眼界將毋同。移旌還指榆溪塞,熟路攀尋今又再。應有山靈笑相邀,清泉白石從松喬。

## 早發湘潭遇雨,宿符源寺

湘江千尺水,潭影護城低。雨急全迎面,泥深欲没蹄。開軒通略彴,移榻憩招提。怪底春光殢,初舒柳眼齊。

## 題李蘭卿太守蒹葭閣話别圖

京國繁華盛,城南地自偏。寺臨緑槐道,人對黄花天。閣外涼風送,樽前别緒牽。長吟葭露句,暝色起蒼煙。

### 其　二

風流賢太守,爲政也爲詩。百粤開蠻洞,三台領郡麾。棠陰看露轎,桂嶺引霜旗。回首燕雲隔,遥知相憶時。

## 自水口抵建寧山行即景

連日肩輿上,前程屈指賒。亂山奔似馬,東坡詩云"亂山如馬争欲前",由今觀之愈信。細路曲如蛇。右峭嶺、石溪灘,沿溪而行,委蛇曲折。谷暗全埋草,延、建樹木蒼鬱,無刈草者。山深但種茶。村舂雲護碓,舂米俱用水碓。野釣水爲家。上水,下水,溪船甚多。竹筧紅泉瀉,山居人家用竹筒引泉。柴門白板斜。今年春事早,舉首見穠花。

天氣多暖,野人屋角已開紅花。

## 庚申孟秋四日,偕張秋畬上舍,李慕雲、阮石梅茂才,香海九弟遊南嶽,謁嶽廟,登祝融峰,夜宿上封寺。翌晨登望日臺觀日出,下山登舟遇雨,詩以紀事

赤帝峰前廟宇存,靈宫肅肅護壇門。粉墻丹桂龍蛇動,古柏蒼松虎豹蹲。地軸遥成環北勢,天題近仰宅南尊。太平秩禮皆崇冠,永奠炎方輔紫垣。

其　二

九千餘仞最高蹤,此夕攜朋宿上封。兄弟奔流來二水,兒孫羅列見諸峰。宵寒渾訝霜侵骨,地迥真看宿貫胸。底事東趨尚争長,連延紫蓋未朝宗。

## 晚發辰州

野渡臨風柳影偏,辰陽郭外起暝煙。沿溪罾步停蠻棹,夾岸鐃聲送使船。健水猛分灘瀨急,危峰怒挾石厓懸。劇憐一夜瀟瀟雨,夢惹春愁未得眠。

## 登黄鶴樓

縹緲仙踪去不留,梅花玉笛韻悠悠。依然城郭千年鶴,如此江山百尺樓。地壓危磯連古堞,天垂斷岸撼奔流。烟波葉葉風帆去,回首岳陽憶舊遊。

## 題柳孝廉廷爵幽篁獨坐圖

不可居無竹,時還讀我書。竹深書帶映,緑意滿吾廬。

## 合江亭曉望二首

竹木陰陰護棟甍,樓臺正好背山成。小橋一帶通村市,多少游人畫裏行。

其　二

山到衡陽分小輿,江迴蒸水匯雙流。紅亭十二闌干外,望斷烟帆葉葉浮。

## 舟泊湘口望故人亭

零陵郭外楚山青,細雨吹帆出小汀,無限離思湘口路,春風十里故人亭。

## 題鄭少谷先生詩册

瘦鸞餧驥感時憂,貧女何曾覓蹇脩。獨叫帝閽瀝肝膽,南巡一疏自千秋。

其　二

古調力追正始風,登壇何李共稱雄。浚川海内談詩者,身後悲歌獨此翁。

## 集蘇題鄭雲麓銓部荆庭聚慶圖

清禁風和玉漏間,詩成珠玉看朝還。寒燈相對記疇昔,獨照台州老鄭虔。

其　二

故里依然一夢前,溪清繞屋花連天。幅巾我欲相隨去,來往君家伯仲間。

## 題丁鯤池課兒圖

京華作客二年餘,繪出新圖畫課書。回首陳江風景好,青燈夜夜照叉魚。

## 姑蘇元夕

晚風繫纜出蘇堤,萬頃琉璃入望低。最是樓臺深處好,畫船燈影水東西。

## 東平道中

馬上朝朝看緑楊,年來攀折爲誰忙。春陰又上東平路,二月飛花已斷腸。

## 高郵舟中

行盡江南路轉長,六朝山色去茫茫。秦郵兩岸春如海,流水啼鶯送夕陽。

其　二

緑楊如縷草如煙,帆影迢迢隔岸船。幾日湖光看未了,分明人在鏡中天。

### 南沙河

黄土吹沙落日昏,車輪滚滚馬蹄翻。素衣莫被風塵化,看取慈親密縫痕。

## 蔡孝廉雲鵬三十二首。

雲鵬,字翼卿,號鯤南,晉江人。嘉慶戊辰舉人。有《翔暉堂稿》。

《桐西舊話》:鯤南詩才横逸,瓣香韓、蘇,文亦奇崛,不肯猶人。

### 東阿懷陳思王植

傅粉對邯鄲,跰矜八斗難。那知炎井息,清淚落珊珊。白馬前恩薄,青雞後釁多。芝田爲君感,人説愛淩波。

### 過沛縣詠漢祖事

赤帝貰酒者,乾坤闢清泰。三尺何處提,公然助無賴。是時秦祖龍,金人鑄方大。

### 飛鸞嶺

山勢高欲飛,突兀躡鸞背。肩輿俱蟻行,欲進足仍退。迤邐峭壁攀,雙翼夾地肺。下顧臨無地,轉瞬變明晦。未曾出閩關,浙東已破碎。海氣何蒼茫,龍子戲其内。似聞九霄上,天人作謦欬。更騎白鳳凰,翹首叩昊綷。

### 豐州書院訪山長劉荷衣,因出李舍人彦卿京寄縮摹雪浪石盆箋并所題長句,才雄筆宕,實源於蘇。荷衣强命予和作,得三百餘言

十幅星子書琅玕,鄴侯仙骨仙珊珊。飄然飛自九天下,令我列宿撑心肝。

乞借劉郎照藜杖，中有太極圖形攢。掀髯欲笑起坡老，五十六字鴻律蟠。憶昔中山湧奇石，崑崙拔却螭腸寒。棲霞彈雲艮嶽上，何如玉井盆雕剜。飛空浩浩洑流漱，護以鬼物棲烟巒。五色曾煉媧皇手，縱不下拜情殊歡。盡水之變真宰詫，乾軒坤譆渾倪端。雪消浪恬兩孫邈，華嚴歷劫空遺磐。人生便解如汝壽，底用故紙堆中鑽。端叔前參六君子，再遊蘇室吞篆丹。夢得蕭家繡花本，芙蓉肯用歸摧殘。鳳尾諾成鳳池立，出意别造驚文壇。玉雙駝鎮换新樣，休言欲認璇源難。分與千潭印一月，圓靈水鏡同盤盤。天人一漚坡有悟，白也影炷留旃檀。恰携東海入衫袖，銀光縮小娜嬛攤。翩翩璧友松使合，遂召屈宋爲衙官。一枝寶相雁頭染，坡仙萬斛迴紫瀾。北平詩伯把君臂，此奴度内金壺乾。衍波若繪凌波在，豈減傅粉迎邯鄲。祇今持節西江去，倒流三峽陳湘紈。莫替飛卿寫播掿，扶輪大雅詩齊剬。蔡侯寥落竟無色，可許鼇背排閶摶。天上寶書森處坐，頭綱八餅斠龍團。贈我如分錦繡段，書之欲灑珊瑚竿。定舒仙掌日華耀，萬年枝颭圍鵷鸞。

## 夜過粱山

兩山動摇一燈明，唔呋大車鑽隙行。拒轍螳螂千百聲，咄哉犖确石子盈。磷磷鑿鑿又硜硜，如立如卧如怒迎。或如蛟龍頭角横，或如虎豹齒牙撑。駟馬齊踏鐵錚錚，震於石鐘之噌吰。鳥道逼仄蠶叢縈，輿夫變色都與争。造父無巧良不精，大呼石丈罵石兄。我聞五丁巨刃呈，鑿開九折雷轟轟。兹地不知孰經營，却疑魚腹石當兵。無乃媧皇補太清，石破下垂天方驚。巨靈不摘精衛誠，愚公智叟同不平。我本石腸似宋卿，行路難兮也動情。腷腷膊膊雞俄鳴，忽披地棘闢天荆。烏踆飛出羊腸更，依然駕熟與就輕，回首數峰皆削成。

## 渡河讀吴梅村感時諸七古

黄河渡頭波正黄，甲兵洗净浮榮光。寫入胸懷鼓遊枻，爲誰相對增茫茫。一卷梅邨詩筆好，淒凉最是談天寶。興亡飽閱三十霜，年去年來都草草。料理向人誤事機,詠歌此老傷懷抱。紅羊劫換蒼鵝出,天方醉時明運畢。蟻賊縱橫龍種殘,兵潰雁門嗟乏術。不爲君親爲妻子,圓圓豔曲直如矢。一鞭老妓穿賊營,臨淮降幡更愧死。高驕左憤徒紛紛,蟲沙四鎮難成軍。揚州明月二分在,祗教悲作永和文。琵琶按歌傳姓白,玉京琴訪丹陽迹。感深殿上雲旗行,哀絶城頭松山柏。萬壽花描宫扇留,一摇再曳神靈愁。白山朱果真龍躍,不礙詞人淚暗流。阮圓海、馬瑶草,擘箋也復誇文藻。黄粱何日醒邯鄲,青瑣滿場登傀儡。鑄錯才華洵可人,風騷遺意有公在。玉龍已退重搔首,識有新豐馬周否?銷魂恰向黄絹吟,更無壘塊澆杯酒。天風送響黿鼉驚,尚思簪筆歌昇平。《松山哀》述洪太傅承疇事,《殿上行》則黄石齋先生也。

## 姑蘇瓊樹曲

金閶亭下香生陌,酒緑燈紅月華白。誰知三十六鴛鴦,佳麗還輸畫中客。畫中佳客恰韶齡,千種瓊枝一樣青。但覺藐姑標綽約,休猜老嫗生寧馨。魄濯冰壺臉散霞,分明生世玉溪家。嫣紅姹紫尋常茁,此是西天稱意花。花花相對葉相當,都使芙蓉似六郎。哺啜也看饒嫵媚,笑談全覺帶芬芳。鶴市波流虎丘峙,往來李鏡陳弄裏。金迷紙醉萬家春,何礙蒹葭偶然倚。輕韡窄袖驕妝束,楊柳風流隨處足。侍從還疑騎鳳凰,參軍詎厭無鸜鵒。俠骨專諸門巷空,却留瑶島漾薰風。層層七尺珊瑚樹,照得紅兒紅又紅。薰香坐席並相豪,傳粉搔頭各自高。冰玉傭夫也佳絶,不須話到鄭櫻桃。曾聞傾國與傾城,越女如花響屧行。今日吴儂歌小海,别教消受不勝情。消受我偏勞草草,未除豪氣傷懷抱。名心頓爲紫芝捐,難得神清兼影好。相逢酷愛璧人顔,想教媧皇摶土難。願把龍綃三百丈,枝枝繡向掌中看。

## 桃源道上下雪歌次放翁長安歌韻。

天公玉戲舞豔雪,浩浩長空鳥飛絶。桃源千樹百樹花,轉封粉侯拜腰折。有客有客羔羊裘,籃輿弓卧如神樓。銀海摇光大於掌,忍寒却誦逍遥遊。楚山楚水來得得,一白遮盡赤城赤。偶然古洞明落紅,皇媧又煉五色石。雲之君兮紛下觀，欲没馬耳難調鞍。萬穴風饕尚釀此，芷蘭争不思公子。

## 桃源道上消雪歌

朱旭曈曨愁積雪，不雨而雨景奇絶。猶向瀟湘明四面，未礙邛崍驅九析。飄飄凌風來裼求，六花飛後千瓊樓。梅巖乍醒高山卧，桃洞旋挾飛仙遊。圓璧方珪掃處得，銀河水通岸仍赤。天公似恐温元氣，收却崑崙白螭石。吟成自把尖叉觀，浣筆和者春滿鞍。蓬壺飲霞且餐此，何必清寒藐姑子。

## 沂州諸葛忠武故里

火井三炎卧龍卧，飄然出爲帝子佐。紫髯吉利自注：孟德小字。盡知君，肯從荀面借香薰。茫茫天意竟何似？狼顧生孫作天子。巾幗曾遺氣吞之，不料大星隕地時。南陽昔日起周召，應使瑯琊山靈笑。羽扇已遥兩地争，猶聞走卒話先生。蔚然深秀表東海，千春一片故鄉在。鳳雛也入水鏡中，可憐士元半英雄。自注：車過時，御者先指曰：孔明先生故里也。

## 甬江讀楊椒山先生集

四明寶氣夜不收，金迷紙醉羅千舟。主人竟識忠義好，自注：主人林姓。獨珍蠹簡如天球。凛凛椒山長不死，劾仇劾嚴真男子。相嵩横絶百倍鸞，欲報君恩正在此。長生聖智侍帝君，青詞巧搆朝真焚。五奸十罪褫其魄，縱不即敗天下聞。平生摧折留至性，滿朝口噤徒紛紛。天王明聖臣當誅，枷鎖風吹香九衢。戴頭去見高皇帝，只許直節青霞俱。介溪名士何翻覆，鵂鶹含笑鳳凰哭。下場難返窮秀才，枉費鈐山十年讀。三百年後兩殘本，仰止先生都衮衮。甬江萬丈珊瑚枝，流出光芒照忠悃。夢中虞舜鐘律新，何不躬值賡星陳。

## 釣臺次施愚山前輩壁間韻

泥塗視軒冕，臺自聳雲陰。不遇劉文叔，高風也到今。一竿天子夢，雙峽水仙吟。猶惜釣璜者，鷹揚意未深。

錢塘江《吴越備史》：梁開平四年，錢武肅王始築捍海塘。

畫舸相將過畫橋，錢塘江上望迢迢。雨絲風片千山合，人影衣香一水摇。花外青旗還貰酒，雲中白馬不生潮。餘杭烟景都清絶，漫説英雄怒未消。

車中檢張南華前輩詩集，有和人詠泥美人十四首，戲依其數爲之録二首。

分明人巧奪天工，絶代娥娙邂逅同。步有蓮花知出水，吟成柳絮肯沾風。珠傾價合售千斛，金鑄顔分壓六宫。長抱貞心君識否，談禪猶較色兼空。

其二

羅綺人間動感秋，巧爲塑就莫輕投。漢家竟抵封關用，金谷難銷墜地愁。漫説怒逢名士跪，定看淚向憤王流。旗亭不唱黄河句，要待清來抱濁收。

萊山學使以和曾明府石友新芙蓉樓詩見示，次韻寄題録二首。

丹山碧水本關情，矧聽嵯峨唾手成。金谷地空頻攙劫，玉壺心在頓飛甍。風流小謫皇唐尉，月下閒吟子晉笙。知減鶴糧料理好，使君家世出文清。

其二

峰峰圍處勢應周，可愛天然紫翠浮。長覺主人能醉客，底誇西北有高樓。三層烟雨花皆笑，萬古瀟湘色不秋。沅芷芳香尚縈夢，且隨畫裏少文遊。

憩滕王閣下省垣章江門外，王序在屏，韓記在壁，凡拜君多有評品。宋牧仲中丞云：“依然極浦遥山，想見閣中帝子；安得長風巨浪，送來江上才人。”宏奬風流，襟袍如見。

天風吹到大江西，突兀層樓勢與齊。客子有情維白舫，仙人何事鎖丹梯。雲中蛺蝶圖難覓，雨後虬龍夢欲迷。却愛水娶環曲檻，梨園剛按羽衣低。

### 其　二

萬古西江第一樓，蒼波不盡起春愁。樹陰入暮垂珠闕，簾影當空颭玉鈎。臣朔若逢須紀載，皇華屢過競諮諏。吐虹愧把韓文詠，安得凌風上上頭。

## 長新店歌童

櫻桃誰種宛成蹊，趙北燕南處處齊。終是窮民無告者，向君歌舞背君啼。

## 梅雨詞七首録一首。

韓嫣何處擲金丸，恰趁廉纖興未闌。風味不應娱俗口，三分甜帶七分酸。

## 遊仙十二首録二首。

乘真手自把芙蓉，萬里排雲謁九重。未識成仙何訣好，飛瓊朝閉蕊珠宫。

### 其　二

大羅天上譜霓裳，倘許偷翻合細商。休誤玉真蝌蚪字，二十八宿笑人忙。

自注："十"字唐賢多作平用。

## 續何鏡山先生泉趣詩

縱誇百二有秦關，帶越襟吴亦等閒。刺桐城内仁壽塔，刺桐城外鳳凰山。

### 其　二

穀人絲人力何如，公然措大多鯽魚。不羡春風歌吹海，廉泉讓水盡安居。

## 雪　　行

紅泥滑處隻輪嵌，無限嵐光緑映衫。欹着帽簷松下過，滿天風雪話湘南。

## 入　楚　關

一綫危途擁萬山，轔轔聲徹白雲間。鬥茶説餅鞭絲颺，烟雨蒼茫入楚關。

## 和萊山學使訪桃源洞口占二首，五疊其韻録二首。

未見花開紅欲然，畫船空泛雨如煙。羲皇世界蓬萊客，話到遊時我也仙。

其　二

白馬江頭一曠然，遥看九點認齊烟。乾坤果有桃源别，又報山人問謫仙。

## 人日江行即景

江静天風平似掌，雨來人日細於絲。斷魂未減瀟湘景，春草春花遠别離。

## 吴門度曲張燈詞

西風黄葉掃如塵，久闢光明世界新。萬影盡酣千影醉，暗中還拜紫姑神。

其　二

鶯館翩翩相對開，競飛清韻過江來。只愁未識西施面，紅豆抛殘轉浪猜。

# 温陵詩紀卷九

## 蘇京卿廷玉十四首。

廷玉，字韞山，號鼇石，晚號退叟，同安人。嘉慶戊辰舉人，甲戌進士，選庶常，改刑部主事，歷官四川總督，左遷大理寺卿。有《亦佳室詩鈔》。

### 題許萊山同年湘月泛槎圖

天上舊使星，披圖乃槎客。杞梓與茝蘭，搜羅歸玉尺。山列九疑青，水到三湘碧。山水有清音，秋月照人白。

### 紫柏山前謁留侯廟

路轉峰迴處，雲藏紫柏山。英雄成佛早，花竹與心閒。石瘦宜仙骨，泉清鏡玉顏。神龍時隱見，秀絶俯人寰。

### 早行書所見

晨光纔到樹，樹外幾人家。嫩緑初歸柳，輕陰欲釀花。炊烟無遠近，波影自横斜。一幅生綃畫，天邊又曉霞。

### 偕怡悦亭張蘭渚比部夜宿龍泉庵，露坐對月

游蹤容小住，萬籟此沈沈。樹色三更月，泉聲一枕琴。浮雲迷倦眼，落葉隱秋心。坐久涼生席，妙香何處尋。

## 自丹陽至鎮江夜泊江口

不計行遲速，隨波小艇横。野花無蝶舞，細草有蟲鳴。秋意連天湧，詩懷借酒生。江干初艤棹，入耳又鐘聲。

### 其二

暮色收霞綺，嵐光漾柳絲。月痕沈水静，燭影刻花遲。問夜聽宵柝，懷人寄短詩。掠舟征雁過，倚枕有餘思。

## 題蔣琴史同年所藏顧畊石學士遺墨

客已騎鯨去，詩從片紙留。雕鏤逼温李，什襲待羊求。古劍看三尺，飛仙夢十洲。故人葭露感，今昔幾春秋。

## 孟津渡河，和旅壁韻

初日團欒上，黄流水接天。沙明青嶂外，人渡白雲邊。隔岸山容古，炊烟霧氣連。忍寒新茗瀹，忘却路緜緜。

## 仙霞嶺題壁

拾級層層上，危亭天際斜。叢篁篩日色，峭壁鍊霜華。拂袖雲猶濕，回頭路欲遮。不妨題句去，七度過仙霞。

## 途中即景

肩輿遊子慣，古道向溪邊。霜葉紅鋪地，山嵐翠接天。夕陽分樹色，寒意逼人煙。回首燕南北，風塵笑簸錢。

## 游鼓山，宿湧泉寺

探幽來勝景，山静抱雲眠。法界諸天列，鐘聲入夜圓。當頭宜皓月，到耳有靈泉。已覺煩襟滌,何須問偓佺。

### 題林石笥孝廉鷗波避暑圖

苕溪風定藕花香,小閣凌波暑亦涼。落筆猶餘湖海氣,著書愛住水雲鄉。鷗盟如舊心同印,鴻爪重尋蹟未荒。便合青天明月夜,與君放眼話蒼茫。

### 戊戌人日,張曉瞻太守招同多時帆廉訪,周藹餘、王春綬、尹石夫三觀察小集昭覺寺

山林城市要平分,試向齋廚飫苾芬。塵牘溷人無静福,深山坐我有閒雲。漫天竹影春如畫,上界鐘聲夜許聞。欲向空王參妙諦,爐香縷縷與心薰。

### 渡揚子江

凌晨風日正清酣,雲影波光界蔚藍。天爲征人開畫本,一帆秋色下江南。

## **曾教諭承基**二十六首。

承基,字緒甫,號白亭,晉江人。嘉慶戊辰舉人,官臺灣教諭。有《白亭詩稿》。《桐西舊話》:瀫甫許丈嘗云:曾白亭之詩,絶類西崑。信然。

### 寄同年許萊山學使

送君蘆溝橋,歸夢洞庭湖。離憂在湘水,乍醒忘皇都。山川隔言笑,日月隔歡娛。寸心通萬里,不隔惟區區。君心如明月,我心如冰壺。明月明且清,冰壺與之俱。清輝互相照,内外總無殊。

### 題萊山同年湘月泛槎圖

與君一别近十年,年年思君如滿月。不圖燕市重經過,握手飛觴到月出。酒酣示我湘槎圖,恍然赤壁遊髯蘇。襟懷洒落骨格古,冰鏡朗對雙青矑。憶乍

扁舟下湘水,邀我入幕搴沅芷。當時消渴難依對,此日披圖悵不已。清光萬頃使星船,錦帆夜泊秋娟娟。湘妃漢女出歌舞,瑟聽廿五雲和絃。三百年來無此樂,君更千年接黄鶴。長安題詠徧公卿,洞庭樂並紫雲作。置身玉宇本高寒,江月照心水洗肝。歸來天上寫清景,風流供奉相追攀。湘江江水爲君碧,湘江江月爲君白。爲君試問瀟湘客,神仙中人豈易得?

## 送同年許萊山先生視學楚南

奏賦龍顏喜,談經鹿角降。牧之雖第五,自注:去歲大考翰詹,君居第五。叔重本無雙。賜擬袍堪奪,才真鼎可扛。襟懷如滿月,千里照秋江。

### 其　二

金管湘東品,銀鈎内史書。萬言追白也,五字得黄初。侍從青春□,神仙紫府居。只今看擁節,稽古力何如。

### 其　三

染我丹青甚,論交元白同。關河生契闊,肺腑益謙冲。此日三千士,他年十八公。丹梯安穩上,令德願君崇。

### 其　四

再世同秋榜,多年會玉京。相如仍拓落,八及自聲名。濡染勞椽筆,提攜共短檠。無由薦方叔,竭盡子瞻情。自注:今春君分校禮闈。

### 其　五

追逐才難逮,粗疏意轉親。雲龍非可比,腐鼠嚇無因。世味如紗薄,心期勝酒醇。鄉邦今領袖,大雅望扶輪。

### 其　六

束縛難依幕,行藏尚轉蓬。背城思戰蟻,孤館静雕蟲。湘水仙槎遠,梅花驛使通。積薪如不嘆,京洛或相逢。

## 寓邸無奈,口占自遣

五色雲生閬苑東,神山舟近引回風。又教玉楮三年刻,未信珊瑚一網空。

劍欲倚天通夜碧,杏須映日十分紅。銷閒漫與酬詩債,自笑雕來總是蟲。

其　二

若木光華耀燭龍,置身不數大夫松。初離渤澥三千里,仍隔蓬山幾萬重。花滿春城攀芍藥,人歸秋水折芙蓉。羡他桃李尋常物,栽遍金鼇頂上峰。

其　三

彩筆空傳夢授江,春蠶食葉氣難降。相思明月憐三五,自檢真珠惜一雙。也有千言將馬倚,阿誰百斛信龍扛。攤書撫劍都無奈,銀燭金樽倒玉缸。

其　四

難得燕公記事珠,如椽大筆珥方壺。渴擎玉露消司馬,燭撤金蓮送令狐。短李詩成裝玳瑁,長楊賦就架珊瑚。文人到此恩榮極,欲問前因有也無。

其　五

迴峰倒海久飛揚,干象何時願稍償。紫府有人皆跨鶴,丹山無樹不棲凰。後來或者能居上,先入誰知已是王。莫怪沈郎今更瘦,可堪銀漢隔紅牆。

其　六

千年勾漏訪丹砂,沽酒餘杭問蔡家。齊寫新辭賡白雪,閒邀舊侶嚼青霞。碧虛骨本玲瓏透,黄硬書還錯落斜。可有衍波牋半紙,曉寒歌待我塗鴉。

其　七

百感難消豪氣豪,志因不降惹身勞。詩從李白争千首,筆效楊朱惜一毛。晴日烏絲臨褉帖,清宵紅燭讀離騷。休云刻鵠空成鶩,且喜亡羊可補牢。

其　八

有名難使古人識,何業能教後世聞。斬馬敢言方略易,騎牛宜讀漢書勤。百年鼎鼎堂堂去,萬事熙熙攘攘紛。漏動鐘鳴時自想,此身真恥作鷄群。

其　九

珍重光陰駒隙過,深愁鳳泊走關河。側身天地蒼茫極,回首風塵感慨多。咬得菜根堪做事,生來柳肘自悲歌。劉公六合休輕賦,枉被人嗤猰駱駞。

其　十

洪都年少鬥輕肥,獨有蘭成素願違。定被郝隆譏遠志,不勞孟德寄當歸。

作官空羨金吾貴，病體難禁玉帶圍。萬事自憐拋却盡，衹餘短檠借光輝。

其十一

事出南華非僻書，禹皋稷契讀何如。千絲貴繡詞場虎，三紙難尋博士驢。舌底有蓮纔是妙，胸中無竹那能虚。靈臺若問勝人處，一寸牟尼朗照餘。

其十二

抱膝閒吟憶古今，甚晴甚雨不關心。美人案贈須青玉，仙客丹還是紫金。得失衹憑蕉鹿幻，工夫要養木雞深。何來腐鼠偏相嚇，一嘯逌然鸞鳳音。

其十三

一笑三年未有奄，歸歟刻畫作無鹽。胸中土飯塵羹積，眼底河聲岳色添。自走風塵增閲歷，略嘗世味識酸鹹。邇來悟得推移法，嬾慢無心較冷炎。

## 和萊山先生，兼柬石梅二兄、延寬大兄

鳳翥龍吟兩絶倫，寄來猶帶楚江春。澧蘭馥馥思公子，秋水娟娟隔美人。摇落知予如宋玉，心情覩子是元稹。依劉有志偏難遂，在遠居然分日親。

## 畫眉草題詞爲鄭雲麓開禧題

筆架珊瑚續王臺，錦屏春煖傍花開。尋常霧閣雲窗事，寫得情深總是才。

其　二

能將佳耦作良朋，教寫鴛鴦教喚卿。如此風流人有幾，前身可是玉溪生。

其　三

初日芙蓉映綺闌，讀書牀畔佩珊珊。批風抹月渾無用，時捲珠簾繪遠山。

其　四

朱絃鏤管寫冰紈，夜夜金閨帶笑看。此日春風行萬里，鷓鴣應喚鄭都官。

# 蔡選貢鴻儒三十八首。

鴻儒，字則爲，號蒹秋，晉江人。嘉慶□酉拔貢。有《帚石録》、《荔桐書屋

詩鈔》。

陳恭甫曰:《詠史》八首,議論純正,氣格蒼深,而筆力瀏漓頓挫,足以赴之。所謂復聞正始之音,此種是也。又曰:《蒹秋》詩直而不絞,莊而不迂,往往好表揚忠臣、廉吏、烈女、節婦。長歌慷慨,以發幽光,亦一時雅材也。又曰:《蒹秋》詩洋洋纚纚,直抒胸臆,無纖艷淫哇之習,特詞意頗盡,風力未遒耳。

《蒹秋詩話》曰:予讀《戰國策》,作《四美人》詩,其詠李環云:"賤妾何曾久幸君,入宮敢向楚王言。李園夾刺謀終秘,豈有深情痛棘門。"意謂李園進女弟,原以楚爲奇貨,特假道於春申耳。事本兄弟同謀,貪圖富貴。後日,園養死士,殺春申以滅口,必非但李園一人之意也。丙子秋七月,候試榕城,與同人遊鼓山歸,得詩數首,酒後筆録之,倦而即寐,瞥見兩丫鬟導一美人入,環佩鏘然,宫妝艷絶。予方驚訝,美人見案上詩草,向予語曰:"登高能賦,樂乎!然何工于寫景而偏于論世也。"予詰之,曰:"妾李園女弟李環也。君爲戰國美人詩,獨苛論妾。養死士殺春申,乃寡兄陰謀,妾實不知。從古文人亦無有議及此者。君詩云然,是使妾增一重罪案矣。"予曰:"其事莫須有,且迹實可疑。吾詩已作,不能删。無已,即綴數語于詩末,存一疑案,以聽後人之論斷可乎?"美人首肯者三,即掩袖而没。予亦驚寤,視案上燈火猶熒,而漏已四下矣。

《桐西舊話》:《蒹秋》刻意吟詠,篇什繁多,已刊之《帚石録》,僅十之三四耳。其才遜於鯤南,故鮮横絶之概,而磨礲沙蕩,聲律遒美,似鯤南當遜一籌。集中《漫興》云"筆神似杜皆關學,詩派如蘇一任祧",自負殊高矣。其卒也,三山陳壽祺志其墓、序其詩,頗有微辭。

## 詠史八首

隻身提匕首,乃入虎狼秦。雖有秦武陽,其旁若無人。發圖揕其胸,袖絶未至身。倚柱箕踞笑,一死輕浮塵。嬴氏有天幸,劍術安足論。漆身者豫讓,報讐良苦辛。不能殺趙襄,壯志豈得伸?淚灑趙國士,名高荆卿倫。乃知報知己,欲愧二心臣。忠義易感人,掩卷爲沾巾。

其　二

上蔡有説士，挾策游咸陽。一言致尊顯，印綬生輝煌。位高患失寵，智術籠侯王。諫書諷逐客，利口誇富强。指陳在聲色，稱引惟商張。希榮則助虐，以爲黔首殃。功名敗末路，富貴安可常。黄犬出東門，無人爲悲傷。

其　三

一虎下深山，百獸不敢前。果有熊豹姿，抗衡足自全。六國爲犬羊，説士左右牽。驅策入咸陽，俎肉相熬煎。嬴秦縱蠶食，虚驕亦徒然。虞卿論未畢，秦使先周旋。其時無英雄，帝制妄自專。不見新垣衍，見屈魯仲連。

其　四

秦火不撲滅，詩書遭劫灰。欲令黔首愚，永無王霸才。豈知蕭相國，匹馬咸陽來。金帛棄如土，獨收圖書回。阨塞與户口，形勢盡博該。以爲天子師，發縱功巍巍。沛公亦驕矜，一劍歌風臺。君臣竟同術，秦法何爲哉。遂令後世人，師古無疑猜。讀律不讀書，肘後印纍纍。

其　五

七雄事戰争，孫吴爲戎首。秦人國失鹿，漢將功如狗。中原久甲兵，蒼赤苦踐蹂。劉項決興亡，大風掃群醜。老天亦厭亂，否泰翻覆手。孝惠本仁弱，遭家厄母后。代王不獲讓，文德更仁厚。苛法除肉刑，農業藉田畝。返樸復還淳，漢業建可久。自古兵靖亂，定國必順守。

其　六

繼體重守文，武功當偃息。趙王縱類己，仁孝豈可易。吕雉自慘酷，戚姬乃奪嫡。易位作禍梯，自計未爲得。四皓事有無，調護必羽翼。期期雖苦言，實賴留侯力。自患國本摇，不任中宫德。定儲倘邀功，豈尋赤松迹。

其　七

智囊見親信，居中最用事。欲謀天子尊，遂削諸侯地。疏人骨肉間，實悖親親義。申商原學術，慘礉過用志。袁竇縱媒孽，禍階有自致。我思封建法，尤爲王畿累。末折尾不掉，其害乃立至。不圖滋蔓憂，跋扈將恣肆。一二忠藎臣，欲料先幾智。强幹謀弱枝，危機不能避。怨府集中外，獄成中猜忌。朝廷殺計臣，以謝强侯意。臣死師不退，借口乃知僞。國威既不立，王章恐日墜。不惜一人死，奈失萬世利。慨讀史遷書，勿執周官議。

其　八

隴西飛將軍，結髮戰匈奴。猿臂善騎射，中石當於菟。恩多勝不識，名張驚單于。數奇遇不偶，功成難剖符。矍鑠猶請行，鋭欲當前驅。一旦失道迷，對簿在須臾。人生失意處，亭尉能揶揄。而況刀筆吏，毋寧自捐軀。吁嗟李將軍，封侯較區區。盍種故候瓜，遊獵以自娱。何爲老沙場，皓首甘屬鏤。

## 自君之出矣

自君之出矣，占鵲又占雅。思君如風燭，有淚不成花。

## 王桂巖金山覽勝圖

昔我過維揚，扁舟大江渡。風利乘一颿，不觸石尤怒。中流暢擊楫，四望景畢露。金山聳洪濤，近之在指顧。樓臺湧金碧，潮汐相吞吐。有如望神山，玉闕璚樓曙。逮當京華旋，一棹依然泝。是日尤晴佳，秋色徹金素。丹翠辨雕甍，青蒼指雲樹。不識風波險，但愛山水趣。縱目乃如斯，何況登山去。桂巖先生者，洒落脱塵務。壯遊騁遠懷，作客蘇臺住。見慣百花洲，倦遊虎丘路。結想在靈峰，勝彼登北固。泊舟侍山麓，高陟縱閒步。香花禮法王，或以證禪悟。試酌中泠泉，詩牌寄茶具。揚州多烟月，靡靡曷足數。幽人有至樂，躡屐過朝莫。寫真肖佳士，翩翩識風度。我游西湖間，盡却西湖句。君寫金山圖，亦志行踪寓。登覽未了緣，巖壑倘相遇。

## 武夷山歌

我聞海上三山高，銀臺金闕蟠靈鰲。虚無縹緲不可即，弱水空返蓬萊舠。華嚴世界亦彈指，空中樓閣誰翔翱。人間名勝那得少，神斤鬼斧天工操。無諸故國闢異境，洞壑下隔紅塵囂。雲霄元闕或彷彿，許住若士栖盧敖。水簾洞口立泉落，玉虹一下飛銀濤。有似河源溯星宿，丹霞屏障開神皋。高者縣崖望峻峭，低者深谷看蝍蟧。平者千人坐箕踞，險者一鳥驚鴻毛。怪石林立類剜刻，誰削太華峰如刀。層臺複閣炫丹碧，蒼籐茂木摇橚橾。吞雲吐霧噴風雨，猩猸猿鶴争啼嗥。雄奇畢露深秀出，插花玉女相周遭。緑鬟紺髪晝笑靨，愕眙忽變歡顔酶。飛來或恐天竺失，移去莫使夸娥勞。奇觀如此足詫異，長與人世居仙曹。錢鏗二子本服氣，誅茅同駐虹霓旄。子騫玉蟾亦高遯，返還圭旨餐金膏。幔亭高會事已古，松風天半疑雲璈。神仙有無信茫渺，大隱精舍思賢豪。隱求觀善道可悟，寒栖晚對情斯陶。櫂歌九曲聽欸乃，且對林木哦風騷。赤石之遊待帆海，此間好棹漁郎篙。沿溪鼓枻恣歷覽，攀崖陟巘同升猱。釣磯茶具覓奇跡，瀹茗不羡昆侖桃。胡麻倘向深澗出，淅米將吸清泉溲。空亭鐵篴或可借，一吹裂石天風號。驚人佳句憶謝朓，翹首屢向青天搔。興酣落筆自詆娸，烟雲滿袖生丹毫。

## 書方虚谷木縣怨樂府後

金籠蟋蟀樂夭央，西湖燈火旋無光。投竄南方不即死，兩雌猶戀雙鴛鴦。木綿花開壯士憤，父仇一雪權奸殞。王沈二生巧畫眉，又向朱門弄紅粉。姦回斂怨傾冰山，美人那解凋朱顔。金谷墜樓不足責，渠爲富貴生人間。紫陽居士詩當史，樂府流音戒怙侈。誅奸因惜兩佳人，人妾三爲亦可已。虚谷詩：“嗟爾薄命兩佳人，三爲人妾亦可已。”男兒事君女事人，名節均惜毋輕身。厓山一破社稷改，忍向異姓稱纍臣。鳴呼！彦回不死中書時，古來文士皆如斯，不暇自哀吁可悲。君不見瀛王歷仕閲四姓，歐史愧以王凝妻。

## 歌風臺

漢皇馬上作天子，東剪九江如鬥蟻。干戈倒載回鑾輿，枌榆酣宴悵鄉里。群兒軒舞歌且謳，至尊擊筑沾衣愁。隆準思歸成大志，重瞳衣錦非遠謀。大風千古飛雲白，湯沐河山空故迹。淮陰鐘室弓藏弢，四方猛士思若何。

## 銅　雀　臺

綺疎朱户映金虎,金雀隄甍工峻宇。建安諸子能文章,鄴下群姬乃歌舞。繐帷寂寂秋花暝,西陵纍纍春草青。奸雄割據今已矣,漳河日夜流寒聲。荒榛已識斷釵少,鴛瓦猶能助摛藻。分香遺事觸悲歌,寫盡阿瞞恨未了。

## 紀　　異

閏五之月惟八日,中庭夜坐天河横。四壁蟲聲息唧唧,萬籟將寂荷風清。夷中伏險機不測,何來一霎聲訇訇。是時諸陽方閉塞,豈有雷車催轟轟。倏然地軸佈震撼,其勢將動山谷鳴。户牖爲驚屋瓦裂,欂櫨苦與相搪撑。有如波翻櫓窸動,鼾者破夢酩酊醒。我家婦子急圖避,倉皇入顧綳中嬰。桑田滄海争一瞬,不然或恐天柱傾。須臾稍定得强立,目眙舌撟心摇旌。雞啼塒桀鵲噪樹,人語羮沸天風驚。大災方説去年事,寧知伏禍無端生。陽微陰壓理可驗,春秋誌怪事有徵。歲星兩週見此異,但祈災弭長安寧。土龍無效百穀仰,杞人還起憂天情。

## 芳華怨擬元遺山

縷金衣卸停新舞,銀蒜珠簾捲秋雨。娃兒嬌坐可憐姿,脉脉含思渾不語。緑玉燕釵斜,明珠穿作花。繡襦裁紫綺,灼灼麗朝霞。不見園中桃李月,春風早早催容華。自憐命薄輕如蝶,嫁衣璀璨緘金篋。天上浪傳烏鵲河,人間豈有鴛鴦牒。西鄰小女字阿宜,今年夫婿爲畫眉。手中自酌金屈巵,勸君莫失青春時。芙蓉幔外朝華落,乳燕未歸春寂寞。娉婷不嫁思逾深,惱甚東窗貧女吟。

## 立秋日喜雨

日注雲峰久,初秋澤尺長。水聲洗殘暑,簷溜挂新涼。月意蘇時疾,農家穫晚秧。征鞍他日爽,驛路好騰裝。自注:時將有榕城之行。

## 峽江口占

行李太匆匆,催歸信速鴻。滑泥終日雨,小艇一江風。冒險心何怖,浮名念轉空。君平如賣卜,吾欲問身宮。

## 秋日登于山大士閣

覓得招提境,藺然佛地閒。石門爭塔聳,山逕抱城彎。歸鳥平沙際,殘花落照間。白雲滄海勝,舊約記躋攀。自注:將遊鼓山未果。

## 山中獨坐

獨坐古松下,涼風吹我襟。流泉出深澗,空谷有清音。不到無人境,安知静者心。瞑然將一卧,鐘磬響疏林。

## 太平道中

去年此地偶停車,跂石披襟趣有餘。風度蟬聲喧古驛,雲交樹影擁籃輿。因耽佳景懷鍼芥,爲贈清芬報尺書。自注:去年貽書白亭,道此間佳勝。今夕征驂重過此,攜來席帽自軒渠。

## 無題,次黄莘田先生韻

醉鄉一夢醒無功,轉眼禪門色色空。秋草寸心含殞緑,春花半面泣殘紅。手疲夸杖窮追日,目斷仙舟苦礙風。誰把客心隨逝水,閒愁總付大江東。

### 其二

沉沙折戟縱堪憐,贏得清宵夢寐便。鳥已信天休擇木,魚當點額畏離筌。青絲買繡需生佛,丹鼎遲開笑謫仙。爲問松滋候寄語,來春相屬又農田。

## 秋興

中酒情懷醉一卮,美人遲暮掃愁眉。璞憐卞氏經三獻,歌嘆梁鴻數五噫。

豈有良工甘詭遇，斷無學士合時宜。知君不是青衫客，亦作江州老淚垂。

## 王桂巖小築諺栖書舍落成賦贈

冰窗月牖共玲瓏，清簟疎簾西復東。鳥迹亭邊紅藥雨，蟬聲墻外緑楊風。消閒歲月琴書裏，儋爵功名醉夢中。占得便宜惟曠達，那知塵累有樊籠。

## 興安夜發

跋歷山郵借一宵，風前剪炬景蕭蕭。溼橋欹岸危秋雨，澗水奔田駛夜潮。野店火燒村酒冷，戟門金徹戍更遥。夢中已度楓亭驛，催得歸心破寂寥。

## 殘　菊

採芳空記插頭歸，蕭瑟柴關晝掩扉。夜雨涼侵人瘦損，曉霜痕没雁驚飛。北山幸免嘲逋客，東海終愁隕少微。消息寒梅今尚早，暫時誰伴薜蘿衣。

### 其　二

貞白寒芳憶得無，褪黄誰見散金鋪。本非世態争凡艷，豈有常情異菀枯。挽曲詩從彭澤寫，澆墳酒倩白衣沽。笑他富貴終摧折，野鹿含花泣鼠姑。

## 秋日偶成

身世升沉一夢同，白雲蒼狗變虚空。才雖患少閒爲福，詩到無心拙亦工。小室焚香宜細雨，罄瓶沽酒耐秋風。誰家砧響相棖觸，人在高樓短笛中。

## 感　秋

碌碌於今未有奇，壯懷猶不改嶔崎。筆枯蜀魄啼餘血，心盡春蠶死後絲。齒長漸驚雙鬢少，貧來方慨一官遲。無聊記得後山語，識字空樽瘦學詩。

### 其　二

豈畏頭塵鬢髮晞，江南回憶景依依。縶蹄畢竟蹯難決，剪翼終憐翮不飛。

萬里關河生幻夢,一天風雪鎖征衣。明年擬向長安客,閒問嚴陵舊釣磯。

### 對月偶成

何處桂花發,中庭望明月,明月浄雲根,明月浄雲骨。

### 江行口號

嵐氣撲舟來,山曲帆影直。舟行去已遥,猶載青山色。

### 浙溪船孃曲

浮梁夫壻久參商,儂自煙波泛越航。雨雨風風來去路,衢州上水下錢唐。

其　二

錢唐江口怒潮來,富春山下怒潮回。看潮始信郎情薄,江上歸期何處催。

### 七夕偶成

絡角星河景隔年,機絲未斷續情緣。神仙亦恐孀娥妬,相約芳期月未圓。

其　二

歡設紅筵看雜陳,月中争試綵絲新。七襄已誤天孫巧,忍把金鍼更累人。

### 題曾石友詩册

茶山倘作灞橋人,驢背昌圖顧影顰。怪道相逢非飯顆,癡肥不稱苦吟身。

自注:石友體肥,故調之。

## 阮拔貢超二首。

超,字應候,號石梅,晉江人。拔貢生。

《桐西舊話》:石梅八法學承旨,形神之似,幾於俞和。詩非所長,亦不多見。

### 和許萊山先生秋日遊南嶽紀事詩

爲慕朱韻張事存,尋幽選勝到山門。當頭怪石如人立,下界層巒作獸蹲。放眼俯看滄海小,捫参近接紫薇尊。測圭試驗機衡度,軫翼星高暎帝垣。

其　二

探書宛委溯高蹤,仰讀金泥玉檢封。拱北自雄三輔地,宅南遥對九疑峰。烟霞歷亂隨彈指,雲海蒼茫欲盪胸。底事歸來偏遇雨,折巾也效郭林宗。

## 杜副使彦士十五首。

彦士,字□□,號蕉林,晉江人。嘉慶己卯舉人,道光癸未進士,選庶吉士,散館改禮部主事,升御史,官至浙江督糧道。

### 輓孫惕齋明經六首存二。

太息孫夫子,才豐命獨慳。無官來帝里,有骨返家山。名悔公卿識,魂嗟道路艱。早知行不得,終老閉柴關。

其　二

一代江慎修王石臞東原,如君足抗顔。書窮秦漢上,學在鄭毛間。□業能旁紹,浮名付等閒。影徂心尚在,千古重藏山。

《桐西舊話》:乾、嘉以來,考據日盛。於是有漢學、宋學之名,别户分門,若冰與炭。惠安孫明經經世,亦治漢學之表表者也,所著説經之書,多至百三十餘卷,家恭甫先生極爲傾倒。陳碩士督閩學,以優貢攜之入都,詡於人曰:"吾歸裝得一孫惕齋,可敵笥河三百石矣。"今所刊者,惟《續經傳釋詞》及《讀經校語》二書而已。

### 中秋夜無月

惆悵良宵阻勝遊,醉傾醽醁泛盃舟。京華聚首皆爲客,是夕郡道公讌。天地無情如此秋。霧罨疏櫺蟲唧唧,雲低絶塞雁悠悠。銀蟾尚被商羊妬,何況南箕困斗牛。

## 夜半見月疊前韻

十載長安汗漫游,冷官匏繫似虚舟。朋蹤落寞三人影,世態升沉一夜秋。雲水光中詩眼浄,家山夢裏客心悠。單衣短褐聽殘漏,肯奏商音學扣牛。

## 庚寅三十初度

未必星宫似退之,斗牛無用獨靈箕。手中雲雨驚翻覆,衣上風塵變素緇。霄漢迴翔雙翮倦,平生甘苦一燈知。無由難作歸田賦,故里煙蘿起夢思。

其　二

家貧薄養藉微糈,生計蕭條志洒如。對酒常懷今舊雨,典衣多買漢唐書。不愁臣朔饑寒迫,只悔君苗筆硯疏。俯仰千秋多事業,此心期勿負居諸。

其　三

流光荏苒迅羲車,潘鬢蒼蒼百感攄。桐樹經秋成老大,菊花似我正蕭疏。官閒猶作神仙夢,宅隘欣憐宰相居。安溪館舊奉李文貞公神位,館後即公賜第。景仰前修彌自愧,一編河洛尚茫如。按文貞公年譜,三十一歲進《河洛圖説》。

## 七夕遣興

繡幄雲軒帔疊霞,千秋靈匹列仙家。天街一道塵埃浄,記得前宵雨洗車。

其　二

風露凄凄月半輪,雲鬟翠鬢别來新。星仙尚歷風流劫,莫怪香閨細語人。

其　三

瓜果筵前笑語聲,抽梭整線不關情。背人獨向空中祝,翦蠟嬰兒戲化生。

其　四

月帳星筵此夕同,何曾翠輦下層空。榮華壽考生來定,祝語訛傳郭令公。

其　五

萬里封侯一夢中，河源舊蹟總難窮。人間天上分明隔，不信靈查有路通。

其　六

神仙一别路迢迢，我亦當年到紫霄。欲渡銀河風引散，恨無烏鵲駕成橋。

其　七

謫住河東不記年，癡情未解問青天。機絲歲歲成雲錦，奚止償來二萬錢。

其　八

邂逅星房忍判襟，秋宵一刻值千金。靈官莫漫催回脚，清淺河邊月未沉。

## 林教諭文斗一首。

文斗，字韜會，號平階，安溪人。道光辛巳舉秋試第一，官教諭。

許溦甫曰：平階孝廉制藝擅一時，其詩律未之見也。余近得讀其《題鼇石制軍萬里看山圖》云云，遒峭雋拔，得未曾有。

題蘇鼇石制軍萬里看山圖

看山須看山精神，憶山如憶吾故人。憶山翻作看山圖，如憶故人看寫真。風簷展卷一吟眺，奇峰歷歷來相親。此境皆吾所未見，嶔崎突兀開生面。云是皇華紀舊遊，賀蘭山翠望中收。兹遊之勝良足喜，來往縱横三萬里。噫吁嘻乎！人生莫學守株兔，丈夫風概如是耳。

# 温陵詩紀卷十

## 龔太史維琳六首。

維琳，字承矸，號春溪，道光壬午科舉人，丙戌科進士，官翰林院編修。有《芳草堂詩存》。

顧南雅曰：太史長于詞賦、試帖，精益求精，爲同館諸君子所推許。古今體詩，時一爲之，亦復清超可誦。

蔣丹林曰：太史天姿高邁，復肆力於經史，博覽宏多，根柢極厚。凡有所作，皆卓然成家。

陳頌南曰：先生生平性和易。其讀書也敏，其處事也斷，其居官也達，其退處也恬。

《桐西舊話》：先生督學楚南，胡文忠林翼、江忠烈忠源，皆出其門下。試未竣，爲飛語所中，挂吏議落職。扁舟渡湘，士夫送者千百輩，贈行詩歌捆束兩牛腰，非罪去位，士論惜之。生平工制舉業，詞賦、韻語清麗雅俊，爲詞林作手，每一篇斷筆，同輩率斂穎遜謝，歎爲弗如。握節至楚，其地席靈均之艷，些只誶亂，爲賦家桴鼓。自趙宋而還，功令不以是取，士風稍替矣。先生星軺所蒞，輒進其秀文者爲指發圭的，□晝筆授，江漢麗藻彬彬矣。搴薜紉蘭之士，頌哲匠之澤，勿衰於今。

《亦園脞牘》：先大父少受業於先曾伯祖敬亭公。曾伯祖精研性理，躬行實踐，一時品學，爲里鄁後進凱式。培大父根柢之學，皆有本源。洎恭甫陳先生主講温陵，又得講授切劘，討論經義。于是經學、理學，各得指歸。在詞館日，以詩賦名爲同輩所推重。撰擬進奉文字，曹文正公見之，輒稱曰："是臺閣中另闢一境也。”蓋大父所撰賦及四六文,皆圭臬宋人,薈錬成語,如同己出云。壬辰典試中州,悉心評閲,闈墨一出,爲時傳誦,海内有喆匠之目。視學楚南,釐剔弊端,務嚴肅。中蜚語,解組歸里。去楚之日,楚人士以“蘭芷凝香,清鑒湘流”八字,建文旌二軸,冒雨隨行登舟,持贈詩章二百餘首。歸後,多士復豎匾額於試院,題曰“春留南浦”。既旋里,主清源講席,擁皋比,指授講解,誘接不倦。未三月,而家簀遽易,士林之悼之也,如頹泰山,復豎額“春風如昨”於講堂。詩不多作,所作亦皆殘佚。顯曾謹編詩文遺稿二册藏於家。又曰:張亨甫先生際亮,道光間詩人也。大父輒與賡答,文酒過從,迄無虚晷。其贈大父與試河南云:“鄉人四持節,自注:林可舟太史貴州,龔霞城太史江南,郭蘭石廷尉山東。夫子我心儀。好學澤於古,憐才意不私。白雲望嶽色,明月渡河時。地入中原大,應看得士奇。”“閩學傳濂洛,程朱道所宗。後來溯清恪,遺澤在鼇峰。士豈文章貴,材應今古同。垂簾對玉尺,想見昔賢風。”

## 題惠豫坤方伯麓山寺秋景圖

湘楚多奇峰,萬仞摩天峙。鬱鬱嶽麓山,蠶叢闢邐迤。其中慧光寺,建自晉太始。雲樹烘丹青,禪房静花蘂。秋晚園林寂,松風吹流水。何來瀟灑意,收入畫圖裏。兀坐對幽氣,圓明證宗旨。先生幹濟才,崧嶽昔鍾美。仗鉞莅此邦,生佛萬家倚。以兹超曠念,善政保赤子。普爲檀樾蔭,頌聲聽四起。

## 舟中書所見

一拳青未了,移過片帆輕。遠樹吹溪影,前橋近雨聲。岸紆微有路,山好半無名。欲借荆關手,蒼茫畫不成。

## 洞庭湖

洞庭八百壯波瀾,吴楚東南眼界寬。一葉煙篷緣浪湧,數聲風笛倚樓寒。錯疑星斗低前浦,料有魚龍静急灘。三十六灣青草外,鷓鴣啼罷月如丸。

題廖邵庵前輩黄花秋色圖

蓬瀛聲價重當年，更有棠陰德政傳。選佛品高桂林客，披圖人醉鞠花天。治仍富教風追古，官到清閒句欲仙。劇愛題吟傲秋色，泉明興味獨蕭然。

舟過岳陽樓下

百尺此危樓，高懸一幅秋。斜陽銜倒影，大半入扁舟。

游百泉贈周石藩

半空琴筑引清游，主愛青山客倚樓。十里岑巖煙雨地，晚鐘聲裹淺深秋。

## 吕孝廉世宜一首。

世宜，字可合，號西邨，晚又號不翁，同安人。道光壬午舉人。

《桐西舊話》：先生分隸冠絶一時，其計偕在都，求書者趾相接，傭二僕磨墨，猶弗給，幾於智永之鐵門限。所刻四十九石硯銘，見者疑爲古碑碣。嘗以家藏《漢公孫弘鏡榻銘》作記徵詩，四方作者凡數十人。古文辭潔净簡樸，具有先民矩矱。生前付梓者，有《愛吾廬文鈔》三卷、《筆記》二卷、《續》一卷。

題吴藹畦春江載酒圖

葡萄美酒木蘭舟，乘興春江事勝遊。人世風波多不筦，且浮緑蟻且盟鷗。

## 陳光禄慶鏞二十七首。

慶鏞，字笙叔，號頌南，晉江人。道光壬午舉人，壬辰進士，選庶吉士，改官户部主事，擢工科給事中，降授光禄寺署正，尋復原職，以辦團病故，議卹贈光禄寺卿銜。有《籀經堂集》。

林昌彝《射鷹樓詩話》曰：當夷人之竄吴淞，吾閩同安陳忠愍公化成，勇猛敢戰，自卯至巳，一可當百，發十餘礮，擊沈夷船二隻。惜以援兵不至，遂失犄角之勢，乃死於難。其部將藏其尸於蘆葦中。及殯殮時，有異香繞室。余友晉江陳頌南給諫慶鏞題其遺像，中段云："君不見陳老佛，手執紅旗呼戰士。以一當十皆奮起，礮聲人聲震百里。夷人當之皆披靡，火輪辟易不敢駛。自卯接戰巳不止，衆軍環視失角犄。況復潰散無律紀，敗軍之將公所恥。整飭孤軍氣倍蓰，目眥盡裂髮上指，力殉壘陲報天子。"

《桐西舊話》：光禄自諫垣左遷，即請急旋里。所居負郭，以事來郡則主余家。余時方總角，執經問字，常侍左右，見其和易平情，絶無棱角，與客談論，或雜詼謔，不知當日折檻一疏，何以嶽嶽乃爾。於戲！士惟有身家之見，是以有瞻徇之事。能爲意氣所激，尚屬有爲之才，不然彼寒蟬仗馬中未嘗無振奇者在。

《亦園脞牘》：吾師當宣廟時，以抗直受主知，與臨桂朱公琦、高要蘇公廷魁，並世有三御史之目，誦諫草者，咸舌撟不得下。海内名儁想風望采，躡屩投刺，争以一瞻顔色爲幸者，晷蓋無虚。先生植節既高，文章學問又足以牢籠百氏。生平尤覃心考據，於聲音、文字之學，審正翔確。詩不多作，然樸實健邁，不諧時響。先生與先大父爲同年友，顯曾未齔時，即遊門牆，獲聆緒論。癸亥遊京師，於廠肆得何願船比部手訂《籀經堂集》底本，甲戌家居，復輯晚年詩文爲補遺，用子版印行云。

## 送阮儀徵公致仕大學士歸里，集石鼓文頌十章

趪趪借爲顯。遊籀文我。師，碩隹通作惟。淵敉。依《周禮》讀美。孜籀文好。古极通作汲。莊氏述祖云：諸家皆音揖。案：此字當作汲。求，爲衢虫氏。借爲祇。

第一章師、敉、氏爲韻，在段氏古音第十五部。

蘋籀文哲。遊吕翐，案：翐爲籀文挨，鏃也。薛書釋爲疑。今假爲疑。趪潘迪云：鄭樵音

博。或云：𨑑字。今用爲博。遊𠭯𡑒。《説文》：𡑒與藝同。公命鏞校金石文字，升示作權，量尺度考。衛𨗴籀文原。𡰥𣐺，籀文流。其人其世。潘迪釋作世。爲三十字。薛書釋作世，今用爲世。公謂"讀書當知人論世"。

第二章執、世爲韻，在段氏古音第十五部。

亶籀文宣。猷四方，上諭大學士阮元：歷歷中外，宣力五十年，清慎持躬，克盡厥守。𩀱通作治。各通作格。平章。左右奔𧺆，籀文走。䍒按：此字在第六鼓，今本已闕泐。薛書石本作感。吴東發云：此疑是䍒，《集韻》音秩，今用爲秩。其𩛿鴋。

第三章方、章、陽爲韻，在段氏古音第十部。

佳旛借爲籓。佳𩁹，籀文瀚。寺舊音特。古是、時通用。今用爲是。庸大簡。上諭大學士阮元：由翰林涛升封圻，歷歷中外。經朕簡任綸扉，綜理部務。亾吴古文虞。㞢𩟬，王氏《金石萃編》釋作優。鄭樵云：今作夔，今用爲夔字。亾周㞢𢿏。薛書釋作散，今用爲散。

第四章𩁹、簡、𢿏爲韻，在段氏古音第十四部。

子通作仔。𤝞通作肩。陽借揚。古文《尚書》優賢揚歷。賢，周逮籀文歸。敬田。通作陳。古陳、思通用字。公以足疾奏請回籍。趩趩借爲翼。䈞籀文若。𣚦，籀文栗。天子其𤍽。籀文憐。上諭大學士阮元：前以年邁多病，再三懇請解職。已俯如所請。兹據奏明，擇定行期。朕心彌深眷注。

第五章賢、田、𣚦、𤍽爲韻，在段氏古音第十二部。

𢧵籀文載。案：《古文苑》第上鼓載西載比丁云：載，石本作𢧵。𦿆通作搢。㞢旃，借爲紳。上諭：著加恩，晉加太子太保銜。𢧵䮶籀文馭。《周禮》：禄以馭其富。其鹿。通作禄。上諭：准其以大學士致仕，加恩賞給半俸，用示朕優待耆臣至意。謂戠籀文熾。而康，女通作汝。其來祝。上諭：從兹怡志林泉，善自静攝。俟辛丑年朕六旬萬壽慶辰，是即身體康健，即行來京祝嘏，以慰廑念。

第六章鹿、祝爲韻，在段氏古音第三部。

其旨𥶺𥶺，借爲怡。䨓借爲靈。丞借爲承。𡕒止。公于八月二十日奏明回籍，二十一日晉加太子太保銜恩。是日丙申，公以八月二十七回籍，是日爲丙申。王通作往。𨑑𠟭籀文則。里。

第七章𥶺、上、里爲韻，在段氏古音第一部。

出寫寫音舍。今借爲舍。于廊，案：此字薛書作廓，鄭樵作鄂。潘迪云：或云即廓字。今用爲廓。遊㞢籀文徒。目户。讀爲扈，從之扈。是日公及門同送于國東門外。佳可籀何。何，余用河，鼓作何。鼓文河通疋，今用爲河。㞢㶊，通作湄。《毛詩》：居河之㶊。盜案：此字鄭樵讀作盜。錢氏辛楣云：當是䢔字。《説文》次即涎字，則㳄與䢔通。籀文加皿，又一水耳。公于且。通作祖。古文祖作且。按：此字今本已刊落。莊氏述祖云：第五鼓且其逌事，且、阻同，見《鍾鼎欵識》及《古文苑》、《古詩紀》。〇時鏞與汪孟慈農部、龔定菴儀部、何子貞編修、黄蓉石比部祖餞公於國東門外南河沿之三忠祠。

第八章廓、户、且爲韻，在段氏古音第五部。

自𨸏籀文陸。𣥺籀文涉。水，佳通作維。舟《爾雅》諸侯維舟。𢦏籀文載。衍。潘通作道。王氏《金石萃編》讀户郎切，謂即行字。今用爲行。公奏明向水路回籍。即時時。即遨，遊與遨異。潘迪云：或音禦。今假爲御，讀若迓。𠃊𨻰籀文隮。𢻻潘迪云：薛作華。或音夫。今借爲于。楊。公居在揚州。楊、揚古字通用。

第九章衍、楊爲韻，在段氏古音第十部。

既安既斿，籀文游。孔㵘鄭樵云：㵘即漫。通作曼，長也。鼎籀文云。𠧩。籀文逌。允敔讀爲也。宫駂，案：此字薛書作駂，潘迪作阜，鄭樵音寶。鏞謂當從馬，缶聲。缶爲古文寶，讀若寶，與上文"好"字爲韻。鄭音不誤，古保、寶通用。今借爲保字。帛《春秋》紀子帛，一作紀子樂。潘迪音洛伯。伯、帛同聲。今借爲百。帛，今借爲禄。來逌。籀文攸。

第十章斿、逌、攸爲韻，在段氏古音第三部。

## 吴縣潘相國七十壽雅并序

皇帝御極之十有八載，欽翼皇象，光宅天下，横被四表，五韙來備。凡厥近光好德之倫，罔不亮章圖書，敷錫禔福。而吴縣相國潘夫子以三朝元老，備左輔右弼、前疑後丞之任，上襄聰明文塞，晏晏之治，誠昇平人瑞也。竊惟《今文尚書·君奭篇》曰："天壽平格。"鄭康成注："以爲專言臣事。平格，謂功至於天也。"其時周公稱伊尹格于皇天，在太甲時則有若保衡。言伊尹至太甲時爲保衡。保，安也。衡，平也。天下所取安，所取平也。在太戊時則有若伊陟、臣扈，格于上帝。《商書》有《臣扈篇》。鄭氏列在《湯誓》前，則爲湯臣矣。至太戊時爲世已五，而臣扈猶逮事之，是臣扈當百有數十歲矣。召公與周公同時，至《康王之誥》，尚稱"召太保奭平"，亦當出入百數十歲。故召公百八十歲，其軼見於他説。然惟爲格之亙，所以俾天壽也。吾夫子在高宗時，廷試第一。詢事考言，爲天下得人慶。在仁宗時，洊升卿貳，典試順天、浙江，督學浙江、江西、雲南，以衆賢明爲砥礪、爲輔翼。知夫子雋乂在官，致天下太平之治，早負格天之碩望，留儲爲今上用也。夫天欲昌尌元闡繹之化，則必篤生駢福曼齡之臣。迎延符炳，稽命圖長。霈蒼生之霖雨，樹邦國之屏藩。豐功丕著，而靈貺自臻。商、周之間，伊、傅、周、召尚矣。粤若稽古咎繇，與堯、舜同良，以謩明弼諧佐，成稽古同天之業。故皋、益父子帝廷，並享大年。雖其歲數，書缺有間，而《唐書》、《虞夏書》，皆備紀其思日贊贊之事。則以知元氣淳龐，神明鞏固，得乾坤鍾毓之厚者，固合唐、虞、夏、商以來，而常間世而一見也。乃今於吾夫子見之矣。夫子忠孝並隆。先是，陳情歸養者十年，抒《天保》、《采薇》之忱，循《南陔》、《華黍》之義。不匱之思，足錫爾類。逮禮畢，奉命詣闕，帝心簡在。優賢揚歷，起以其官。旋由冢宰進東閣大學士，未待參協，而畀以宅揆遇合之數，極人臣所未有。壬辰、丙申試士春官，旁求俊乂，得古大臣以人事君之度。蓋以先意承志之心，爲啓沃納誨之心。固有潛孚一德，俾天下共享平格者。觀《古文尚書》述周公之訓，君陳以斯謀、斯猷，入告出順，著爲臣之則。而即推本於令德，孝恭謂孝乎！惟孝得爲政之施，其即我夫子之謂乎！兹值臈之廿有一日，爲夫子七十設弧之慶，諸及門皆紀詩以壽。鏞案：《世紀》言伊摯七十相湯，《説苑》載太公望七十輔周相業，皆由此日懋。今夫子方當其年，則所以揚合和辯章之盛者，正未有艾。爰不揣弇陋，謹依鄭注平格之訓，集周《石鼓文》，綴雅九章，以效九如之意云爾。

小序天亯籀文享。㪔讀爲美。宮，駱借爲保。吴君通作郡。公，大通作太。平工通作功。各古文格。于天，用亯而天子嘉來通作賚。之。天亯麋通作眉。秀，借爲壽。兹逢嘉孜。籀文好。𢟪借爲顯。巳䢵借爲懿。𨒫，借爲鑠。可通作向。樂不不。除。《毛傳》除，開也。駿，籀文馭。巳永康，巳莫依鄭作莫。不庶。○秋濤案：𢟪巳䢵𨒫，一本作異目多扯。注云：異讀爲施扯，借爲祉。

右一章秀、好在段氏古音第三部，除、庶在第五部。〇一注秀、孜在張《諧聲譜》九第十八部，除、庶在旦第廿一部。

汧殹籀文彼。吴水，碩人麢虞。通作吴，此字今磨，見《古文》苑。平遼籀文原。之从，借爲从，陸平原吴人。公子之所。吴公子札。亞籀文惡。𨭖籀文𤡮。亞𤡮，讀若《詩》於鑠。遊□師，衜𧼴借爲專。目邀。籀文御。

右二章俣、所、御爲韻，在段氏古音第五部。〇一注在張《諧聲譜》且第二十一部。

𡛟𡛟𥴼借爲簇。其𡚖，依薛作華。𡴆籀文涉。𨘢籀文獵。𢆶籀文藝。圞。籀文囿。遊籀文我。柳𦯬𦯬，籀文萋。遊弓𠂢止。用奪其𩁹，讀若標。𠟭籀文則。微又籀文有。右。

右三章囿、止、右在段古音第一部。〇一注在張《諧聲譜》絲第十七部。

𠧪籀文輶。車𩦡𣃘，自𠧪西。𢦏籀文載。𧗝。籀文行。天子其𠂤，借爲使籀。憂文優。賢是楊。通作揚。《今文尚書》賢楊歷。佳通作惟。直通作真。佳𢦔，借爲越。棫樸之章。

右四章行、楊、章在段古音弟十五部。〇一注在張《諧聲譜》㞷第六部。

𨖌依薛作遺。𣙎借爲總。𩣡借爲司。馬，于里通作理。𠘧通作司。𧺆。籀文徒。𩂣籀文𩆜。雨𩃰𩃊，六識借爲職。𠀠宣。籀文宣。𨸏籀文陸。𣸣通作隰。阪𢉖，籀文廓。匹方寺𩊖。籀文翰。

右五章馬、徒在段古音第五部，宣、翰在第十四部。〇一注馬、徒張《諧聲譜》且第一部，宣、翰在𠦝第十部。

𧮲籀文若。古𣓏借爲咎。䌛，依薛作䌛，通作繇。𣐈依鄭作思。日余求。𦳝亦籀文若。湯𣪘通作伊。户，籀文𡪞。女汝同。亾籀文作。极籀文楫。舟。君田通作陳。𨾴通作治。衜，亦籀文道。大通作泰。𢽳籀文散。戎戎訓大。猷。

右六章䌛、求、舟、猷在段氏古音第三部。〇一注在張《諧聲譜》九第十八部。

允佳通作惟。工通作功。𣪉，籀文載。𣲵𣲵籀文洋。虎𡗽。籀文拜。鋈勒既安，公賜紫禁城騎馬。彤矢是來。通作賚。簡之黄各，通作閣。如𩢿籀文阜。如𡡉。㠯借爲台。

右七章載、拜在段古音第十五部，來、台在第一部。○一注載、拜在張《諧聲諧》𠂔第十三部，來、台在絲第十七部。

鯉趍通作趨。孔戭，籀文熾。蘼籀文薦。隓籀文隮。鹿鳴。驝驝借爲濟。鰍鰍，籀文漱。其讀續同。其盁。籀文盈。來通作萊。子寺侍同。斿，籀文游。帛通作伯。䜌鷟同。爲敬。一作具敬。

右八章鳴、盈、敬在段古音第十二部。○一注在張《諧聲譜》熒第十八部。

又籀文有。敔亦籀文御。其籚，讀若筵。柞棗籀文栗。氐古文底，至也。鮮。又有。祝其銊，讀若秩。鱄籀文鮒。鰯讀若鯿。鯊籀文鯊。鯾。馺借爲騖。蓁借爲奏。鼛鼛，讀若鼛。或庸古文頌爲庸。或咢。籀文咢。《尒疋》徒擊鼓謂之咢。○一本氐鮮作蜀貊，注蜀獨同，貊肩同。

右九章筵、鮮在段古音第十四部，帛、咢在第五部。○一注筵、肩在張《諧聲譜》𢆉第十部，帛、咢在且第廿一部。

天言九章，章六句。篇中除小序外，凡重見數見之字，皆依鼓文所有，其非鼓文，重出者不複用。

## 題戴雲帆寒齋味雪圖

寒木雪作花，東風開萬樹。山齋酒方熟，對此作寒具。至味莫如水，元陰變爲素。君本素心人，以淡與泊遇。心餐勝口餐，含咀忘朝暮。

## 題潘季玉家藏楊忠愍公承恩圖引墨蹟

昔從李侍御，讀公示兒草。李，李雲恩慶藏公論兒手書墨蹟。落落數千言，忠孝溢翰藻。今觀承恩圖，揮灑極排奡。鬼神佐之驅，筆下雷電掃。黽勉示劉子，大義共探討。刑賞皆君恩，霜露天所造。浩然養吾氣，此氣薄蒼昊。出爲泰山雲，灑雨徧禾槀。竦身扶名教，用以衛吾道。吾道自日新，抒志見懷抱。公名滿天地，豈在墨精玫。八法特餘事，時或賜隸皂。人世重公書，珍逾璧與璪。盥手誦公言，元氣涵渾灝。墨妙與文詞，二者驚絶倒。神物天呵護，藏之其永寶。願以勒貞石，或用鋟梨棗。

閏月十三日，潘季玉招同曹良甫懋堅、吴清如嘉淦、朱伯韓琦、趙伯厚振祚、何子貞紹基、翁祖庚同書、蔣心香隱馨、羅蕉生惇衍、莊衞生受祺、楊墨林尚文、楊子言尚忠同集頤園，王子懷茂蔭、張石州穆、劉開生愷以事未至

出郭四五里，西南有頤園。公子招勝遊，載醪復具飧。晨來叩荆莽，榑桑日初暾。荷花開池耀，草木當茂繁。荷花日以勝，草木日以蕃。但恐烟雨蝕，蓁蓁委荒村。納涼倚清室，惠風來東軒。良辰入奇抱，相與天無言。木鶴矻相向，布穀聲頻喧。指顧馬非馬，空見獸跡存。有酒當飲之，一舉傾壺尊。茫茫不知我，俯仰皆乾坤。日涉意自得，飛往無籬樊。我但從我好，詩書欽所敦。陶然有餘樂，園林尚盤桓。

正氣閣春祭紀事

於越之山倚天卓，勢起嵯峨矗嶽嶽。於越之水軒波揚，迴海生風盪瀺灂。扶輿盤結鍾輪囷，篤生大雅甫與申。六千君子萃會計，東南竹箭多貞筤。偉哉英賢代繼起，清侔夷魚性龍比。甲申龍戰雲雷屯，攀髯從天罔悉紀。蕺山北斗學之宗，劉忠端宗周。文貞倪公大司農。倪文貞元潞。忠介忠惠授命死，施忠介邦曜、祁忠惠彪佳。周張何嚴相追蹤。周文忠鳳翔、張忠節焜芳、何文烈騰蛟、嚴忠節起恒。武貞桑榆著晚節，嘗膽干掫枕冰霷。余忠節煌。新建父子垂世勳，繼飲吴鈎禍更烈。王文成曾孫先通，其子業泰，先後死節。一時相率仗義行，立德立功銘太常。煌煌天語下明詔，謚以壹惠揚芬芳。邇者舟山海氛煽，蛋船賈舶突江面。葛君元戎蒼兕呼，乃摺乃鎩力死戰。葛壯節雲飛死定海。楊尉一介防吴淞，樓船直下聲蘙蘙。指日滅賊賊反噬，捐生赴義詞從容。上海典史楊君慶恩死吴淞。曠世德型共一轍，氣如河岳心如鐵。浩然剛大凌乾坤，明德馨香永不滅。寢廟有侐靈桑梓，燕臺今建廙明祀。拜者趨者嚴摳衣，仰瞻道貌長敬止。

方正學仁虎圖爲韓小亭題

仁虎仁虎來何奇，浙東台州人見之。天介洪武時純熙，弼十有三載王基。

七月十七日鼂曦,虎據天台山之嵋。盤伏嚴阿負險巇,忽傳過澗踰陿㢞。自山之南折甗錡,瞥爾騰躍下九陂。斑毛駮犖森之而,居人犇告驚相隨。道路聞者魂魄離,虎乃翕牙斂鬚眉。從容緩步齊榘規,不作咆哮瞋恣睢。不作夙屏試擊椎,顧瞻周道循禕褑。直從厈曲溯水湄,行行市上無迷歧。城郭樓闌輝芝栭,五都珍聚珣璧琪。徘徊四顧憑覼覝,目光如炬逾琉璃。街迴衖曲隨轉移,一俯一仰來亦遲。深入不覺施中馗,佇立延久神支頤。觀者如堵無驚疑。氍毹起顧行又久,飄然一去如神离,市肆闠傳屢舞僛。躡尋蹤跡不可追,須臾酉熟歲告禧。自天降康彝來貽,穦秷堆積如京坻。滿篝滿車羅輧輜,謂虎乃是魚旐綏,不然胡爲馴且慈。我聞瑞應祝受釐,白鹿歌獻郊畤祠。靈異何必麐與麒,枚卜何不彪與虨。偉哉方子念民彝,一聞斯語心曠怡,繪圖紀事濡淋漓。點染牙爪裝髯髭,有丑其跡虨其皮,嶙峋兀如皋擁比。劉公孟藻亦殊姿,獬豸峩峩冠有緌,家閥世勳國柱楮。爲考史乘詳系支,乃誠意伯之奇兒。胸次軼蕩才不羈,一徵圖畫一徵詩。方子而外數相知,程氏本立最心儀。程氏引禮秦府司,崇德程本立爲秦府引禮舍人。直道殉節光嶔嶔。當時篆隸追冰斯,聞道有虎來施施。於越傳説無童耆,用刊顛末題其楣。有畫有書鴻藻摛,逸事留與史裏遺。三子皆是物望推,斯虎何幸逢其時。小亭耆古素訪碑,得此什襲裝瓊瑧。持幀過我索題辭,五百年物墨光滋。我謂方子忠孝垂,儒業氣節聲芳蕤。偶爾濡素作戲嬉,稱名原不在畫師。經營慘澹意匠爲,筆墨變化參鄭祁。細觀六法無參差,神妙絶似唐王維。背上有彡頤下耏,黄質黑質彬紛披。弈然紙上盤蹲踑,厥名烏䖘美且偲。不怒而威見者嘻,邛邛岠虛肝膽褫,仰視低首生慈悲。當世豈無雄如虒,有角無敢挺觺觺。窮奇已戮饕餮夷,怪截陸之蜩蛃夔。虪者虩者咸仁思,貪貜何肆狂奔馳。南越貢象氐貢獅,馴養同至天之墀。符瑞有書仁獸孶,見則天下知昌期。吁嗟斯虎匹者誰?文囿騶虞無過兹,仁虎仁虎來何奇。

## 何子貞家藏王蓬心宸山水圖,步陸筱飲、汪韓門原韻

古來山水擅絶技,先少奉府輞川王。經營慘澹入神妙,後人無能齊短長。

婁東百代起名譽,丹墨合副縑緗裝。傳聞授受有家法,祖孫齊美無雌黄。蓬心天才尤絶倒,一洗萬古塵沙場。繪林十卷品佳畫,世重伯時輕子昂。一水一石含真意,瀟湘雲夢蒼山蒼。古樹參横倚巖壑,細尋老屋通微茫。以畫喻書入奇品,飛白如蔡分如皇。以文論畫闢幽曠,禦寇蕉鹿莊庚桑。挂之雙雙籐簃處,子貞自謂雙雙籐簃主人。終日展玩相徬徨。我亦性癖嗜山水,孤舟南指樊魚牀。

丙申四月四日江亭修禊

冠蓋追陪續勝遊,江亭壯覽思悠悠。人生聚散萍依水,天氣清和麥正秋。湔袚猶傳周典禮,詠觴漫擬晉風流。日干細數剛逢丙,一例春三禊事修。

東 坡 生 日

瓢笠行歌儋耳濱,已醒春夢泣宣仁。生於神哲原無負,才到韓歐復有人。百代更誰同丙子,三閭如共降庚寅。金蓮玉局皆陳迹,倍憶蘇齋酹酒頻。

## 李襲伯廷鈺二十一首。

廷鈺,字伯寬,號潤堂,同安人。忠毅公子,襲封壯烈伯,累官至福建水師提督。

《桐西舊話》:潤堂襲伯以羽林孤兒,少補黑衣之隊,襲蹬世廕,薦授節旄,而雅歌投壺,循循儒素,八體六法,一時有"小李將軍"之稱。又雅志聲律,競病優長,戈船鈴閣間,時時作推敲勢。帥浙時,曾以吟詠挂彈章,馴至奉祠,歸田却帚,興復不淺。篇什之富,數殆盈千,如披榛採蘭,時獲香祖。其《易水吟》長句,聲色神韻,殆可無儔。五言如"嶺雲多挾雨,野霧欲沈山"、"紅葉他鄉樹,寒江獨夜潮"、"撲蛾揺燭影,驚鼠落樑塵",七言斷句佳者如《鷺波古渡》及《石橋春色》兩篇,清脆之致,雖使作者腐毫乾墨,勿是過也。

登 石 佛 閣

晨興延佳趣,透迤出城北。煩囂遠漸稀,溪流清可掬。縈紆不覺遥,俄頃及山麓。曲磴浮嵐光，山風櫛林木。聞香望古殿，聽泉思濯足。瀑飛雪滿溪，石磊星錯落。築室傍巖阿，琢像入石腹。留詩石作箋，供佛石作閣。梁棟卻公輸，圬墁謝承福。恍怫疑鬼工，天然無斧鑿。高臺曠胸懷，遠眺快心目。長江環襟帶，修逕婉蛇蝮。魚隊入城闉，蟻陣旋郊郭。表道樹蒼茫，乘風舟疾速。俯瞰隴畝間，秋禾半黄熟。轉瞬遞登場，倉箱欣積穀。俗阜易聲教，民安自淳樸。土室動鳴機，書聲出茆屋。滯雲雨脚收，急溜灘頭促。攬此感人情，人情恒反覆。世路盡蠶叢，丘壑多樸樕。禄命總由天，胡爲競逐逐。蘄王且騎驢，東山亦絲竹。太息望飛鴻，高鶱正寥廓。

## 易水吟扈從經易水作。

秦王生頭不可割，壯士披肝瀝膽血。一聲然諾無二心，那管刀頭白如雪。當年此地别燕丹，掣電追雷入長安。長安猛將若雲雨，報仇未有似君難。督亢真圖咸陽獻，圖窮閃爍匕首見。揕胸繞柱正相持，死士生王決金殿。水流花謝空悠悠，姓字相傳歷萬秋。易水至今猶有恨，英雄一去不回頭。秦王宫闕今何處，壯士故鄉尚如故。沙明月白最傷心，時有杜鵑泣來去。

## 戲爲康生松圖歌

康生畫松如畫龍，韋偃而後無其工。欵關投我新粉本，披圖喜煞東園公。參天翠蓋凌霜雪，夭矯虬龍夰活潑。昂頭藏尾不可窮，歘忽雲中露半節。深山古木有仙徒，誰袖青蛇膽氣麤。劍器低昂嗟妙舞，屈鐵交錯難爲圖。高崖噴瀑懸匹練，追湍逐瀨雙眦眩。松聲水聲錯雜鳴，俄頃望望疾於箭。松如蚊，石如虎，四山霎時鳴風雨，群詫神龍競飛舞。

## 雨　　歇

雨歇上征鞍，泥塗行路難。嶺雲多挾雨，野霧欲沈山。積翠巒千疊，添流水幾灣。炊煙村落杳，一縷出林端。

## 題王君銘太學秋林振袂圖

緑鬢青絲騎，琴書一擔肩。荒烟没古道，衰柳咽殘蟬。故國悲秋日，鄉關入暮年。雲山看未足，立馬且留連。

## 寄　　遠

萬里關山遠，心知寄語難。欲眠愁夢短，無病奈袍寬。露冷蛩聲寂，天清月色寒。他鄉同此夕，先我一凭欄。

## 春 日 感 懷

策馬出關西，桃花照眼迷。夕陽斜古道，春草碧新堤。烏鳥歸林急，羔羊跪乳低。人間應愧汝，于役日栖栖。

## 秋夜獨坐得句，却贈秋涯四外甥

暑退留餘熱，夜深趣更新。樸蛾摇燭影，驚鼠落梁塵。南浦飄清吹，秋風起白蘋。泠泠江上月，應照未歸人。

## 庚子除夕虎渚軍中作

崩角沉沙力不支，懷柔無計撫西夷。海天飛礮弄兵日，鐵鎖嚴關籌筆時。霜柝冷敲侵壁壘，雪花浪湧上旌旗。誰知除夜無聊極，獨對洪濤自賦詩。

## 渡 鎮 江 感 賦

潦倒年年秋復秋，眼看世事等雲浮。一宵蠟炬凝新淚，幾度花飛感舊游。短夢易終千古事，長吟未了半生愁。如何尺寸功難建，三十健兒欲白頭。

## 題胡晝堂蕃嚶嚶草

飄然琴劍到瀛洲，我識機雲盡雅流。謂兄墨池。豪氣儘吞雲夢澤，清詩寫遍洞庭秋。藥煙覓句餘前夢,花地彈箏譜後游。此日練江吟興壯,攄懷觀海又登樓。

無　　題

不信風波惡,欣然渡湖去。詎意浪兼天,迷離不知處。

夜泊南康

山城寂無聲,鴻雁哀鳴亟。明月滿空江,獨照未歸客。

乳姑山曉行

乳姑山上曉風凄,俯視田疇緑未齊。一樹桃花深院裏,白雞飛上石窗啼。

秋蘭村時扈蹕,雨後新晴,逍遥月下,威令嚴肅,村民帖然,詩以紀實。

秋蘭村裏雨初晴,正好前溪月倍明。吠犬不驚春巷静,梨花茆屋讀書聲。

題王麓臺秋山小景

露冷秋深木葉殘,隔溪遥對一峰寒。紛披老筆清如許,盍寫先生畫裏看。

嶺南雜詠

鸞波古渡

隔岸新墟半旦多,春風小艇渡鸞波。粼粼碧水平如鏡,照見沙鷗拍翅過。

踶嶺聽松

羊踶嶺上松風清,羊踶嶺下海風腥。腥風撲鼻令人惡,愛聽松風作濤聲。

石橋春色

兩岸青山影碧波,石橋春色鳥聲多。分明此地曾相識,不似嚴灘似建河。

羊城話舊

一別東西廿四秋,重逢同是古諸侯。四明舊雨多星散,剩得相看半白頭。

鄧嶰筠制府自明州分袂，于今二十四年矣。暢叙三日，始别去。

珠江醉月

新妝宜面帶春愁，半下珠簾半上鈎。殘月朦朧猶勸客，紅鸞捍撥唱伊州。

## 許孝廉廷圭七首。

廷圭，字瘦生，南安人。道光□□科舉人。

閒　居

興來拚一醉，濁酒不妨賒。雲外看飛鳥，風前數落花。嬌兒能應客，少婦學持家。得意忘言際，徘徊日欲斜。

宿梵天寺

曲徑通幽莫靄侵，風泉清籟發禪心。一龕佛火諸天静，萬壑松聲下界深。孤客夢闌疎磬曉，乳鴉啼散落花陰。坐來悟得栴檀味，獨自燒香爇水沉。

古意倣黄莘田體二首。

爲儂惹相思，相思不能主。儂喫蓮子心，只知箇中苦。

其　二

製得紅羅襦，郎前試先着。誰知消瘦多，當時失斟酌。

蓮河竹枝詞

月白衫兒高髻丫，後盧溪口路三叉。春心大半無拘束，日日田中拾菜花。

雙江竹枝詞

刺桐城外筍江潮，襆被呼舟帶月揺。消受水晶宫世界，隔江風送一枝簫。

其　二

玻璃水面鏡光鋪，小艇青溪載小姑。六月荷花香十里，星湖端不讓西湖。

## **吴教諭春暉**一首。

春暉,字占卿,號慈圃,晉江人。舉道光辛卯鄉試,官教諭。

梅　嶺

春色閉長門,春風氣不温。椒房君寵失,梅嶺戚家存。一斛悲新曲,千秋艷故園。明妃生長地,記否尚名邨。

# 温陵詩紀卷十一

## 黄侍郎宗漢六首。

宗漢,字季雲,號壽臣,晉江人。道光乙未進士,翰林院庶吉士,改兵部主事,擢給事中,出爲廣東督糧道,累遷浙江巡撫,陞四川總督,入爲内閣學士,權刑部侍郎、順天府尹,以欽差大臣總督兩廣,調補四川總督,入爲吏部侍郎,尋奪職。有《詩文鈔》四卷。

《桐西舊話》:侍郎黄公撫浙時,值兖淮道梗,乃督漕糧泛海上,供天庾之儲,賴以充牣。余讀其《海運全書》,規畫詳明,數千里鯨波,視若户闥。歲運六千餘萬石,竟無漂溺、瓖盗之患,法誠善矣。然彼時所用,止有沙船。今則閩吴輪舟徧於大海,招商一局火機之艇,其數不下四五十艘,每歲東南漕粟聚於吴淞,自黄歇浦至紫竹林,五日可達。歲省長運、兑運之費,贏數十萬,尤爲快捷。然海疆無事,則淩風狎濤,固稱迅便。或有阻塞,則京通之實,不能不仰於漕河衣帶之水。故以海運輔漕運則可,以海運廢漕運,吾未見其有利而無敝也。

《亦園脞牘》:先生歇歷中外,屢蒙温語褒嘉。同治初年,飛語奪職。自號望雪老人,殫心小學之書。在都閉關謝客,日搜秘笈,丹鉛自娱。余每陪杖履,獲聆緒論,受沾丐者匪少。南歸之日,以數萬卷壓裝,買舟同至黄歇浦上,先生竟歸道山,所著書如《奏議海運全書初續》、《籌防》、《籌海紀略》等册,俱有裨於匡時經濟,不作詹詹小言。其爲詩則多酬應之篇,蓋先生自通籍後,出莅封畺,入躋卿貳,方瘁心於民瘼,未暇與下士競推敲之長也。

## 敬題陳忠愍公遺像

當年李壯烈,今日陳忠愍。吾郡挺人傑,名將匹翦臏。李公昔統軍,公實隨鞭靮。相望三十年,志事如接軫。心逾金石堅,身作星辰隕。但看後來事,運籌多隱忍。夷氛雖少戢,志士有餘憤。再拜瞻遺容,眦裂鬚在吻。公乎佑吾民,靈爽終不泯。

## 吴藹畦先生春江載酒圖

海天二月春光好,江邊桃柳覺春早。何處舭船百斛來,麴塵蹴起煙波浩。先生家在江之側,消受清閒殊自得。不隱朝市隱林泉,姓名魚鳥能相識。回首高風迹已陳,披圖猶得接音塵。柴桑宅畔陶元亮,菡萏湖邊賀季真。愧余未識生平面,無由風浴隨童冠。令子昂昂雞樹姿,唱酬紅藥時相見。仙人遺事感風木,生綃妙繪圖一幅。千秋占得四時春,認取先生真面目。

## 蔣念亭先生蜀闈遺墨册子

先生名作梅,廣西灌陽人。以進士官川南令。忤上官意,陷置大辟,民感其惠,建祠報祀,至今不絶。

蜀闈藍筆書,西招屬鏤劍。文采照江山,煩冤悲阱陷。文人命固窮,廉吏罪遒慍。節使手無措,異類望則饜。赤日麗神霄,未及覆盆暗。嗚呼祥刑世,偏有蔣侯憾。漢囊持蜀節,邊臣方請兵。詔書再三下,獨以不可爭。聖念如轉圜,大師罷遠征。鑾觸一閧畢,疆圉静不驚。維帝重封圻,制遠如門庭。昔賢太將牢,乃致斯獄成。有文爲不朽,有子爲不死。京兆忝同官,抗手賢公子。持册索歌詩,披之淚墮紙。壽陽相君筆,覼縷皆信史。軍民哭失聲,旁觀可知恥。歿已爲明神,天人無二理。公子忠孝家,建樹世濟美。靈旗烏海頭,至今亦色喜。此册寶青箱,半夜長虹起。

## 別灞上吏

舊聞秦地山川好,今日騎驢過灞橋。清濁誰分涇渭水,送迎空挽短長條。

爲逢雅吏頻叉手,豈道卑官但折腰。此是詩人情盡處,撲鞍風雪更無聊。

過　華　陰

前人舉版尚看山,我過名山恨未攀。一宿匆匆古祠下,雙輪碾月出潼關。

其　二

河作湯池嶽作城,藩籬自古重西京。願他關吏嚴防守,此日中原未息兵。

## 林編修鶚騰一首。

鶚騰,字薦秋,號晴皋,同安人。道光丁酉舉人,庚子進士,官翰林院編修。

題吴藟畦春江載酒圖

柔櫓蕩咿啞,春流皺碧紗。酒香吹作雨,花氣暈成霞。老我舟如葉,浮生鬢欲華。武陵何處是,還去問漁家。

## 張明經培櫝四首。

培櫝,字梧友,安徽廬州府祥雲子。道光丁酉拔貢生。

擬韋蘇州擬古元韻

别君事行役,幽恨來無端。關河已云遠,川路彌覺艱。浩浩水赴壑,悠悠雲歸山。如何倦遊子,尚歎行道難。

其　二

一自去鄉國,長征滯蹤蹟。不如彼老農,出作而入息。壯志雖未磨,華年每暗易。寸忱得君知,雙鬢奚憂白。

其　三

無限暮雲碧，春尌遥含芳。所思乃不見，從之川路長。路長不得越，秋過冬不歇。搔首自踟躕，知音渺天末。

其　四

淼淼清江波，森森碧崖林。月色共千里，河漢高樓陰。況當金風來，蕭颯流涼音。離人正獨處，輾轉翡翠衾。中宵夢醒時，短檠聞漏沈。披衣自起舞，把卷常撫心。

冬至前六日，冒雨出西郭遊山

煙靄溟濛合四山，肩輿高下路紆環。江潮帶雨流逾駛，野樹經霜葉盡殷。景入詩懷天氣肅，風回酒力客心閒。無端更觸探奇興，嶺上梅花取次攀。

## 黄孝廉梧陽十二首。

梧陽，字孫翔，號喈南，南安人。道光丁酉拔貢生，咸豐壬子舉人。

《桐西舊話》：咸豐己未而後，里中諸君有"桐陰吟社"之舉。時黄喈南孝廉年長矣，爲之職志，蘸毫吮墨，鬥勝於燭痕缽韻之間，刻有《桐陰吟社詩》甲、乙兩編，大抵皆七言斷句也。孝廉詩格清老，雅有合作，《雜詠》云："湖目有心生便苦，都梁爲佩死猶香。"《鐘聲》云："破龕香畔僧初定，獨夢船中客易醒。"均饒風致。没後，索諸其家，得殘藁一束，半皆少作及酬應居多，古體遂無一存者。因檢録數篇，以著其概。黄公酒壚，把琖欲淚；山陽鄰笛，聞聲相思。無復題襟，竟成感舊，不能不增一喟也。

催　菊

荒廚無火瓶無粟，猶自逢人不説貧。半畝祗將花作伴，一秋常與月爲鄰。待簪緑鬢驚開晚，自憶黄花來訪頻。老圃正須渠點綴，西風叮囑獨諄諄。

## 冬月戲作

筆硯於今縱不蕪,衡門生計一般無。事如籠鶴行多礙,人比龕僧坐更枯。時節小春梅著樹,關山荒月雁啣蘆。遥林漸染丹黄色,當作南宫好畫圖。

## 秋海棠

何年幻出此花魂,憔悴深閨日易昏。夜雨似添將盡淚,秋風先長有情根。顔因薄命翻常好,生本幽懷却避喧。千古相思同一例,國風唐棣逸仍存。

## 春日陳二衡廣文招余同謝定甫拔萃遊賜恩巖

自是來遊不厭頻,風光一到一番新。僧雛擘紙求詩句,客子攜觴酹古人。草色嫩於初嫁女,山容癯似苦吟身。男兒事業能粗就,長與兹巖結浄因。

## 憶梅

揚州官閣寄幽衷,無限相思在此中。北使憑將芳訊訴,南枝可有暗香通。情深院落三更月,夢繞關山一笛風。老鶴如人懷舊侶,梳翎静對夕陽紅。

## 種梅

幾番料理費工夫,宿�星新條倒復扶。不怯尖風揮鍤去,每將殘雪當泥鋪。安排盡護窗三面,繚繞多栽水一隅。最好横斜千萬樹,就中吟賞著詩臞。

## 尋梅

江店郵家不斷香,騷人日日爲花忙。雀聲林近知春曉,驢背風來忘路長。愛讀孤山新畫本,頻攜灞水舊詩囊。去時看雪歸看月,十里行吟興欲狂。

## 折梅

繁英密密樹垂垂,擷取園林第一枝。鐵幹有花開滿處,玉人和月拗來時。

搴將袖底黏霜重，插向瓶中掬水滋。持較牡丹多品格，畫圖重與問徐熙。

## 中秋偶成

誰家絃管小樓頭，吹徹濃雲竟不收。如此朦朧今夕月，人間潦草過中秋。

## 刺桐城新春詞

容易春風又一年，三江烽火尚連天。小窗書罷宜春帖，背寫穰苴第幾篇。

其二

畫卷香罏間酒盃，東坡生日會新開。迎春曲並迎神曲，破例先期兩日來。

其三

湘妃簾外日遲遲，新種紅梅三兩枝。窗紙綻痕全不補，愛他花氣透來時。

# 林經歷樹梅八首。

樹梅，字□□，號歗雲，同安人。援例授布政經歷。有《歗雲詩鈔》。

《桐西舊話》：歗雲將家子，留心文字。壯歲委身蓮幕，嘗受古文法於周觀察凱、高舍人澍然，可稱好事。

## 漢鏡歌爲吕西村先生作

鏡背銘曰："大漢平津侯元朔五年造。"文體雜篆、隸，古氣盎然。寓榻本來索詩。按：班史：平津侯爲公孫弘封爵。元朔，漢武帝年號。宋歐陽文忠著《集古録》，以不見西漢人書爲憾，此則真西漢人書矣。《宣和博古圖》載漢鏡，皆無年代。此則紀號、紀年均備，然則漢器存者，是爲第一歟？

龍精埋土土花長，千九百年遇真賞。誰其賞者西村翁，古月直落今人掌。此翁是我金石交，鑑我胸襟發爽朗。此鏡於翁亦有神，漢代風徽猶可想。公孫古貌不可留，古物摩挲足慨慷。我觀榻本轉思翁，鏡中人遠心先往。別來顏色更如何,對鏡分明得涵養。定知夜半讀漢書,應有光怪出林莽。

## 南臺夜泛

橋鎖海雲秋,臺江夜放舟。簫聲樓上女,漁火水邊洲。月帶汐痕濕,山隨帆影流。故人期不至,河漢正當頭。

## 題分水關

閩粤勾連處,漳潮二水分。相逢諸父老,猶問故將軍。自注:時先君子見背已久。樹密蝯聲苦,城荒虎豹紛。思親無限淚,灑遍嶺頭雲。

## 雨中與石松懷友

假君如斗室,爲我作吟窩。賞雨經三宿,懷人未一過。石含苔意古,琴得水聲多。清絶忘言處,聊將凍筆呵。

## 登福州釣龍臺

巋然百尺漢時臺,極望蒼茫感慨來。王氣已從龍井洩,壯懷猶對虎門開。雨餘松磴留重霧,春老梅花點緑苔。試聽江濤喧萬鼓,年年長此沸風雷。

## 消寒雅集

消得寒威致自佳,高軒今喜與君偕。雁聲斷續月在水,梅影横斜霜滿階。千古是非聽史論,一天風雪入吟懷。琴尊此會流連處,敢附名流共雅諧。

## 自題游太姥山圖

小少曾聞太姥名,洞門丹竈訪容成。欲求仙侶空山遠,鐵笛横風第幾聲。

### 其二

危巘擁翠麒麟聳,怪石欣空鸚鵡飛。三十六峰游未了,袖中攜得白雲歸。

## 施明經鈺五首。

鈺,字霄上,晉江人,籍臺灣。歲貢生。有《石房樵唱》、《臺灣别録》。

### 石房樵唱畫册題辭

巖石嵌空,松風謖颯。時有一樵,歌與之答。泠然松音,悠然樵吟。白雲生岫,鳴鶴在陰。

### 清 水 巖安溪。

朝行清水巖,暮宿清水寺。水清一塵無,幽人抱琴至。坐對可盟心,詎比貪泉類。戰壘幾滄桑,林巒何深翠。山僧自灌園,四時花木備。爨火樹冲煙,驚起栖鷺避。

### 送 春 曲

望春春不來,留春春不住。林外桃花飛,片片逐江渡。

### 讀吴珠泉續板橋記,同厚立題

美人黄土總無聊,名士青山恨更遥。不見銀釭歃酒閣,鬼燐明滅上芭蕉。

### 中元夜醉後吟

自昔明燈逐水流,盂蘭盛會集江州。而今夜月涼如許,不見招魂古渡頭。

## 莊觀察爲瑶十一首。

爲瑶,初名學燕,字祖翼,號少潭,又號管梅,晉江人。道光己酉舉人,内閣候補中書,學習郎中,以軍功保陞知府,援例授廣東候補道。

《桐西舊話》:七言斷句,首在神韻。少陵、昌黎尚不能與青蓮、龍標争此一席地,韻少故也。少潭觀察特工其體,所存數篇,神韻獨爲夐絶,入之阮亭《唐人萬首絶句選》,當無玉楮之别。

《亦園脞牘》:觀察爲印潭前輩冢嗣,性精明,有幹濟之才,讀書尤劬瘁,詩不多作。曩時與余輩聯詩,課於里西,每鬮題後,即面壁如達摩狀,袖手苦思。一篇既出,豪警逼人。如《遊仙詩》云:"被酒歸來兜率宫,玉雞聲裏蹋天風。劍光一道寒於月,射得踆烏不敢東。"《漢高祖還沛》云:"龍飛崛起掃强秦,百戰歸來馬上身。一派芒山好雲氣,迓他大澤斬蛇人。"詞俱雄邁。後以需次粤東,奉檄至韶州,遘疾。病中自言爲六祖座下門徒,今當歸位。疾竟不起。韶州南華寺,乃六祖大鑒禪師真身道場,有達摩衣鉢存焉。《貴耳集》云:所謂袈裟,尚有髣髴,而鉢猶存。有虎,夜必來守衣鉢,故寺塑六祖及其徒諸象。觀察病時,其家人如言往詢,果符所夢。乃知慧業文人,生天成佛,不必闢異氏之説爲妄也。

## 西湖八景

十里塘塘足勝遊,花村紅土亦生幽。誤他蘇小墓邊水,也似鍾情日夜流。

其　二

畫楫湘簾八角亭,衣香人影落沙汀。渠儂别有傷心淚,暮雨孤山奠小青。

其　三

楊陰深處踏青苔,屐齒裙腰一道開。攜得檀煙盈兩袖,新從一定聽經來。

其　四

石徑回環出洞天,嵐光如水草如煙。疏鐘斷磬雲霄寺,風雨聲中訪冷泉。

其　五

松柏南枝結凍雲,石門煙雨迫宵分。西風吹散寒鴉影,盡著悲聲過岳墳。

其　六

水思雲情極望遥,荻花洲畔擱蘭橈。夜深又擊沙棠去,明月西泠第幾橋。

其　七

新漲圓澄碧似眉,畫船簫管夜歸遲。韓莊賈第匆匆話,都付蓬窗被酒時。

其　八

螺峰縹緲塔痕迷,夕照斜隨鷺影低。莫放宵來風景好,兩行煙柳近蘇堤。

## 赴韶關,飛來閣前舟行即景

追逐烟波又一年,風帆月舫畫中仙。夜來江上飛三弄,引得蛟龍不肯眠。

其　二

風景依稀似釣臺,千條抱水插天開。奚奴學得倪迂筆,偷寫溪山入畫來。

其　三

小泊莎堤淺水邊,遥村一縷起炊煙。舟人長嘯發清響,唤得風來好放船。

## 許比部祖滂十六首。

祖滂,初名祖淳,避改今名,字澂甫,一字少山,號又航,光禄寺卿邦光子。道光己酉拔貢生,廷試授七品小京官。辛亥舉鄉試第六,歷試刑部雲南、四川二司,以團練功,加員外郎銜。有《聊中隱齋詩文遺稿》。

《桐西舊話》:澂甫先生嘗自言不善爲詩,以故篇什殊寡。然其七言今體,律切工緻。伐材於西崑,結響於劍南,以儷群雅,亦何遽爲白茅之藉?良由含咀既懋,故涉筆自工。世有枵腹談詩者,當以此爲特健藥。

《亦園脞牘》:澂甫師素藴經世之量,蓄而未暴。壯歲觀政秋曹,歷職未久,奉親歸養,戢翮蓬蒿,闢小築於水陸池西,插架數萬卷,圖書充牣,手讐目校,繙閱殆遍。既辭白雲樓吏,乃署其室曰"聊中隱齋",蓋老於是鄉矣。善爲古文辭,尤辦香退之。顧名山譔著之業,退讓未遑。有所述製,尤謙牧自下,不肯輕易示人。如顯曾受業師門久,已一詞莫贊,而先生亦不憚殷殷下問,每出一篇,輒商量至再乃削稿,稿既脱,復不自弆藏,棄散殆盡。顯曾從先生遊,衡宇相望,日沾誨益。近年乃掇拾先生遺稿,將墨諸版。雖寥寥無幾,然零璣碎璧,彌足珍矣。

## 題黄香圃太守采芝圖

軹里有逸民,襟期向灑落。不受蒲輪徵,閑把紫芝嚼。中散不偶世,矯矯人中鶴。采芝志未成,無乃靈根薄。君從千載下,慨然步芳躅。寄興託餐霞,求仙非辟穀。寫入畫圖中,忘形到樵牧。當世朱門子,酒食相徵逐。霜蓄與露葵,窮搜遍山麓。君今獨不然,怡情閑草木。乃知達士胸,别自具丘壑。羡君道氣深,愧我名韁縛。欲覓换骨丹,問君乞靈藥。

## 冬夜有感

裁著朝衣便罷休,漫將恬退傲時流。處囊世上誰青眼,誓墓歸來尚黑頭。未减狂名緣骯臟,肯教讔語誚伊優。南華作𤡬東坡放,一笑吾今得似不。

### 其二

聞道潢池尚弄兵,草中狐兔劇縱横。沈沈夥涉成何事,咄咄深源浪得名。士怯但能觀道壁,吾衰未敢請終纓。自慚藿食偏憂國,日向田間祝大平。

### 其三

端居多暇任優悠,獨擁陳編静校讎。司馬高文誇蜀老,公羊絶學問何休。評詩麟閣功應最,得意毛錐筆忍投。識字漫言憂患始,人生此樂有誰侔。

### 其四

問舍求田也可憐,不如枯坐學參禪。浮名笑比鴟啣鼠,古篆耽如蟻慕羶。入世但持齊物論,畜身愛誦養生篇。春雲蠟酒尋常態,都付先生一哂然。

## 宫人入道

脱却宫衫着絳襦,長門舊夢認模糊。秋風虚貯班姬扇,静夜頻燒奼女鑪。一縷芳心猶蕩漾,六時禪誦足清娱。憐他搔背纖纖手,寫到黄庭恰好無。

其　二

錦帔羅裙穩稱身，内家裝束短長勻。臂盟舊誓寒金釧，頂祝連朝禮玉真。腕上紅砂痕半褪，書中丹竈訣翻新。聽經鸚鵡休饒舌，莫認昭陽殿裏人。

其　三

憶曾擣素惹幽愁，落葉題詩付御溝。嬾把紅妝供殿脚，願從紫府占班頭。芝田館就終防禮，澶板歌殘易感秋。稽首真元阿母座，可能引我玉清游。

其　四

金屋藏嬌素志違，辭宮底事妬環肥。難禁寵愛情留戀，莫問鉛丹事是非。偷得御香薰道籙，裁將宮錦製天衣。絶勝賣履看陵者，銅雀臺荒倚落暉。

## 感　　興

雪案咿唔力已殫，半生事業誤儒冠。讀書未解餐雞跖，論世真如食馬肝。經寫南華聊作達，詩追東野敢言寒。祇慚所學皆糟粕，贏得輪人冷眼看。

其　二

飽死侏儒臣朔飢，天公位置理原微。龍能乘霧徒嘘氣，蛇自憐風解動機。吃吃子雲猶執戟，諄諄趙孟不勝衣。平生浪説空餘子，却失邯鄲故步歸。

## 有感用陸放翁東齋偶書韻

拚將野服换朝簪，感興悲時淚滿衫。底事卜居問詹尹，有時枯坐學瞿曇。武鄉空抱六未解，中散自知七不堪。决起榆枋吾已矣，笑他鵬翼尚圖南。

## 哭家芥航孝廉

少微夜半隕征途，頷下龍鬚望轉辜。文譽久曾推老鳳，法言恨不付童烏。尊前潦倒步兵阮，身後零丁少婦盧。我亦家風同馬磨，慙無長策恤遺孤。

## 讀劉司户傳

城狐凶焰彌乾坤，獨抒危詞叫帝閽。東藴恥爲鄰母術，徙薪應憶大夫言。

辭官李部空陳表，作誄巫咸莫訟冤。太息黄陵相送地，濤聲咽斷玉谿魂。

讀周亞夫傳

條侯將略穰苴倫，置戫偏嗟命太迍。細柳威名空悵望，翳桑遺恨足酸辛。□文蚤定君侯相，目送疑非少主臣。天上將軍地下反，一場冤獄辨難真。

讀東方朔傳

齒如編貝目懸珠，文史三冬足楷模。外婦不妨妻宛若，君王但解飽侏儒。托身銅馬官仍蹇，悟主青蠅語不迂。只爲舌端常好讔，偏教補傳附淳于。

## **王茂才晨耀**二十一首。

晨耀，字道曦，晉江人。縣學生。有《王文學遺草》。

《桐西舊話》：文學才豐年俊，險者數昌穀，縱者擬謫仙，跡其宗派，於元爲近，然當含毫之際，鉢腎鏤心，一篇之成，不知沖倒幾多酒甕矣。造物無情，使斯人死，編覽遺撰，輒用泫然。

《亦園脞牘》：《王文學遺草》，道曦殁後，余與陳鐵香内兄録。道曦瘦弱善病，偃蹇場屋，年未三十而卒。生平於學無所不窺，楷法初學率更，尤爲秀挺。至其覃思苦吟，幾於昌穀鬼之嘔心鉢腎也。方同輯《温陵詩紀》時，仿蕭選不録何水部生存之例，道義亦參斯役，每戲謂誰先死者，獲登此選。乃裒集方成，而故人墓已宿草。眷懷及此，屑涕潸然，不勝今昔存殁之感。

鏡聽詞

鵲橋秋横星渚低，銀蟾一繩烏夜啼。銀蟾鑒髮忽化鏡，鏡中人遠金鳳淒。錦囊安鏡向竈語，十年夫婿龍堆去。昨夜鄰家行人歸，問汝團圓歸何處。生不願封羊頭侯，卻如織女嫁牽牛。含情悵遠拜秋月，風吹吉語驚緑髮。金牀歸去理客暉，頗聞鏡背雙鴛飛。莫聽鷓鴣行不得，但問杜宇不如歸。

## 噉龍眼

地仙九館奔癡龍，頷珠粒粒生輝光。手將龍鬚摩龍睛，幻作荔奴炎荒生。雪膚玉貌藐姑子，一劈瓊漿亦復爾。今歲楓亭離支熟皆早，好噉荔奴三百傲坡老。

## 杖頭錢

悲莫悲於有馬千駟之景公，老死無名去匆匆。樂莫樂於杖頭百錢之阮子，把酒問天醉城市。市上衣冠穰穰來，富者裘馬誇年少，千金揮盡擲如灰；貴者印綬兀峩峩，手把銅山嚴道開。終日勞碌如鼴鼠，飲河滿腹亦其所。安能及時尋行樂，朝吸瓊漿夜桂醑。有叟狂歌掛百錢，擲杖自呼酒中仙。一回一醉一千日，仰視浮雲何淵湍。居何必朱門綺户之高聳？衣何必輕裾長袖之便娟？門何必鬥雞走狗之承奉？室何必蛾眉皓齒之華妍？但能飲酒且高歌，黄金爲少百錢多。瞬息盈虚反倉皇，乾坤覆手比滄桑。何況子母權區區，繫想未免愚公愚。君不見錢神錢癖今安有，遺臭人間誚笥耳。

## 城上烏

城上烏，尾畢逋，四年辛苦將一雛。雛兮一飲復一啄，老烏舂田啣半菽。雛兮不飛亦不鳴，老烏繞樹啼寒聲。月明星稀烏棲樹，天忽陰雨風伯怒。風伯怒，烏巢破，老烏啼，雛烏去。雛烏去，可奈何？老烏泪血涓涓流秋河。此哭子之作也。悴響繁音，淒愴欲斷。

## 金銅仙人辭漢歌仿李昌谷

赤蛇繫鹿鹿忽走，茂陵鬼哭西風醜。姈母不來青鳥飛，擎殺銅仙一隻手。建章宫火碧於燐，出世青龍據地吼。腥風噴日度長安，殿角仙人歸烏有。春草不青秋月白，淚聲泣老未央柳。碧天無情亦垂涕，灑盡天厨百壺酒。吁嗟五銖未復黄牛謡,群蟻争集麒麟藪。須臾銅雀瓦如灰,莽莽乾坤幻蒼狗。

## 秋　　聲

萬籟浄不得,秋心亦吾廬。孤磓擣明月,寒磬落村墟。敗葉蕭蕭路,歸鴻渺渺書。感懷休入耳,舊雨正幽居。

## 秋日有懷,寄從兄道馨

客歲秋風裏,辭家行路難。高堂餘白髮,糊口一儒冠。燕雁今又代,關山夢更寒。何當憑尺素,異地祝加餐。

### 其　二

五載西窗燭,皋比侍馬融。吾年方舞象,君氣已如虹。鵬翼羈雲際,桑田變海東。别時幾日月,愁理舊詩筒。

### 其　三

金石曾君佩,風流亦我師。筆花生不盡,池草夢應疑。欲報平安字,沈吟尊鱠詩。望君何所有,日落桐城時。

### 其　四

逐貧揚子賦,讀罷爲潸然。天地驅蓬鬢,生涯託敝氊。丈夫遲有室,達士澀無錢。欲向蒼蒼問,秋鴻迥入天。

### 其　五

吾叔久齎志,憑君驥足高。那堪賡采杞,我亦廢蓼莪。廿載磨書劍,浮生各緼袍。寸心羞小草,何日報劬勞。

### 其　六

去國悲何極,天涯況弟兄。秋思隨木落,離恨飲猿鳴。世已干戈險,君偏荆棘行。窮途南阮子,曾否計歸程。

## 題澄江泛月圖集社

月涌大江流,危檣獨夜舟。乾坤萬里眼,天地一沙鷗。欲問支機石,甘爲汗漫遊。浮查並坐得，淅淅野風秋。

其　二

范蠡舟偏少，龍蛇只自深。浮生看物變，瀟灑到江心。雲氣嘘青壁，泉聲帶玉琴。隨波無限月，秀氣豁煩襟。

其　三

委波金不定，吾道在滄洲。星落黄姑渚，天高白帝秋。魚龍迴夜永，河漢近人流。戲問垂綸客，桃源何處求。

## 望　月

關山寒不極，孤月湧神州。大地千峰白，遼天一雁秋。鐵衣荒塞冷，征馬戰場啾。不道浮雲蔽，瓊樓無處求。

## 文　君

越禮歸人半掩羞，君心兩意妾心愁。蛾眉老去偏珍重，新寡未聞賦白頭。

## 詠　史

白帝城中聞顧命，銅臺臺上説香分。阿瞞一語難消受，天下英雄操與君。

## 齋居小遊僊

柴荆只尺是丹丘，脱屣紅塵五百秋。撥取偷桃閒日月，人間來作歲星遊。

其　二

游戲常拓赤鯶琴，乘真手把芙蓉吟。朱符嚼後神通大，只是疏狂嬾點金。

## 塞上曲

黄沙白草莽鬖鬖，馬踏秋風戰力酣。猶恐偷閒髀肉長，朝朝射虎南山南。

## 楊大令元華二首。

元華，字石松，同安人。廣東知縣。有《寄園詩稿》。

《亦園脞牘》：同治癸亥，石松謁銓來都，同寓春明，見其手製渾天球一具，黄道、赤道，衆星躔度，部位分明。時值卯辰，則紅日東昇；晷移酉戌，則月輪東上，球面一一符合，如自鳴鐘中機關運轉，不必置身天外，但衡視球中，而已歷落不爽。其餘所造機器，亦卓卓有巧思。性尤喜吟詠，嘗取所存《寄園詩稿》質余，中有可採者，如《南澳記事》云云。又《新晴》句云："帆隨飛鳥没，浪拍遠山浮。""雨止竹猶醉，春濃花欲然。"《待客》云："可人期不來，落花满幽徑。"《風雨》云："風聲狂似浪，雨點勁於沙。濕火摇高戍，寒林亂暮鴉。"《萬石巖》云："石潤寒泉過，簷虚老木侵。"《久雨》云："一雨忽經秋，經旬未肯休。千峰沈遠碧，萬壑壯奔流。"《遊虎谿》云："不惜頹然拚一醉，欲教清夢到梅花。"皆有意致。

### 南澳紀事

播遷悲宋室，帝后此沈浮。荒寢久云廢，危樓今尚留。人瞻丞相墓，地誤侍郎州。往事不堪問，寒潮咽恨流。

### 其二

到此經三月，風光取次遊。市喧知水漲，山静見雲留。海熟魚爲飯，更闌鵝唱籌。閒來聊涉筆，高詠海天秋。

# 温陵詩紀卷十二

## 方　　外

### 超　宏三首。

超宏，字如幻，惠安人。明諸生，丙戌後削髮於平山寺，後卓錫於南安雪峰。有《瘦松集》。

楊　梅　山

古寺楊梅山一半，檻外巃嵸群峰亂。官田人去已陳迹，佛閣年深猶壯觀。霜酣紅樹錦千層，溪帶平蕪練一段。人事往來成古今，山體如□那曾换。

其　二

巖畔梅梢蕊尚纖，氍毹一衲任冬嚴。懸崖水落微垂練，小雪輕寒不散鹽。觸石雲閒仍出岫，喧枝鳥墜忽投簷。道人未免牽詩思，吟蹙雙眉八字尖。

洋　　嶼福州。

亭池錯落互高深，怪石崚嶒洞壑陰。翠篠蒼松重叵匝，天風迸作海潮音。

### 德　萃十一首。

德萃，字岱英，南安人。明賓州牧陳聖恩子。年十七爲開元寺僧。有《春夢草集》九卷。

《桐西舊話》：岱英裙屐舊家，弱齡披削，瓶缽得得，來往於江淮、浙豫之區。振錫登堂，聽者雲輳。其集中有《省母》、《哭父》、《憶兄》、《懷友》諸詩，亦不屑屑爲其家言。然風骨未遒，多傷率易，知夢觀古德後，執桑蓮拂子者，正難其人也。集中附異木贈詩云："荷條竹杖入山兮，萬壑千巖任卜棲。折脚鐺兒須穩置，莫教菜葉出清溪。"異木不知何許人，詩品清脆，乃在其上。附録之，以俟考。

## 遊桃源，回憇帽峰，雨中走筆，寄家瞻兩兄

春日遊桃源，飄飄隨所適。雲水本無家，逢樹便作宅。偶爾懷故廬，薰風吹返策。取道逕帽峰，因而憇數夕。夜來夢脊令，促裝還未獲。山色豈羈人，積雨自留客。且待海天開，方來叙暌隔。世道混如泥，願言守清白。

## 再入焦山

昔去蒹葭蒼，今來蒹葭白。來去瞬息間，草木盡變易。惟有大江流，亘古如練碧。去去復來來，悠悠得自適。

## 蜕巖

乘興來蜕巖，時屬三春暮。殘花落滿階，好鳥啼盈樹。信宿不言歸，主賓歡道聚。南窗共剪燈，促膝傾情愫。睡去到三更，瀟瀟聞雨澍。中心一何忭，以玆及時故。曉起不見山，滿天皆嵐霧。晝永何以消，閒搜長短句。當且待晴明，言旋理杖屨。

## 钁邊語

澗上樹陰森，澗底水流急。獨木爲小橋，年久無人葺。攀藤踧踖過，勢險不敢立。過橋尋路行，草深無地覓。取道崎且嶇，行行通原隰。借問田家翁，終日何汲汲。翁徐對我言，耕鑿事勞役。歲歲憂饑寒，時時念旱濕。豆瓜竊鹿猴，禾苗災蟊賊。況復征又征，終是無寧日。我聞老農言，心中亦憂悒。談談日將晡，

還廬一偃息。追思向來事,如夢不可拾。

其　二

本生於深山,而無樵采至。若或在周行,應患斧斤利。清泉渟古澗,毛髮明可視。雖流出人間,渾然仍元氣。奈此學道人,只把煙霞棄。

## 寂　寞

柴門終日掩,幽徑絶人來。睡起惟看菊,心閒獨上臺。山深宜用拙,世險莫懷才。寂寞同瓢杖,楞然挂壁隈。

## 客天心寺呈異木兄

當年那覺路行難,十載馳驅始識艱。一杖嬾攜歸故里,把茅欲結卜何山。江城旅榻春欹枕,風雨飛花晝掩關。幸有故人勤慰問,閒愁不鎖兩眉間。

## 山行值雨

風瀟瀟又雨瀟瀟,頂笠扶筇過板橋。複嶺縈紆雲裏上,行裝短結霧中挑。崖頭飛瀑聲加壯,樹尾殘花色尚嬌。駐步回看烟靄散,許多詩思在芳郊。

## 遊圭峰

攜筇出郭探幽栖,細草如茵欲滿蹊。遊興自隨春色動,吟情不逐夕陽低。舟横金浦烟波渺,路入圭峰雲樹迷。賓主談來忘夜永,月明不覺轉松西。

## 山　行

閒步聽啼鶯,鶯聲覺漸老。僻徑少人行,落花堆不掃。

## 訪異木

憶昔春初下翠岑,尋君不遇暗沉吟。今朝杖屨又何往,空對梅花雪滿林。

## 明　光七首。

明光,號上中,開元寺僧。有《涌幢庵偶然草》。

郡志曰:明光詩清靈幽静,遠離塵俗,尤工草書,求者無虚日。與阮疇生唱和,爲選其詩三百餘首行世。

釋超全跋明光《秋吟》詩後曰:"自唐宋以來,僧家詩翰兼美者,蓋不能數見,豈非才有所獨限,而藝有所專工歟?何兼之難也!湧幢中和尚以禪觀之餘,賦《秋吟三十首》,信筆書之,詩追靈徹,草迫藏真,晚年造詣尤爲精妙。其上首省師裝潢成册,篋而藏之。昔辨才藏《蘭亭》于梁上,不免爲蕭翼所竊。神物久當出現,固應傳爲世寶,不宜祕作家珍,後日自知余言之不謬矣。"

### 半　嶺　巖

却愛中峰秀,入門曲逕幽。鳥啼雲外樹,人上竹邊樓。借榻吟新月,烹泉話蚤秋。留連賓主意,不負此同遊。

### 秋吟三十首存六首。

觸物皆摇動,連陰帶雨晴。林間吹葉落,水際撼波生。括地渾無跡,翻空却有聲。秋來隨處起,浩浩振衣輕。秋風

其　二

正是深秋候,蓼花沿岸開。嬌紅浮水藻,艷色映莓苔。紫菊休相混,丹楓一任猜。經霜顔愈麗,引得蝶蜂來。秋蓼

其　三

霜彫黄葉脱,疎颯滿林中。清響因沾雨,飄摇却爲風。紛披埋草逕,散亂壓花叢。客至呼童掃,烹茶活火紅。秋葉

其　四

葉下安孤影,凉深羽翼輕。天寒聲更苦,日落韻偏清。吸露充饑渴,吟風本

性情。秋來當引退，高潔自平生。秋蟬

其　五

月垂孤雁影，日落萬家碪。催促憐纖手，輕敲感遠心。風高聽斷續，雨急覺浮沈。欲把寒衣寄，玉關何處尋。秋碪

其　六

仰視銀河迴，猶如玉帶横。秋清全晃耀，夜静更分明。只有星辰繞，都無波浪生。泛槎當日事，何處問君平。秋河

## 圓　珏八首。

圓珏，字無瑕。年十六，始因事披緇，住惠安曾爐寺。有《竹樵草》。

《桐西舊話》：圓珏少受業於王商巖進士，文思超雋。比出家，與紫雲寺興宗匪一以詩篇筆墨相往來。其詩音諧理暢，無輕而近縱，無冷而近炭。所著有《竹樵草》、《喫梅吟》、《夢中吟》，方羽公翀爲删存二百九十八篇，分爲二集，序而行之。

### 佛然上人過訪不遇，有詩次答

入世成疎嬾，居然以道親。到門歡有子，乘興更何人。微雨竹陰翠，好風鶯語頻。還持相厚意，未肯付沉淪。

### 曉　行

去去未天曙，晨雞幾度聽。雲移山漸遠，村近樹能青。人語隔溪路，秋風歸驛亭。誰憐來往客，鬢髮易星星。

### 霞　江

北雁飛寒浦，澄江接渺茫。風濤千頃闊，霞氣一川長。雨歇峰巒浄，天晴草木香。時聞樵牧侶，指點説南唐。舊誌：南唐尚書江盈隱于此。

### 春寒,連日得葦航和上惠詩,次和

一春將半又寒朝,陰靄迷離望未消。鶯囀曉煙棲岸柳,雁銜殘雨渡江潮。勞心厭逐金烏轉,豪氣翻憐玉勒驕。喜有禪門老宗宿,投詩興味是同條。

### 雲門寺次韻

青輳布韈度溪霞,到寺梅開紅白花。撥去嶺雲微見月,憑來庭樹不棲鴉。晨鐘久斷誰醒覺,寒竹餘青幾曲斜。堪歎法門魔累苦,對君何處是生涯。

### 訪出淑渠先生途中遇雨

一溪回繞步踉蹌,冒雨穿雲幾渺茫。嵐翠冷交樵客路,花深香浥史公堂。身離館閣心逾浄,眼看杉松色倍蒼。廿載幽期今到得,快浮杯蟻對藜光。

### 懷太武舊遊,兼訊西林道友

憶舊曾遊海上山,石屏清景透禪關。橋懸流水鳥争渡,月帶好風人共閒。老壽將無留白髮,山有老僧年百餘。同來能得幾蒼顔。同遊十餘人,詢之不過數輩。飛聲爲訊林西叟,何日丹梯借往還。山頭一石至海,前輩鐫"萬丈丹梯"四字于上。

### 九日依園先生招遊天開巖,用石刻原韻

石磴空巖弗記年,招邀賈勇陟層巔。西風細雨黄花節,遠浦孤雲白雁天。秋色不驚雙鬢改,客遊能使一心玄。詩瓢茗椀誰禁挈,贏得疏狂到懶禪。

# 閨　　秀

## 丁報珠一首。

報珠,字含章,晉江人。廉訪煒女,未嫁而卒。

### 越中卻寄父

遥望白雲雲欲迴，親闈重隔薊門限。憑闌鄉國知何處，寂寞庭前花又開。

## 吴　班十五首。

班，字仙儕，晉江人。提督英孫女，參議應麟女，徵士陳一策妻。有《倚窗遺吟》。

### 秋夜玩月

夜坐秋閨冷，颪狂月轉明。煙蘿摇瘦影，鴻雁釀悲聲。密樹窗前響，疏鐘檻外清。遣懷何計得，聊自築詩城。

### 登　山

緩步登山去，紆迴小徑斜。泉流聽杳渺，竹影看交加。風静雲棲石，人空鳥語花。更思凌絶頂，俯視萬峰賒。

### 秋　夜

幽懷寧有恨，景物忽牽愁。螢火凌風亂，魚群怯月浮。星辰移峭壁，戍角鬧高樓。萬里蕭條意，驚心一片秋。

### 山樓晚眺

自得幽居趣，西樓暮景賒。亂山横落日，孤鶩襯飛霞。螢影將流焰，蜂聲正報衙。牛羊知去路，點點入村家。

### 初秋夜静，花月可人，口吟一律

簾簟新涼暑意清，一番夜景可人情。迴欄花氣因風發，曲沼波光帶月明。

院静乍聞秋漏響，窗虚漸見竹枝横。興來不覺吟長句，驚起雙鬟夢弗成。別有《沼上》句云“昂頭水面魚千點，拳足磯邊鷺一雙”，殊有畫意。

## 山居雨霽

風息千山静，烟銷四野寬。微茫初見日，漸覺退春寒。

## 童戲

稺子桐陰戲，喧呼未覺慵。擎荷爲擁蓋，跨竹作騎龍。

## 春殘

孰意春殘興轉賒，池塘半畝在村家。凌風乳燕争飛絮，吹水遊魚戲落花。

## 水上鴛鴦

錦翼鴛鴦戲水湄，天生顧步兩雄雌。紅蕖深處無人見，雙宿雙飛不漸離。

## 題畫册

結屋幽棲傍竹林，一牀一几一瑶琴。山中風味清如許，坐對千峰萬壑深。

## 秋閨

夜深院宇絶纖埃，月照寒光滿翠苔。秋思驚人蟲忽語，梧桐陰下自徘徊。

## 月下菊

殘菊闌邊挺瘦姿，姮娥流影暗相窺。依稀似見黄筌筆，潑墨縱横繪一枝。

## 元夜

六街燈火映銀蟾，萬户笙歌出畫檐。紛擾何如深院静，梅花香透讀書簾。

### 山　家

數間茅屋接茅堂，階下臨流跨石梁。幽静柴扉長不掩，客來山犬吠初忙。

### 即　景

近岸高峰勢更雄，日斜紅樹照玲瓏。行行唤渡歸踪急，人在臨流仄徑中。

## 洪汝敬一首。

汝敬，同安人。

### 送祖姑歸金門

深閨無計送歸航，從此音容隔一方。帶得真經仙島去，長齋日課舊蘭堂。

## 李　氏一首。

李氏，同安人。有《棲雲閨詠》。

### 秋夜棲雲樓下見菊花有感

錯下瑶池覓舊緣，沈埋幽谷自蕭然。移根九畹香誰惜，紉佩三秋意共憐。瘦影淒涼愁露濕，殘妝零落伴霜眠。冰枝羞染黄泥污，獨抱芳心度歲年。

## 陳龍壽二首。

龍壽，字藕君，安溪人。鴻臚科捷女，同安副貢許温其妻。

《桐西舊話》：藕君《寄外》尚有句云："鶯花却負春三月，鴻雪難憑尺一書。"

### 即　　事

刻竹集新詩，緣情寄所託。吟成恐未諧，笑倩郎斟酌。

### 寄　　外

宿病初安欲別離，盈盈珠淚未曾乾。與君訂下歸時候，莫遣梅花負歲寒。

## 章淑雲一首。

淑雲，字瓊田，同安人。遊擊陳廷俊妻。有《鏡花樓詩稿》。

《亦園脞牘》：《鏡花樓詩》中頗有佳句，如《賣花》云："呼殘三月雨，送到一簾風。"《落花》云："匝徑綠苔誰載酒，隔簾紅雨不開門。"皆有風致。

### 重　　陽

登高遥送目，徙倚獨徜徉。萬壑皆秋色，千山惟夕陽。霜寒猿斷歘，風冷雁疏行。今古只如此，茱萸盡一觴。

# 校點後記

《温陵詩紀》十二卷，清陳棨仁、龔顯曾輯。

《温陵詩紀》輯成於清光緒元年（一八七五），泉州潤芬堂刻本印行。編者陳棨仁、龔顯曾，皆清季泉州著名學者、詩人。陳棨仁（一八三七——九〇三），字鐵香，又字戟門，福建晉江人。清同治六年（一八六七）舉人，十三年進士，初授翰林院庶吉士，改刑部主事。後乞歸，主講泉漳書院。著有《藤花吟館詩録》、《閩中金石録》等。龔顯曾（一八四一——一八八五），字毓沂，號詠樵，福建晉江（今屬鯉城區）人。清同治二年進士，授翰林院編修。光緒九年任詹事府贊善，十一年卒。著有《薇花吟館詩存》、《亦園脞牘》等。

龔顯曾在爲《温陵詩紀》所作序言中寫道："洎李唐之代興，乃争衡於上國。四門振藻，聲擅芝英。"他認爲泉南之詩肇興於唐四門助教歐陽詹，給"海濱"詩壇帶來了唐風。從詩歌發展的軌跡，可以看到宋元時期，閩詩（包括泉州詩風）既受"西昆體"的"雅風南扇"，也受朱熹等理學家"涵養和平"、"中和條貫"之詩風的影響（紀昀《瀛奎律髓匯評》卷二十），加上嚴羽倡導宗唐理論的引導，詩詞文化空前繁榮，爲明初"閩中詩派"的崛起開了先河。明中後期因爲倭患、大航海時代中西方文化的撞擊，以及滿洲的南下，社會劇烈動盪。閩南士人處於大變局的最前沿，發爲詩歌，或"乃有拔山挽河之慨"（梁章鉅《東南嶠外詩話》卷七），或"不步漢魏、唐宋，而博奥黝深，雕鏤古健"（蔡世遠《二世堂文集·黄道周傳》）。

有清一代，在標榜宗唐的"閩中詩派"的基礎上，泉南詩人提出"於唐取法杜、韓，於宋取法蘇軾"的主張，認爲學唐而不墨守成規，呈現出既平穩又有發展的局面。這些，在《温陵詩紀》一書中都能得到反映。

泉州詩人的作品總集,最早有唐五代黄滔所編的《泉山秀句集》(今佚)。《温陵詩紀》是繼《泉山秀句集》之後第一部區域性詩歌總集。從所選詩的風格和内容,結合所載諸家評論,宗唐、學唐的詩作還是占相當大的比例,然而,編者對其他流派、風格的作品也没有摒棄。陳棨仁在書中的《凡例八則》云:"緣情之作,肖性所存。此啟秀於齊梁,彼薰香於漢魏。祖唐祖宋,俱成宗派之圖;以雅以南,並擅色絲之調。儻使據私心爲去取,勢必棄名作於蓁蕪。"以此客觀的態度進行編選,其所反映的泉州詩歌脈絡和面貌,就比較全面而且客觀。

《温陵詩紀》録清初至中晚期泉州府所轄地區一百二十七位詩人之古今體格律詩一千二百零五首,共分爲十二卷。除了"夏元椿"之外,其餘作者都附有小傳,部分作品還附有簡單評語。今據厦門市文物管理委員會所藏抄本爲底本進行點校。該抄本録自福建省圖書館所藏刻本,内有個別缺頁,今依泉州市圖書館藏刊本補齊。

編　者

二〇二一年十二月

**圖書在版編目(CIP)數據**

温陵詩紀 / (清) 陳棨仁, (清) 龔顯曾輯; 何丙仲點校. —北京: 商務印書館, 2023
(泉州文庫)
ISBN 978－7－100－21970－9

Ⅰ. ①温… Ⅱ. ①陳… ②龔… ③何… Ⅲ. ①古典詩歌—詩集—中國—清代 Ⅳ. ①I222.749

中國國家版本館 CIP 數據核字(2023)第 025918 號



責任編輯　閻海文
特約審讀　李夢生

温陵詩紀
(清) 陳棨仁　(清) 龔顯曾　輯

商務印書館出版
(北京王府井大街36號　郵政編碼100710)
商務印書館發行
山東韻傑文化科技有限公司印刷
ISBN 978－7－100－21970－9

2023 年 7 月第 1 版　　開本 705×960　1/16
2023 年 7 月第 1 次印刷　　印張 17.25　插頁 2
定價: 108.00 元